LA PRIGIONIERA DEI KRINAR

ANNA ZAIRES

♠ Mozaika Publications ♠

Copyright © 2017 Anna Zaires e Dima Zales
www.annazaires.com/book-series/italiano/
Traduzione italiana: Martina Stefani 2017

Pubblicato da Mozaika Publications, stampato da Mozaika LLC.
www.mozaikallc.com

Copertina di Okay Creations
www.okaycreations.com

e-ISBN: 978-1-63142-302-4
ISBN: 978-1-63142-303-1

NON VOGLIO MORIRE. NON VOGLIO MORIRE. TI PREGO, TI prego, ti prego, non voglio morire.

Continuava a ripetere ostinatamente quelle parole nella sua mente, una disperata preghiera che nessuno avrebbe mai ascoltato. Le sue dita scivolarono di un altro centimetro sul bordo di legno ruvido, spezzandosi le unghie nel tentativo di mantenere la presa.

Emily Ross era appesa—letteralmente—per le unghie a un vecchio ponte mal ridotto. Decine di metri sotto, l'acqua inondava le rocce, con il ruscello gonfio per le recenti piogge.

Quelle piogge erano in parte responsabili della sua situazione. Se il legno del ponte fosse stato asciutto, forse non sarebbe scivolata, facendo una storta. E sicuramente non sarebbe caduta sulla ringhiera, fracassandola sotto il suo peso.

Solo una disperata stretta dell'ultimo minuto aveva

evitato ad Emily di precipitare verso la morte. Mentre scivolava verso il basso, la mano destra aveva afferrato una piccola sporgenza sul lato del ponte, lasciandola penzoloni in aria decine di metri sopra le rocce dure.

Non voglio morire. Non voglio morire. Ti prego, ti prego, ti prego, non voglio morire.

Non era giusto. Non doveva andare così. Quella era la sua vacanza, il suo periodo di rigenerazione. Come poteva morire proprio ora? Non aveva ancora iniziato a vivere.

Le immagini degli ultimi due anni attraversarono la mente di Emily, come le presentazioni PowerPoint che le avevano occupato tante ore di lavoro. Ogni notte, ogni fine settimana trascorso in ufficio—era stato tutto inutile. Aveva perso il lavoro a causa dei tagli del personale, e ora stava per perdere la vita.

No, no!

Emily dimenò le gambe, scavando più in profondità nel legno con le unghie. Alzò l'altro braccio, allungandosi verso il ponte. Non sarebbe accaduto. Non l'avrebbe permesso. Aveva lavorato troppo duramente per lasciare che uno stupido ponte della giungla avesse la meglio su di lei.

Il sangue le scorreva lungo il braccio, mentre il legno le lacerava la pelle delle dita, ma ignorò il dolore. La sua unica speranza di sopravvivenza consisteva nel tentativo di afferrare il lato del ponte con l'altra mano, in modo da potersi tirare su. Non c'era nessuno nelle vicinanze per salvarla, proprio nessuno; poteva contare solo su se stessa.

Emily non aveva riflettuto sulla possibilità che sarebbe potuta morire da sola nella foresta pluviale, quando era partita per quel viaggio. Era abituata a fare escursioni, ad andare in campeggio. E nonostante l'inferno degli ultimi due anni, era ancora in buona forma, forte, e pronta a correre e a praticare sport sia durante la scuola superiore che all'università. La Costa Rica era considerata una destinazione sicura, con un basso tasso di criminalità e una popolazione aperta ai turisti. Era anche poco costosa—un fattore importante vista la rapidità con cui si assottigliavano i suoi risparmi.

Aveva prenotato quel viaggio *prima*. Prima che il mercato peggiorasse di nuovo, prima di un altro ciclo di licenziamenti, che aveva causato la perdita del lavoro per migliaia di lavoratori di Wall Street. Prima che Emily andasse a lavorare lunedì, con gli occhi stanchi per aver lavorato tutto il fine settimana, solo per lasciare l'ufficio lo stesso giorno con tutti i suoi effetti personali in una piccola scatola di cartone.

Prima che la sua relazione durata quattro anni si sgretolasse.

La sua prima vacanza dopo due anni, e stava per morire.

No, non pensarci. Non succederà.

Ma Emily sapeva di mentire a se stessa. Sentiva le sue dita scivolare sempre di più, con il braccio destro e la spalla in fiamme per via dello stiramento nel sostenere il peso di tutto il corpo. La sua mano sinistra era a pochi centimetri dal lato del ponte, ma tanto valeva che quei centimetri fossero miglia. Non riusciva ad aggrapparsi con una forza tale da sollevarsi con un braccio.

Fallo, Emily! Non pensarci, fallo e basta!

Raccogliendo tutta la forza, fece oscillare le gambe in aria, sfruttando lo slancio per sollevare il corpo in una frazione di secondo. Afferrò il bordo sporgente con la mano sinistra, lo strinse... e il fragile pezzo di legno si spezzò, facendola gridare dal terrore.

L'ultimo pensiero di Emily prima di colpire le rocce fu la speranza di una morte istantanea.

———

L'ODORE DELLA VEGETAZIONE DELLA GIUNGLA, RICCO E pungente, raggiunse le narici di Zaron. Inalò profondamente, lasciando che l'aria umida gli riempisse i polmoni. Era pulita lì, in quel piccolo angolo della Terra, quasi incontaminata come quella del suo pianeta.

Aveva bisogno di quella adesso. Aveva bisogno dell'aria fresca, di isolamento. Negli ultimi sei mesi aveva cercato di fuggire dai suoi pensieri, di esistere solo in quel momento, ma non c'era riuscito. Nemmeno il sangue e il sesso lo soddisfacevano ormai. Poteva distrarsi scopando, ma poi il dolore tornava sempre, più forte che mai.

Era davvero troppo. La sporcizia, le folle, il fetore dell'umanità. Quando non era avvolto da una nebbia di estasi, era disgustato, con i sensi sopraffatti dall'aver trascorso troppo tempo nelle città umane. Era meglio lì, dove poteva respirare senza inalare veleno, dove poteva sentire l'odore della vita invece di quello dei prodotti chimici. Pochi anni dopo, tutto sarebbe stato diverso, e avrebbe potuto riprovare a vivere ancora una volta in una città umana, ma non ancora.

Non prima di essersi stabiliti lì completamente.

Quello era il compito di Zaron: supervisionare gli insediamenti. Aveva fatto ricerche sulla fauna e la flora della Terra per decenni, e quando il Consiglio aveva chiesto la sua assistenza per l'imminente colonizzazione, non aveva esitato. Qualunque cosa era meglio che essere a casa, completamente permeata dai ricordi della presenza di Larita.

Non c'erano ricordi lì. Nonostante tutte le somiglianze con Krina, quel pianeta era strano ed esotico. Sette miliardi di *Homo sapiens* sulla Terra—un numero impensabile—e si stavano moltiplicando a un ritmo vertiginoso. Con la loro breve durata di vita e la conseguente mancanza di memoria a lungo termine, stavano consumando le risorse del loro pianeta con un profondo disprezzo per il futuro. In qualche modo, gli ricordavano la *Schistocerca gregaria* —una specie di locusta che aveva studiato diversi anni fa.

Naturalmente, gli esseri umani erano più intelligenti degli insetti. Alcuni individui, come Einstein, erano addirittura simili ai Krinar in alcuni aspetti del loro pensiero. Ciò non era particolarmente sorprendente per Zaron; aveva sempre pensato che fosse questo l'intento del grande esperimento degli Anziani.

Passeggiando per la foresta della Costa Rica, si ritrovò a pensare al proprio compito. Quella parte del pianeta era promettente; era facile immaginare piante commestibili provenienti da Krina che fiorivano lì. Aveva fatto tante prove sul suolo e aveva alcune idee su come rendere ancora più rigogliosa la flora di Krina.

Intorno a lui, la foresta era lussureggiante e verde, impregnata del profumo di eliconie in fiore e del rumore dei fruscii delle foglie e degli uccellini appena nati. In lontananza, sentì il grido di una *Alouatta palliata*, una scimmia urlatrice nativa della Costa Rica, e qualcos'altro.

Accigliato, Zaron ascoltò più attentamente, ma il suono non si ripeté.

Incuriosito, si diresse in quella direzione, con gli istinti di cacciatore in allerta. Per un attimo, quel suono gli aveva ricordato l'urlo di una donna.

Muovendosi con facilità tra la folta vegetazione della giungla, Zaron scattò a gran velocità, saltando su un piccolo torrente e sui cespugli che trovava sul suo cammino. In quel luogo, lontano dagli umani, poteva muoversi come un Krinar, senza la preoccupazione di esporsi. Qualche minuto dopo, arrivò abbastanza vicino da poterne sentire il profumo. Forte e simile al rame, gli fece venire l'acquolina in bocca e risvegliare il sesso.

Sangue.

Sangue umano.

Raggiungendo la sua destinazione, Zaron si fermò, fissando la visuale davanti a lui.

Di fronte c'era un fiume, un torrente di montagna in piena per le recenti piogge. E sulle grandi rocce nere al centro, sotto un vecchio ponte di legno che attraversava la gola, c'era un corpo.

Il corpo frantumato e contorto di una ragazza umana.

CAPITOLO DUE

Imprecando tra sé e sé, Zaron saltò nel fiume. Se fosse stato un umano, la potente corrente lo avrebbe immediatamente trascinato via. Ma essendo quello che era, usò tutta la forza per nuotare nell'acqua spumeggiante. Più volte colpì con le gambe le rocce sotto l'acqua, ma ignorò il dolore. Le escoriazioni non erano niente per quelli della sua specie; infatti, quando raggiunse i massi davanti a lui, le ferite si erano già rimarginate.

Arrivò lì, scalando le rocce scivolose e accovacciandosi accanto alla ragazza. Era viva; Zaron sentì il suo debole ed erratico battito cardiaco, nonché il gorgoglio del suo respiro.

Era viva, ma a giudicare dalle ferite, non lo sarebbe stata ancora a lungo.

La parte inferiore del suo corpo era piegata in un angolo strano e le esili membra erano rotte in più punti, con frammenti di ossa che sporgevano dalla pallida carne lacerata. La metà del volto era ricoperta di sangue, con il liquido rosso scuro che colava da un profondo taglio sul lato del cranio. La maglietta a maniche corte nascondeva la maggior parte delle ferite sul busto, ma Zaron sospettava che avesse un'emorragia interna, con la cassa toracica probabilmente fratturata a causa della caduta.

Con lo stomaco che cominciava a stringersi per un mix di pietà e una strana disperazione, Zaron fissò l'umana distrutta. Era giovane e, da quello che poteva vedere, molto carina. Lunghi capelli biondi, carnagione chiara, una struttura ossea esile, ma formosa... Se non fosse stata prossima alla morte, forse sarebbe stato attratto da lei.

Ma ormai era vicina alla fine. Nella migliore delle ipotesi, le restava ancora qualche minuto da vivere. Con quelle ferite così gravi, era sorprendente che il suo cuore stesse ancora battendo. Gli umani erano creature fragili, che si ferivano facilmente e guarivano lentamente. Dubitava che i medici umani avrebbero potuto curarla, anche se fossero riusciti ad arrivare in tempo. La medicina dei Krinar avrebbe potuto salvarla, naturalmente, ma Zaron non l'aveva con sé e la ragazza non avrebbe potuto sopravvivere al viaggio verso casa sua.

Sollevando la mano, sfiorò il lato illeso del viso della ragazza, passandole le dita sulla mascella. La sua pelle era morbida e liscia, come quella di una bambina. Un pizzico di rammarico gli trafisse il petto; in circostanze diverse, gli sarebbe piaciuto molto stare con lei.

Improvvisamente, un piccolo suono rotto le sfuggì dalla gola, sorprendendo Zaron. E poi, con grande shock da parte del Krinar, lei aprì gli occhi.

Incorniciati da ciglia folte e brune, erano di un luminoso azzurro-verde e straordinariamente belli.

Per un attimo, sembrò disorientata, con quegli occhi color mare offuscati dal dolore, ma poi mise a fuoco lo sguardo, concentrandosi sul viso del ragazzo.

Sapeva che stava per morire. Zaron glielo leggeva in faccia. Lo sapeva, e si stava opponendo con ogni fibra del suo essere.

Mosse la bocca, separando le labbra per una preghiera priva di parole, e lui capì cosa fare.

Raggiungendo la ragazza, Zaron la sollevò delicatamente, cullandola sul petto.

Era quasi certo che non sarebbe sopravvissuta al viaggio, ma non poteva lasciarla andare in quel modo.

Nessuno aggrappato alla vita così intensamente sarebbe dovuto morire senza combattere.

———

Il viaggio sembrava non finire mai, sebbene Zaron corresse il più veloce possibile, facendo attenzione a non scuotere troppo la ragazza. La parte più difficile era stata il fiume; combattere la corrente con una mano e tenere la ragazza sopra l'acqua con l'altra era stato impegnativo anche per lui.

Lei era ancora incosciente. Zaron sentiva il duro rantolo nei suoi polmoni e sapeva che non sarebbe vissuta ancora a lungo. Il suo viso era pallido come un fantasma, la pelle fredda e umida a causa del fiume.

Infine, arrivarono a destinazione.

Portandola nella sua dimora, Zaron la poggiò attentamente sul letto. Un acuto comando vocale e una delle pareti si aprì, permettendo allo *jansha*—un piccolo dispositivo tubolare di guarigione—di fluttuare verso di lui. Afferrandolo a mezz'aria, Zaron lo posò sul letto prima di spogliare la ragazza. Non indossava molti abiti—solo una T-shirt e un paio di pantaloncini di jeans strappati—e Zaron impiegò poco a sbarazzarsene, con il petto che si strinse alla vista delle ossa sporgenti e della carne lacerata.

Prendendo il dispositivo, glielo passò sul corpo nudo, lasciando che le diagnosticasse le ferite. Come aveva sospettato, erano gravi. Oltre ai danni agli organi interni, aveva una lesione al midollo spinale. Anche se fosse riuscita a sopravvivere, sarebbe rimasta paralizzata dalla vita in giù.

C'erano anche altre ferite. Ossa rotte, un profondo taglio sul cranio, graffi e lividi—sembravano tutti provocati dall'incidente. Tuttavia, c'erano segni di un trauma precedente. A quanto pareva, si era rotta il polso e aveva una cicatrice sulla gamba, dovuta a qualche altro inconveniente. Inoltre, era stata sottoposta a una primitiva cura odontoiatrica umana, con alcuni denti perforati e rattoppati con un rivestimento non organico.

Zaron esitò solo un momento prima di abilitare la completa modalità di guarigione dello jansha. Se avesse avuto più tempo e le ferite non fossero state così gravi, avrebbe potuto calibrare il dispositivo in modo che si concentrasse su delle ferite specifiche. Ma visto come stavano le cose, una procedura completa sarebbe stata la sua unica possibilità di sopravvivenza.

Il dispositivo vibrò un secondo, rilasciando i nanociti curativi, e Zaron osservò la carne danneggiata della ragazza che cominciava a rimarginarsi, man mano che le cellule si rigeneravano dall'interno.

CAPITOLO TRE

 consapevolezza del fatto di sentirsi bene.

Davvero, davvero bene.

Non sentiva caldo, né freddo, e il lenzuolo che la copriva era dei giusti peso e spessore. Anche il materasso sotto di lei era incredibilmente comodo; era come se stesse dormendo su qualcosa fatto su misura per il suo corpo. Era anche sorprendentemente rilassata. La tensione sempre presente alla nuca era assente per la prima volta dopo mesi.

Un sorriso di contentezza le piegò le labbra, ed Emily si sistemò più profondamente sotto le coperte. Quella era stata la migliore notte di sonno dopo tanto tempo. Non avrebbe mai creduto che sarebbe successo in una locanda poco costosa in una zona remota della Costa Rica.

Doveva essere per via dell'aria fresca e dell'allenamento, rifletté, ancora riluttante ad aprire gli occhi. Tutta quella camminata doveva averla resa esausta. La *camminata...* Qualcosa le ronzò negli angoli del cervello, qualcosa di inquietante—

La caduta dal ponte! Ansimando, Emily si mise a sedere e aprì gli occhi.

Non era nella locanda.

Non era nemmeno morta.

Per un attimo, quei due fatti sembrarono inconciliabili. Se avesse sognato quell'orribile evento, non avrebbe dovuto svegliarsi nell'ultimo luogo in cui ricordava di essere andata a dormire? E se non era stato un sogno, allora dove si trovava? Perché non era morta o perlomeno gravemente ferita?

Con il cuore che batteva all'impazzata, Emily esaminò la stanza, stringendo la coperta per proteggersi il petto. Sentì il soffice materiale sul suo corpo—il suo corpo *nudo*—e la consapevolezza di non indossare vestiti le fece triplicare il panico.

Dove diavolo si trovava?

Non era un ospedale, non aveva dubbi su quello.

Era seduta su un grande letto rotondo con la più strana struttura del materasso che avesse mai visto. Non aveva le molle tradizionali e non era nemmeno in memory foam; sembrava adattarsi perfettamente al suo corpo. L'impressione era così forte che poteva praticamente sentire la cosa muoversi sotto di lei.

A parte il letto, la stanza era completamente vuota. Emily non riusciva nemmeno a distinguere la fonte di luce che illuminava tutto con un tenue bagliore. Le pareti, il pavimento e il soffitto erano color crema, così come le lenzuola su quel letto così strano.

Non c'erano finestre, né porte.

Che cazzo di posto era?

Sentendosi andare in iperventilazione, Emily cercò di respirare profondamente per calmarsi. Ci doveva essere una spiegazione—una spiegazione razionale. Doveva solo capire quale fosse.

Muovendosi con cautela, si avvicinò al bordo del letto e poggiò i piedi sul pavimento. Il fatto che potesse muoversi così facilmente, senza dolori di alcun tipo o debolezza, era sconvolgente. Se fosse veramente caduta da quel ponte, non avrebbe dovuto avere almeno qualche osso rotto? L'alternativa—che si fosse trattato solo di un sogno molto vivido—non aveva molto senso, considerando l'attuale situazione.

Alzandosi in piedi, Emily tirò via la coperta del letto e l'avvolse attorno a sé, cercando di non lasciarsi prendere dal panico che le attanagliava la mente, quando una parte della parete di fronte a lei si dissolse.

Si *dissolse* letteralmente, lasciando entrare un uomo nella stanza.

Alto e robusto, attraversò l'apertura con la stessa indifferenza di chi varca una porta aperta, muovendosi con fluida facilità atletica.

"Ciao, Emily" disse sottovoce, con gli occhi scuri concentrati su di lei. "Non mi aspettavo di trovarti già sveglia."

CAPITOLO QUATTRO

Senza parole, tutto ciò che Emily poteva fare era fissarlo.

L'uomo davanti a lei era incredibile.

Non attraente. Non bello. Non avvenente.

Assolutamente stupendo.

Aveva i capelli neri e lucidi abbastanza lunghi ed erano così folti da aggiungere centimetri alla sua altezza già sorprendente. Il viso era terribilmente mascolino, con i lineamenti più perfetti che Emily avesse mai visto. Zigomi alti, mascella dura, labbra piene—era come se qualche scultore avesse deciso di replicare un dio greco. Anche la pelle abbronzata sembrava impeccabile, come su una fotografia ritoccata.

Sembrava straniero, esotico... e incredibilmente bello. Emily non aveva idea di quale fosse la sua razza o l'etnia, non avendo mai visto qualcuno così perfetto. Non sapeva nemmeno che esistessero uomini come lui.

E lui conosceva il suo nome.

Non appena rifletté su quel fatto, il battito cardiaco di Emily accelerò di nuovo, comprendendo la precarietà della situazione. Non importava quale aspetto avesse quell'uomo; ciò che Emily doveva sapere era dove si trovava e che cosa le era successo.

"Chi sei?" gli chiese, stringendo la coperta. "Che posto è questo? Come fai a sapere il mio nome?"

Il suo sguardo era oscuro e indecifrabile. "Ho trovato la patente nel tuo portafoglio" disse piano, facendola rabbrividire. "Conteneva alcune informazioni su di te, Emily Ross di New York."

Emily sbatté le palpebre. "Va bene, va bene. E hai avuto il mio portafoglio, perché...?"

"Perché era nella tasca dei tuoi pantaloncini" disse, avvicinandosi. La parete dietro di lui si ricompose, con l'ingresso che scomparve come se non fosse mai esistito.

Emily sentì rizzarsi i sottili peli sul retro del collo. "Che diavolo di posto è questo? Dove mi trovo?" Sentì la vena isterica nella sua voce, e si sforzò di fare un respiro profondo. Con un tono leggermente più calmo, chiese: "Che cosa mi è successo?"

"Siediti, Emily." L'uomo fece un cenno in direzione del letto. "Hai ancora bisogno di riposare. Il tuo corpo ha subito un brutto trauma."

Emily fece un passo indietro, ignorando il suo suggerimento. "Stai dicendo che sono caduta dal ponte?" Si sentiva come se facesse parte di un episodio di *Ai Confini della Realtà*. "Questo è un ospedale? Sei un medico?"

L'uomo piegò le sensuali labbra in un debole sorriso. "Non esattamente, ma puoi considerarmi tale."

"Questa è una sorta di struttura di ricerca?"

"No." L'uomo sembrava vagamente divertito. "Niente del genere."

"Beh, allora che cos'è?" chiese Emily dalla frustrazione. "Chi sei tu?"

"Puoi chiamarmi Zaron." Camminando verso il letto, si sedette lì, allungando le lunghe gambe muscolose. Per la prima volta, Emily notò che era vestito in modo casual, con un paio di jeans blu e una maglietta bianca senza maniche che mostrava le braccia abbronzate e muscolose. Ai piedi, portava un paio di sandali grigi, e il suo unico accessorio era uno strano orologio sul polso sinistro. Ammesso che fosse davvero un dottore, certamente non era vestito come tale.

"Zaron?" ripeté lei, aggrottando la fronte. "È il tuo nome o il cognome?"

Continuò a fissarla, con lo sguardo oscuro e imperscrutabile, ed Emily deglutì, rendendosi conto che non aveva intenzione di risponderle. "Ok, Zaron" disse lentamente, sottolineando il suo strano nome: "Che cosa mi è successo? Perché sono qui?"

"Sei caduta dal ponte, Emily." La sua voce era calma, col il viso perfetto e inespressivo. "Ti ho trovata e ti ho portata qui."

"Giusto, uh-uh." Gli rivolse un'occhiata incredula. "E come mai sto benissimo?"

"Hai fame?"

"Che cosa?" Emily sbatté le palpebre, sorpresa dal cambio di argomento.

"Ho chiesto se hai fame" ripeté pazientemente, guardandola con quei bellissimi occhi scuri ed esotici. "Non hai mangiato niente per due giorni durante la guarigione. Non vorresti un po' di cibo?" C'era qualcosa nello sguardo di Zaron che le ricordava il gatto George—una bizzarra intensità che la faceva sentire come un topo con cui giocare.

All'improvviso, il confronto sembrò davvero appropriato ed estremamente pericoloso. "Quello che vorrei è qualcosa da indossare" disse Emily, consapevole della sua nudità sotto la coperta e di essere in una stanza con un uomo strano.

Un uomo molto robusto e muscoloso.

Che probabilmente l'aveva denudata.

I suoi palmi cominciarono a sudare e la frequenza cardiaca accelerò ulteriormente. Per la prima volta, Emily rifletté sulla portata della propria vulnerabilità. L'uomo seduto sul letto non era solo stupendo; era anche grosso. Molto più grosso—e senza dubbio molto più forte—di Emily stessa. Essendo alta un metro e settanta, era al di sopra della media, ma Zaron la superava di almeno venti centimetri, con muscoli d'acciaio scolpiti sulle spalle larghe.

Se avesse deciso di farle del male, non avrebbe potuto fare nulla per fermarlo.

Qualcosa di ciò che Emily provava doveva essere apparso sul suo viso, perché lui si alzò in piedi, con il corpo potente piegato in un movimento stranamente aggraziato. "Certo" disse sottovoce. "Ti porto subito qualche vestito."

E mentre Emily lo guardava, scioccata, la parete si dissolse di nuovo, lasciandolo uscire dall'apertura per poi solidificarsi immediatamente, chiudendola dentro.

———

NON APPENA LA PARETE SI CHIUSE DIETRO DI LUI, ZARON fece un respiro profondo, stringendo le mani a pugno. Sentiva il pesante battito del cuore, e tutto il suo corpo era rigido, con il cazzo duro e gonfio dal desiderio. Le era grato per aver tenuto gli occhi fissi sul suo viso, mentre era uscito dalla stanza; se avesse guardato in basso, la sua naturale prudenza femminile si sarebbe trasformata in una terribile paura—e per una buona ragione.

La potenza della sua reazione fisica nei confronti di Emily era inquietante. Perfino ora, Zaron riusciva a sentire la tenue e dolce fragranza del suo profumo, e sentiva un prurito alle mani per la brama di toccarla di nuovo, sentendone la morbidezza della soffice pelle sotto le dita. Aveva dovuto fare appello a tutta la sua forza di volontà per andarsene, per allontanarsi da lei, invece di fare ciò che il suo corpo pretendeva e sprofondare nella sua carne vellutata.

Erano anni che non desiderava così tanto una donna.

Otto anni, per l'esattezza.

Quella consapevolezza era come un pugno nello stomaco. Per un attimo, i ricordi minacciarono di travolgere nuovamente Zaron, trascinandolo nell'oscuro abisso della disperazione. Solo attraverso la pura forza di volontà riuscì a rivolgere nuovamente i pensieri alla ragazza umana—un argomento molto più sicuro su cui rimuginare.

Negli ultimi due giorni, si era preso cura di ogni sua necessità, assicurandosi che fosse pulita e tranquilla per facilitarle la guarigione. Le aveva fatto il bagno, lavato i capelli e aveva vegliato su di lei mentre dormiva. A questo punto, conosceva il suo corpo più intimamente di quello della maggior parte delle donne che aveva scopato; eppure, rimaneva un estraneo per lei.

Un estraneo che riusciva a controllare a stento la sua lussuria.

Non sapeva quando il suo desiderio di aiutare la ragazza si fosse trasformato in quella voglia profonda e incontrollabile. All'inizio, tutto ciò che aveva visto era una creatura a pezzi da guarire—una fragile umana aggrappata alla vita con sorprendente determinazione. Voleva guarire le sue ferite, porre fine alla sua sofferenza, e il sesso era l'ultima cosa che aveva in mente.

A un certo punto, negli ultimi due giorni, tuttavia, qualcosa era cambiato. Man mano che il corpo della ragazza si riprendeva, aveva cominciato a notare la pienezza dei suoi seni, la morbidezza delle labbra, le fossette sensuali alla base della colonna vertebrale... Pur essendo snella, la sua figura era deliziosamente femminile e, dopo un po', non poteva più fare a meno di pensare di toccarla, assaggiarla... scoparla.

Era folle. Pur essendo bella, la ragazza era lontana dal suo solito tipo. Durante il tempo trascorso sulla Terra, Zaron aveva scoperto che gli piacevano le brune alte e magre, che gli ricordavano le donne Krinar, non le bionde dall'aspetto delicato con un colorito inconfondibilmente umano. Nessuna Krinar aveva capelli così chiari o occhi di quella strana sfumatura bluastra, ma su di lei—su Emily—quella combinazione sembrava stranamente attraente, ricordandogli le illustrazioni degli angeli che aveva visto nei libri umani. Per essere una di quella specie, la sua piccola ospite era molto carina.

Era davvero splendida.

Perlomeno, il suo cazzo ne sembrava convinto.

Facendo un altro respiro profondo, Zaron si sforzò di aprire le mani, determinato a riconquistare il suo equilibrio. Non sapeva per quale motivo volesse così tanto quella ragazza umana, ma la pazienza era fondamentale. La pazienza e l'autocontrollo. Non voleva spaventarla. Era già confusa e ansiosa per essersi svegliata in un luogo strano, in una condizione che nessun umano avrebbe potuto comprendere facilmente. Avrebbe dovuto fare attenzione con lei, rivelarle la verità gradualmente, in modo da non lasciarla prendere dal panico.

Non avrebbe voluto vederla impaurita, una volta giunto il momento di andarci a letto.

E quel momento sarebbe giunto. Zaron ne era certo. Un rapido controllo eseguito sulla sua ospite gli aveva rivelato che non era sposata e non aveva figli, che viveva da sola in un piccolo appartamento nel quartiere di Manhattan, a New York. Era single, e Zaron la voleva più di quanto avesse mai voluto qualunque altra donna dopo Larita.

La voleva, e l'avrebbe avuta.

Tutto quello di cui aveva bisogno era un po' di pazienza.

CAPITOLO CINQUE

EMILY ASPETTÒ CHE ZARON TORNASSE, SBATTENDO IL piede impazientemente sul pavimento.

Dopo che lui se ne era andato, si era avvicinata a quella stessa parete e l'aveva toccata, cercando di capire come funzionasse. Sicuramente doveva esserci qualche meccanismo di scorrimento, e la parete *sembrava* solo dissolversi.

Con sua grande delusione, non aveva trovato nulla, anche se aveva scoperto che la parete aveva una strana struttura. Era calda sotto le sue dita—calda e liscia, quasi come una cosa vivente. Si era divertita ad accarezzarla per un minuto, ma poi si era stancata di quell'attività e si era seduta sul letto ad aspettare il ritorno di quello strano medico.

Per la prima volta nella sua vita adulta, Emily non aveva idea di cosa fare. Era sempre stata una persona calma e piena di risorse—quella che sapeva affrontare qualsiasi problema in modo ordinato, analitico per poi giungere ad una soluzione efficace. Tuttavia, non si era mai trovata in una situazione del genere. Non aveva idea di dove fosse, di come fosse arrivata lì o di come facesse ad essere viva. Sembrava tutto surreale, dallo splendido uomo esotico con quel nome da straniero alla stanza che le ricordava un film di fantascienza.

Poteva trattarsi di una struttura di ricerca governativa segreta? Zaron l'aveva negato, ma perché avrebbe dovuto rivelarle la verità? Quel luogo—qualunque cosa fosse—avrebbe potuto essere segreto e forse lui si sarebbe messo nei guai, se le avesse rivelato qualcosa.

Il fatto che stesse pensando a qualche teoria cospirativa sui laboratori governativi segreti divertiva Emily. Era sempre stata una persona razionale e logica, non una che si lasciava prendere dalla fantasia. Anche da piccola, non aveva mai creduto a Babbo Natale o agli esseri che si aggiravano all'improvviso di notte; quelle possibilità non le erano mai sembrate logiche—non più di quanto sembrassero tali i laboratori governativi segreti della Costa Rica in quel momento.

Ma qual era l'alternativa? Quella domanda tormentava Emily, peggiorandone l'impazienza. Non riusciva a pensare ad altro che potesse spiegare la sua attuale situazione—a parte che l'intero evento fosse stato solo un'invenzione della sua mente. Forse le cose stavano davvero così? Era possibile che avesse battuto la testa e si trovasse in un ospedale con una lesione cerebrale?

Prima di poter continuare con le sue ipotesi, la

parete si aprì di nuovo e Zaron entrò nella stanza, muovendosi con la stessa strana grazia che la ragazza aveva osservato prima.

"Ecco" disse lui, porgendole un abito rosa chiaro e un paio di sandali bianchi. "Puoi vestirti, se vuoi."

"Uhm, grazie" disse Emily, insicura, prendendo gli indumenti dalle sue mani. "C'è un bagno?"

"Certo." Zaron attraversò la stanza, dirigendosi verso la parete opposta. "Vieni, lascia che te lo mostri."

Emily lo seguì, chiedendosi dove potesse nascondersi il bagno. Mentre si avvicinava alla parete, essa si dissolse ancora, creando l'ingresso verso una piccola stanza. Zaron entrò, facendole cenno di unirsi a lui.

"Quella è la toilette" disse, indicando un oggetto cilindrico bianco nell'angolo, dopo che lei entrò nella stanza. "Siediti, e si prenderà cura di te. Poi, puoi rinfrescarti nell'altro angolo." Indicò una piccola sporgenza simile a un lavandino. "Se hai bisogno di una doccia più tardi, posso mostrarti come farla funzionare."

Emily sentì il suo volto arrossire. "Va bene, grazie. Dovrei riuscire a farcela da qui. Potresti uscire di nuovo? Ho bisogno di un minuto."

Gli angoli della bocca di Zaron si piegarono per un piccolo sorriso. "Certo" disse, e con un movimento disinvolto, se ne andò, lasciando Emily sola ancora una volta.

Non appena la parete si chiuse, Emily lasciò cadere la coperta sul pavimento e indossò l'abito che l'uomo le aveva portato. Era un prendisole con le bretelline sottili. Con grande sorpresa di Emily, le stava perfettamente, avvolgendo dolcemente ogni curva del suo corpo. Persino i seni si sentivano comodamente sostenuti dalla sottile ma robusta fodera del corpetto. Ancora una volta, il materiale era qualcosa di insolito. Era in pile, ma sembrava cotone. Anche i sandali le stavano bene; era come se fossero su misura per i suoi piedi. Mancava la biancheria intima, ma Emily decise di non pensarci per ora. Avere qualche abito era stato già un grande passo avanti.

Poi, rivolse l'attenzione allo strano gabinetto. Era un cilindro vuoto con i bordi arrotondati. Non c'era acqua all'interno, né era visibile alcun meccanismo di scarico. Zaron le aveva detto che avrebbe dovuto semplicemente sedersi sopra di esso. Emily esitò un minuto, riflettendo, poi tirò su l'orlo del vestito e si accomodò sul cilindro con una scrollata di spalle.

Una ragazza deve fare la pipì, quando ne sente l'esigenza.

Dopo aver finito, sentì una brezza calda sulla carne esposta. La sua pelle rabbrividì un attimo, ed Emily sospirò, saltando giù dal cilindro. Il formicolio svanì immediatamente. Quando tornò sul cilindro, notò che era candido, perfettamente pulito. Allo stesso tempo, si rese conto di essere pulita e asciutta, anche se non aveva usato la carta igienica—un'altra cosa che mancava in quello strano bagno.

Accigliata per la confusione, Emily si avvicinò al simil-lavandino nell'altro angolo. Non c'erano rubinetti o pulsanti, perciò agitò semplicemente le mani, sperando nella presenza di qualche sensore di movimento. Quasi subito uscì un caldo liquido che le coprì le mani con una sostanza piacevolmente profumata, che somigliava vagamente al sapone. Prima che Emily potesse strofinare i palmi, la sostanza evaporò lasciandole le mani pulite e asciutte.

Un bizzarro disinfettante per le mani. Carino.

Dopo essersi presa cura dei bisogni più urgenti, Emily si avvicinò alla parete, quella dov'era apparso l'ingresso. Mentre si avvicinava, esso apparve di nuovo, come se avesse percepito che stava arrivando.

"Già, va bene" mormorò, attraversando l'apertura prima che potesse richiudersi. Non appena entrò nella camera da letto, la porta del bagno scomparve.

Emily rimase esterrefatta per alcuni secondi, poi scosse la testa. Doveva parlare con Zaron e ottenere al più presto delle risposte. Tutto questo era assurdo.

Scorgendo un movimento con la coda dell'occhio, si voltò e vide che l'ingresso che conduceva fuori dalla stanza era riapparso. Zaron era in piedi dall'altra parte.

"Vieni" le disse, facendole cenno di attraversare l'apertura. "Vorrei che ti unissi a me per pranzo."

"Ok, certo." Emily si avvicinò con cautela, questa volta osservando i lati della parete per cercare di capire come funzionasse. Con sua grande delusione, non c'era alcun meccanismo visibile nemmeno lì. I bordi dell'apertura erano lisci e lucidi, senza scanalature che indicassero una porta scorrevole.

Non appena si ritrovò dall'altra parte, la parete si

riformò, solidificandosi proprio davanti agli occhi di Emily.

Incredibile.

Girandosi verso Zaron, Emily lo guardò, frustrata. "Come funziona questo coso?" gli chiese, colpendo il muro. "Che razza di materiale è questo?"

Zaron la guardò attentamente. "Potrei dirti il suo nome, ma non significherebbe nulla per te. Per quanto riguarda il suo funzionamento, non sono un progettista, e non sarei in grado di darti una buona spiegazione."

Non è un progettista? Che cosa voleva dire con quello? "Allora, che cosa sei?"

Un accenno di sorriso apparve sulle splendide labbra di Zaron. "Sono quello che tu chiameresti un biologo, con una specializzazione in edafologia. Studio le creature viventi, così come il suolo che le nutre."

Emily sbatté le palpebre. "Capisco." Quindi, era *davvero* un ricercatore. "E questo è il tuo laboratorio?"

"No." Scosse la testa. "Questa è la mia casa temporanea."

Casa? Emily si guardò intorno nella stanza con incredulità. Come la camera da letto che aveva appena lasciato, tutto era decorato con sfumature in avorio e crema, con una tenue luce proveniente da una fonte indeterminata. Non c'erano finestre, né porte, e gli arredi erano minimi. A parte una lunga asse bianca al centro che somigliava a una panca piatta e alcune piante fiorite negli angoli, la stanza era sostanzialmente vuota.

Alzando le sopracciglia, Emily fece un passo verso quella specie di panca. Era abbastanza sicura che i suoi occhi la stessero ingannando, perché—" Quella cosa è sospesa nell'aria?" chiese, incredula, inginocchiandosi per guardare sotto la panca. "È sorretta da qualche magnete?"

"Ovviamente no" rispose Zaron, avvicinandosi a lei. "Sfrutta la tecnologia del campo di forza."

Continuando a stare in ginocchio, Emily lo guardò. Incombendo su di lei in quel modo, sembrava ancora più grande—e potentemente maschio. Ancora una volta, un brivido di paura le attraversò la spina dorsale. "Tecnologia del campo di forza?" ripeté lentamente, sentendosi come se fosse caduta nella tana del coniglio di un film di fantascienza. "Di cosa stai parlando?"

La osservò con uno sguardo tagliente. "Perché non mangiamo qualcosa e lasci che ti spieghi" suggerì gentilmente. Il suo tono era dolce, ma Emily sentì la durezza che nascondeva. Non aveva intenzione di rispondere alle sue domande.

"Va bene" disse lei con cautela, cominciando ad alzarsi in piedi. "Io—" Poi quasi ansimò, perché la mano di Zaron la afferrò per il gomito, aiutandola ad alzarsi. Il suo tocco era leggero, delicato, ma c'era qualcosa di possessivo nella sua presa, nel modo in cui le dita si erano fermate qualche secondo di troppo sul suo braccio prima di lasciarla andare.

Con il cuore in gola, Emily fece un passo indietro, fissandolo. Per quanto fosse illogico, si sentiva marchiata dal suo tocco, con una sensazione di formicolio sulla pelle, nel punto in cui l'aveva toccata. Anche Zaron la guardava, con gli occhi scintillanti per una strana emozione. Per la prima volta, Emily notò che le sue iridi non erano color castano scuro, come aveva inizialmente pensato—erano nere.

Sentendosi completamente sconvolta, fece quello che aveva sempre fatto nei momenti difficili della sua vita.

Indossò una maschera spensierata.

"Ok" disse allegramente. "Mangiamo e facciamo quattro chiacchiere."

———

Divertito dall'improvviso entusiasmo della ragazza per il pasto, Zaron la condusse in cucina.

Era felice di aver avuto l'opportunità di toccarla in modo casuale e non sessuale. Era importante farla abituare al suo tocco. In un certo senso, sedurre Emily sarebbe stato come addomesticare una creatura selvaggia. Avrebbe dovuto avvicinarsi a lei lentamente per ottenere la sua fiducia. Avrebbe dovuto convincerla che non le avrebbe fatto del male; altrimenti sarebbe entrata nel panico al primo accenno di interesse sessuale da parte sua.

La cosa positiva era che Emily non era indifferente a lui. Non era affatto indifferente al fascino mascolino e attraente di quell'uomo. Forse era rimasta spaventata da quel tocco, ma aveva provato anche una leggera eccitazione. Zaron l'aveva capito dalla leggera dilatazione delle sue pupille e dal rapido aumento del battito cardiaco. Anche il suo profumo femminile si era rafforzato. Se Zaron le avesse toccato le delicate pieghe tra le cosce, l'avrebbe sicuramente trovata calda e scivolosa, con il corpo istintivamente pronto all'atto dell'accoppiamento.

La sua gente aveva scoperto la compatibilità sessuale con *l'Homo sapiens* molto tempo prima. Sebbene il DNA della loro specie fosse abbastanza diverso da non rendere possibile alcuna ibridazione, gli sforzi degli Anziani avevano assicurato che gli esseri umani sarebbero stati molto simili ai Krinar in termini di aspetto esteriore e struttura corporea. Nessuno sapeva perché gli Anziani avessero deciso di farlo in quel modo, ma il risultato finale fu una specie che molti Krinar trovavano abbastanza desiderabile come compagna di letto—soprattutto considerate le qualità afrodisiache del sangue umano.

E questa umana in particolare era più desiderabile delle altre, pensò Zaron, osservando Emily fissare scioccata le sedie e il tavolo della cucina. Come il divano nel salotto, erano sostenuti da una sorta di campo di forza, dando l'impressione di fluttuare nell'aria. A una tipica umana del ventunesimo secolo quella tecnologia doveva sembrare piuttosto magica—anche se la maggior parte degli umani ormai era abbastanza illuminata da non attribuire tutto al soprannaturale.

Zaron era ancora incerto su quanto rivelare alla ragazza. Negli ultimi due giorni, in cui si era preso cura di lei, aveva pensato di non rivelare niente—di fingere di essere umano. Aveva anche preso in considerazione l'idea di riportarla sul ponte e di lasciarla lì prima che riprendesse coscienza. Lasciare che attribuisse la sua sopravvivenza a un miracolo o che credesse che la caduta fosse stata un sogno, qualunque cosa fosse più facile da accettare per la sua mente. Tuttavia, aveva esitato, a causa della crescente lussuria in lotta con il desiderio di evitare una situazione potenzialmente complicata—e poi si era svegliata, un paio d'ore prima di quanto lui si aspettasse.

Ora, aveva un'umana confusa da gestire—un'umana che lo osservava con uno sguardo frustrato negli occhi chiari color acquamarina.

"Fammi indovinare" disse lei, avvicinandosi al tavolo. "Un'altra tecnologia del campo di forza?"

Il divertimento di Zaron si accentuò per il sarcasmo velato nella domanda della ragazza. "Sì, esattamente" confermò lui, sedendosi su una delle sedie fluttuanti. Il materiale intelligente si adattò immediatamente al suo corpo, valutandone la postura per offrirgli la più comoda posizione possibile.

"Vuoi che mi sieda su quella?" Emily alzò la voce. "Su una sedia che fluttua nell'aria?"

"Non cadrai, te lo assicuro" rispose Zaron, reprimendo la voglia di sorridere, mentre la ragazza si avvicinò al tavolo con tutto l'entusiasmo di qualcuno che stava per essere processato per omicidio. "È davvero piacevole, in realtà."

"Uh-uh" mormorò lei, sistemandosi con cautela

sulla sedia. Poi, sgranò gli occhi. Doveva aver sentito la sedia muoversi, mentre le si adattava. Pochi secondi dopo, Emily era seduta con la schiena completamente appoggiata, abbastanza sconvolta.

Questa volta, Zaron non riuscì a soffocare una risatina. Non si aspettava di godersi quella parte, ma le cose stavano così. Presentare il suo mondo a quella piccola umana sarebbe stato piacevole in più di un senso, pensò, guardandola contorcersi nel tentativo di vedere la parte posteriore della sedia. Naturalmente, la sedia intelligente si torceva con lei, con la parte posteriore che scompariva proprio mentre Emily cercava di studiarla.

Quando tornò a guardarlo, lo sguardo sul suo volto era indescrivibile. "Seriamente, che cos'è questa roba?" chiese lei, stringendo con le mani il bordo del tavolo. "Dove mi trovo?"

Zaron rise dolcemente. "Sei in casa mia, Emily" disse, ripetendo pazientemente le informazioni che le aveva già dato. "E questa *roba* è il mio arredamento."

"Quale razza di arredamento fa una cosa simile? Quella roba si è *mossa*. È scomparsa sotto ai miei occhi."

"Sì, esatto" concordò Zaron. "È stata progettata per adattarsi al corpo e garantire la massima comodità. Quando ti sei girata, non era più comoda per te, quindi si è regolata."

"Certo, naturalmente." Chiudendo gli occhi, la ragazza si strofinò le tempie con un'espressione dolorante sul viso.

Subito preoccupato, Zaron si avvicinò al tavolo e le

premette il retro della mano sulla fronte. "Ti senti bene?" Gli umani erano incredibilmente fragili, con i corpi deboli e soggetti ad ogni genere di malattia del tutto aliena per il suo popolo. Il mal di testa, ad esempio. Zaron non ne aveva mai sofferto, ad eccezione di qualche momento a seguito di un infortunio alla testa, ma sapeva che era un'afflizione comune tra la specie di Emily.

Al suo tocco, l'umana indietreggiò, aprendo gli occhi. "Certo" disse, con la stessa sedicente lucidità. "Sono solo sorpresa." Notando che Zaron continuava a guardarla, dubbioso, aggiunse: "No, davvero, sto benissimo. Sono abbastanza sicura di essere caduta per qualche decina di metri, ma sto assolutamente bene."

Zaron decise di ignorare l'ultima parte della sua affermazione. "Va bene" disse, appoggiandosi. "Ma se ti fa male la testa, dimmelo. Posso trovare la soluzione per te."

Emily fece un lento respiro profondo, attirando lo sguardo del ragazzo sui suoi seni. "La soluzione? E come?" chiese lei, e Zaron si sforzò di concentrarsi sul suo viso.

Non era quello il momento di cedere all'attrazione.

"Mi hai già guarita?" insistette, vedendo che Zaron non rispondeva. "Com'è possibile che io mi senta benissimo dopo essere caduta da lassù?" Sgranò gli occhi come se le fosse venuta un'idea. "Aspetta un attimo, che giorno è oggi? Sono stata in coma o qualcosa del genere?"

"No, non sei stata in coma" rispose Zaron,

comprendendo la sua preoccupazione. "Oggi è giovedì 6 giugno."

"Quindi, sono rimasta svenuta per due giorni."

Zaron annuì. "Sì, esattamente." Gli stava venendo fame, ed era certo che la stessa cosa valesse per la ragazza. Le spiegazioni potevano aspettare. Contattando Krina, ordinò rapidamente un'insalata per loro.

Emily si accigliò. "Che cos'hai detto?"

"Ho chiesto del cibo per noi" spiegò Zaron. "Temo che la mia casa non sia programmata per rispondere ai comandi in inglese."

"Uh-uh." Lo guardò come se fosse pazzo. "Ma la tua casa è programmata per rispondere ai comandi in quella lingua?"

"La lingua in questione è il Krinar" chiarì Zaron, prendendo finalmente una decisione. Avrebbe potuto continuare a tenere la ragazza all'oscuro, ma non era realmente necessario. Considerando tutto ciò che aveva già visto, non avrebbe potuto lasciarla andare comunque—e prima o poi avrebbe scoperto la verità.

"Il Krinar?" Sembrava confusa, quando ripeté quella parola con un leggero accento americano. "In quale parte del mondo è parlata?"

"Il Krinar è la lingua parlata su Krina" rispose Zaron, studiando il viso di Emily. "Il mio pianeta nativo."

CAPITOLO SEI

EMILY FISSÒ LO SPLENDIDO UOMO DAVANTI A LEI, NON riuscendo a credere alle proprie orecchie. "Aspetta… *che cosa*? Hai appena detto il tuo *pianeta* nativo?"

Lui annuì, con un'espressione calma sul volto. "Sì, Emily. So che questo è contrario a ciò che la tua società accetta come verità in questo momento. Se decidi di non credermi, va bene. Volevi capire come mai fossi viva e perché la mia casa ti sembrasse così strana, e ti sto dando una spiegazione. Se non è quello che volevi sentire, sei liberissima di credere a qualcos'altro."

Emily deglutì, con il cuore che cominciò a batterle più velocemente. Non sembrava che stesse scherzando. La guardava con quegli occhi scuri e non c'era traccia di ilarità sul suo viso.

O era pazzo per davvero o era realmente caduta nella tana del Bianconiglio.

"Stai seriamente dicendo che sei un alieno?"

"Dal tuo punto di vista, direi di sì" disse lui, pensieroso. "Preferisco il termine *Krinar*, però."

"Un alieno? Cioè, un extraterrestre?" Emily non riusciva a credere che quelle parole le stessero uscendo dalla bocca. Quello doveva essere un sogno insolitamente vivido. Doveva essere così. Quella era l'unica spiegazione ragionevole per tutta quella serie di eventi. Doveva aver sognato qualcosa—compresa la caduta dal ponte—e ora stava dormendo nella sua camera d'albergo.

"Sì" rispose lui pazientemente. "Sono di Krina, non della Terra, e questo mi rende un extraterrestre, credo."

Bene, era ufficiale. Emily stava sognando. Altrimenti, come poteva essere seduta su una sedia fluttuante davanti a un tavolo altrettanto fluttuante e ad un uomo troppo bello per essere reale?

O troppo bello per essere umano, le sussurrò una vocina nella mente, facendola rabbrividire.

"Bene" disse Emily lentamente. "Supponiamo per un attimo che sia vero. Se vieni da un altro pianeta, allora come hai fatto ad arrivare qui e come mai hai l'aspetto di un umano?" Lasciamo rispondere l'uomo del sogno, pensò. Dovevano esserci dei limiti alla sua capacità mentale di elaborare spiegazioni razionali durante il sonno. Da un momento all'altro, Emily si sarebbe svegliata, chiedendosi come avesse potuto sognare qualcosa di così strano.

Con suo sgomento, la sua domanda sembrò divertire l'uomo. "Come potrai immaginare, sono arrivato su una navicella" spiegò lui, con le sensuali labbra piegate in un lieve sorriso. "Un'astronave, per la precisione. Per quanto riguarda il mio aspetto umano, la domanda è sbagliata, Emily. Non sono io ad avere un aspetto umano." Fece una pausa, guardandola attentamente. "Sei tu che assomigli a una Krinar."

Emily aprì la bocca per chiedergli cosa intendesse, ma in quel momento la parete alla sua destra si aprì e uscì fuori una scodella piena di qualcosa di colorato. Raggiungendo il tavolo, essa si fermò davanti ad Emily. Seguì subito una seconda scodella, che si poggiò sul tavolo davanti a Zaron.

Emily fissò il tavolo, combattendo l'impulso di strofinarsi gli occhi. *Un sogno*, si disse. *È solo un sogno.*

Le scodelle erano piene di quella che sembrava un'insalata—un insolito mix di frutta e verdura ricoperto da un condimento verde chiaro. Al centro di ciascuna scodella c'era uno strano utensile che sembrava una pinza in miniatura.

Afferrando la "posata" con cautela, Emily tirò su un pezzo di pomodoro. "Non sembra molto alieno" disse, rivolgendo a Zaron uno sguardo dubbioso.

"Non lo è. Sono tutte piante terrestri—come questo *Citrus sinensis*." Sollevando un pezzo d'arancia con la sua posata, mise il frutto in bocca e cominciò a mangiare con evidente piacere.

Emily lo fissò. "Ok, va bene. Quindi, puoi mangiare il nostro cibo?"

Deglutì e annuì. "Certo. Alcuni sono piuttosto buoni, in realtà" disse, per poi ricominciare a mangiare con gusto.

Tenendo in mano la posata, Emily lo guardò per alcuni secondi. Si sentiva come se la tana del Bianconiglio si stesse espandendo intorno a lei, risucchiandola ancora più in profondità. Perché non si svegliava? In generale, era normale che qualcuno durante un sogno sapesse che si trattava di un sogno, ma non riuscisse a svegliarsi?

Non sapendo cos'altro fare, cominciò a mangiare l'insalata. I sapori freschi le esplosero sulla lingua, con quella combinazione di verdure amarognole e frutta dolce insolita, ma deliziosa. Il condimento era tanto aspro quanto ricco. Emily non ricordava di aver mai mangiato qualcosa di simile. Le piacevano le insalate, e quella era una delle migliori che avesse mai assaggiato.

Quel sogno era davvero troppo realistico.

Inghiottendo il boccone che stava masticando, Emily mise giù la posata. "Non sto sognando, vero?" chiese, guardando Zaron.

"Pensavi di sì?" Lui piegò la testa da una parte. "È per questo che sembravi così tranquilla? Me lo stavo chiedendo, infatti. Tutto quello che so riguardo alla tua specie mi dice che la tua reazione avrebbe dovuto essere molto più estrema."

Emily sentiva che stava per avere quella reazione "molto più estrema" proprio in quel momento.

Alzandosi lentamente in piedi, si allontanò dal tavolo, fissando Zaron. Sentiva il suo frenetico battito cardiaco, e il respiro era rapido e irregolare. Era come se non ci fosse aria a sufficienza nella stanza.

Se tutto quello stava realmente accadendo—se la

mente non le stava giocando un brutto scherzo—non c'era modo di spiegare ciò che aveva visto senza entrare nel regno dell'improbabile.

"Puoi dimostrarlo?" La voce di Emily era bassa e tremolante. "Puoi dimostrare che vieni da un altro pianeta?"

Si riappoggiò alla sedia, con un mezzo sorriso sulle labbra. "Come vuoi che te lo dimostri, Emily? Non è abbastanza che sei viva e stai bene, quando dovresti essere morta a causa delle ferite? Conosci qualche farmaco umano in grado di curare ferite gravi come quelle?"

Emily inumidì le labbra. "Quanto ero grave?" Le parole le uscirono in un sussurro appena udibile. Immaginò il ponte e le grosse rocce sotto di esso, e lo stomaco le si contorse. Per la prima volta, rifletté davvero sul fatto di essere viva.

Era viva... quando avrebbe dovuto essere morta.

"Avevi molte fratture ossee, nonché un grave danno agli organi interni" spiegò Zaron, togliendosi una spessa ciocca di capelli dalla fronte. "Anche la spina dorsale era spezzata."

Sentendosi come se una cintura d'acciaio le stesse stringendo la cassa toracica, Emily si sforzò di respirare. Ora riuscì a ricordarlo—quel breve e terribile momento in cui il suo corpo colpì le rocce. Ricordò di aver desiderato una morte istantanea e di aver provato dolore, invece.

Con gli occhi che le bruciavano, alzò le braccia, studiandole come se non le avesse mai viste prima. La sua pelle era liscia e pallida, perfettamente intatta. Non vi era traccia di ferite di alcun tipo, nemmeno un livido o un graffio.

Era viva.

Era. Viva.

Man mano che prendeva consapevolezza di ciò, Emily cominciò a tremare. Avrebbe potuto morire. Avrebbe dovuto morire. Era certa che sarebbe morta.

E se non fosse stato per l'uomo seduto al tavolo, lo sarebbe stata.

Sollevando lo sguardo, lo vide guardarla con la stessa espressione fredda e divertita. "Mi hai salvato..." La voce di Emily si affievolì per lo shock. "Mi hai salvato la vita."

Lui annuì, alzandosi in piedi con un movimento fluido. "Sì" rispose, avvicinandosi a lei con una grazia predatrice. "L'ho fatto." Fermandosi a meno di trenta centimetri da lei, sollevò la mano e le strofinò delicatamente il lato della mascella.

Emily fece un respiro spaventato, stupita da quella carezza inaspettatamente possessiva. La vicinanza di Zaron era sconvolgente, e si aggiungeva al suo tormento interiore. Rabbrividì a quel tocco, sentendo dei brividi caldi lungo la colonna vertebrale, con tutto il corpo tremante dallo shock.

L'uomo che l'aveva appena toccata—l'uomo che le aveva salvato la vita—aveva affermato di provenire da un altro pianeta.

Con il cuore che le batteva all'impazzata, Emily fece

un passo indietro. "Perché mi hai salvata?" sussurrò, fissandolo. "Che cosa vuoi da me?"

"Non devi temere, Emily." La voce di Zaron era dolce e tranquillizzante, ma lei continuava ad avere l'inquietante impressione che un grosso gatto stesse giocando con la sua preda. "Non ti farò del male."

La ragazza deglutì vistosamente, facendo un altro passo indietro. Non era sicura di credergli—di credere anche solo a qualcosa di tutta quella storia. Come potevano esistere degli alieni umanoidi? Era come credere al Bigfoot e alle sirene. Un laboratorio governativo segreto era uno scenario molto più plausibile, a parte il fatto di non poter spiegare come mai Emily potesse essersi ripresa così rapidamente dalla caduta. Quel genere di tecnologia medica non sarebbe rimasta segreta troppo a lungo.

Non aveva altra scelta che accettare la possibilità che lui stesse dicendo la verità, e in quel caso, allora era in presenza di un vero e proprio extraterrestre.

Un extraterrestre che le aveva salvato la vita.

Un essere proveniente da un altro pianeta che la stava guardando come un leone affamato guarda una gazzella.

CAPITOLO SETTE

ZARON OSSERVÒ EMILY ALLONTANARSI LENTAMENTE DA lui, con gli occhi sgranati sul pallido viso. Poteva vedere il tremore delle sue membra, e l'impulso di tirarla a sé, di abbracciarla, era così forte che riusciva a controllarlo a stento. La breve carezza di prima aveva solo stimolato il suo appetito.

La voleva. Voleva toccarla, sentire la morbidezza della sua pelle. Voleva strapparle i vestiti e allargarle le cosce, tenendola aperta mentre spingeva dentro di lei. Voleva cullarla e scoparla come un selvaggio... e poi passare i denti sulla tenera pelle della sua gola e assaggiare la calda ricchezza del sangue.

Gli venne l'acquolina in bocca a quel pensiero.

"Perché hai detto che sembro una Krinar?" La domanda esitante di Emily interruppe i suoi pensieri, penetrando la foschia della lussuria che sembrava avvolgergli il cervello in sua presenza. Si era fermata dall'altra parte della stanza e lo osservava con cautela.

Zaron capì che si sentiva più sicura con uno spazio tra loro; non sapeva quanto sarebbe stato facile per lui annullare quella distanza con un unico salto. "E non il contrario, cioè che sei tu ad avere un aspetto umano, voglio dire" chiarì lei.

Facendo un respiro, Zaron si sforzò di rimanere fermo e di concederle lo spazio necessario. Era normale che si sentisse spaventata e sopraffatta; dopotutto, gli umani non erano ancora a conoscenza dell'esistenza dei Krinar.

"Perché siamo la specie intelligente originale" disse lui, rispondendo alla domanda. "La tua specie è stata creata a nostra immagine, non il contrario."

La ragazza si passò la lingua sulle labbra in un gesto nervoso, che inviò un'ondata di calore all'inguine di Zaron. "A vostra immagine? Di cosa stai parlando?"

"Sto parlando del fatto che siamo stati noi a creare la tua specie... tutte le specie su questo pianeta, in realtà." Zaron si fermò, lasciandola riflettere. "Se non fosse stato per noi, non ci sarebbe vita sulla Terra."

Emily sgranò gli occhi, con un'espressione di incredulità sul volto. "Che cosa? Stai dicendo che siete stati voi a *crearci*? Come in un laboratorio o qualcosa del genere?"

"No, non in un laboratorio" rispose Zaron. Stava per lanciarsi in una lunga spiegazione scientifica, ma si trattenne appena in tempo. "Abbiamo piantato qualche DNA qui, un paio di miliardi di anni fa" disse, invece. "Poi, abbiamo incoraggiato la vostra evoluzione, aiutando una specie simile a quella dei Krinar ad emergere col tempo." Quella era una grossolana semplificazione, ma pensava che Emily non avesse bisogno di conoscere tutte le sottigliezze evolutive a quel punto.

Emily aprì e chiuse la bocca senza emettere alcun suono. Zaron poteva praticamente vedere il funzionamento del suo agile cervello all'interno di quel piccolo cranio. Non sapeva se poteva fidarsi di lui o meno, e la sua inclinazione iniziale era stata quella di rifiutare qualsiasi cosa non rientrasse nella visione del mondo esistente. Ma non poteva negare ciò che aveva visto oggi.

"Un paio di *miliardi* di anni fa?" chiese Emily, fissandolo. "Mi stai dicendo che la vostra civiltà è così antica?"

Zaron annuì. "Sì, esistiamo da molto tempo. Il nostro pianeta è molto più vecchio del vostro."

Emily fece un respiro tremante. "Capisco." Alzando le mani, le strofinò di nuovo sulle tempie, come se le facesse male la testa.

Zaron socchiuse gli occhi. Non gli piaceva l'idea della sofferenza dell'umana—non se poteva evitarla. Era strano, ma in qualche modo si sentiva come se gli appartenesse e il suo benessere fosse una sua responsabilità. Attraversando la stanza in pochi passi, si fermò davanti a lei. "Emily... hai bisogno di qualche farmaco?"

Abbassando le mani sui fianchi, lo guardò, con gli occhi più verdi che azzurri sotto quella luce. "No, grazie. Sto benissimo. È solo che devo metabolizzare tutte queste informazioni."

"Certo." Zaron sentì nuovamente l'impulso di abbracciarla—questa volta per calmarla. Purtroppo, non era ancora pronta per quell'intimità, e qualunque mossa lui avesse fatto in quella direzione, l'avrebbe spaventata invece di ridurre l'ansia. Si accontentò di rivolgerle un sorriso rassicurante. "Capisco."

"Sono ancora in Costa Rica, giusto?" chiese lei, sollevando le delicate sopracciglia, come se quel dubbio le fosse appena venuto in mente. "Non mi trovo sulla tua astronave, vero?"

"No—e sì, siamo in Costa Rica. Siamo a una decina di chilometri da quel ponte. Come ho detto, questa è la mia casa per ora."

La fronte di Emily si rilassò e un sorrisetto apparve sulle sue labbra. "Oh, capisco." Sembrava sollevata, e Zaron soppresse il proprio sorriso, sapendo che la domanda dell'umana era probabilmente ispirata dallo stereotipo della sua cultura dei rapimenti alieni.

Guardando la ragazza, Zaron si rese conto che non si sentiva così allegro da anni. Non aveva mai passato molto tempo con un essere umano e non si aspettava di trovarlo così divertente. Avendo esaminato la sua patente di guida, sapeva che Emily aveva ventiquattro anni—era poco più di un'adolescente rispetto ai suoi seicento e più anni. Tuttavia, sembrava più matura di una Krinar della stessa età, probabilmente perché la sua specie generalmente raggiungeva l'età adulta intorno a quegli anni.

Improvvisamente, si rese conto che nell'ultima ora non aveva mai pensato a Larita. Un dolore intenso accompagnò quella realizzazione, e respinse immediatamente il pensiero. Gli piaceva il modo in cui si sentiva con quella ragazza umana, e aveva intenzione di preservare quella sensazione.

Emily si schiarì la voce, richiamando la sua attenzione verso di sé. "Zaron" disse con tono calmo, sostenendo il suo sguardo: "Non ti ho ancora ringraziato per avermi curata. Ricordo quella caduta, e so che avrei dovuto morire"—deglutì, con la voce che iniziava ad incrinarsi—"e non riesco nemmeno a cominciare a ringraziarti per aver fatto quello che hai fatto—"

"Va tutto bene, Emily" la interruppe Zaron, accorgendosi che era in procinto di piangere. "Sono felice che tu sia viva."

Deglutì di nuovo, poi gli rivolse un sorriso tremante. "Scusa, non volevo sembrarti così emotiva. Credo che nemmeno agli alieni piaccia quando una ragazza sta per piangere, no?"

"Non immagini quanto" rispose Zaron. Detestava vedere le lacrime di una donna; lo facevano sentire impotente. Ogni volta che Larita piangeva, avrebbe fatto qualsiasi cosa per risolvere il problema che la preoccupava. Emily non sembrava incline al pianto, e questo gli piaceva. La bellezza angelica della ragazza umana nascondeva un nucleo di forza che lui non poteva fare a meno di ammirare.

Il sorriso di Emily si allargò, illuminandole il viso.

"Beh, allora non piangerò. Ti dirò semplicemente grazie."

Zaron rise. "Sì, va benissimo così—"

Una leggera vibrazione del polso lo spaventò, interrompendolo a metà frase. Guardando il dispositivo computerizzato sul suo braccio, Zaron lesse un messaggio urgente in arrivo. "Scusami" disse, rivolgendo ad Emily uno sguardo apologetico. "Torno subito."

Prima che lei potesse rispondere, l'alieno si avviò rapidamente verso lo studio.

Una richiesta di riunione da parte del Consiglio doveva sempre essere affrontata tempestivamente.

———

CON IL CUORE CHE LE BATTEVA ALL'IMPAZZATA, EMILY guardò Zaron scomparire nell'altra stanza. Per un attimo, sentì il nascere di un autentico legame—un legame emozionante e sconvolgente.

La rendeva nervosa, ma si sentiva attratta da lui. Quando parlavano, si ritrovava a chiedersi cos'avrebbe provato toccandogli le linee delle sopracciglia con le dita della mano e sentendo la morbidezza dei suoi capelli folti e lucenti. Quando gli stava così vicino, era troppo consapevole del suo grande corpo muscoloso— della perfezione puramente maschile di Zaron.

Era ridicolo. Era stupendo, sì, ma, per sua stessa ammissione, non era umano. Era un Krinar, un alieno di una civiltà vecchia miliardi di anni.

Una civiltà che presumibilmente aveva creato la vita sulla Terra.

Chiudendo gli occhi, Emily si strofinò di nuovo le tempie. Quando aveva detto a Zaron che c'era tanto da metabolizzare, non stava scherzando. Si sentiva come se il cervello potesse esploderle da un momento all'altro, colmo di pensieri incontrollabili. Non aveva un vero e proprio mal di testa, ma c'era indubbiamente una forte tensione intorno alla fronte.

Sospirando, Emily aprì gli occhi e tornò al tavolo, sedendosi su una delle sedie fluttuanti. Quando l'oggetto si mosse intorno a lei, modellandosi al suo corpo, la ragazza si rilassò intenzionalmente nel moto, lasciandogli fare ciò che doveva fare. Si stava abituando alla tecnologia di Zaron—perlomeno a quella più semplice e casalinga.

Quanto erano avanzati? Si chiese, liberandosi di una parte della tensione, man mano che la sedia iniziava una vibrazione calmante per rilassarle i muscoli. Chiaramente, Zaron era riuscito a venire sulla Terra, perciò dovevano essere esperti di viaggi interstellari. Viaggi più veloci della luce, forse? Secondo le teorie scientifiche attuali, una cosa del genere era impossibile, ma lo stesso valeva per la guarigione dalle ferite che Emily aveva riportato nella caduta. La medicina dei Krinar era talmente più avanti di quella di cui Emily aveva sentito parlare che non riusciva nemmeno a immaginare che cos'altro sapevano fare. Teletrasporto, forse? C'erano così tante possibilità di tecnologia figa che le girava la testa.

Emily aveva sempre avuto un interesse per la scienza, leggendo spesso articoli sulle scoperte più recenti e guardando documentari sulla natura in televisione. A volte, aveva addirittura desiderato scegliere biologia o astrofisica come campo di studio. Ma non lo fece. Scelse la finanza, attratta dalla promessa dei grandi guadagni a Wall Street. Essendo cresciuta in case famiglia, Emily desiderava la sicurezza e la stabilità finanziaria, e il mondo bancario le era sembrato il modo perfetto per raggiungere rapidamente quell'obiettivo. Avere successo nella maggior parte dei campi scientifici richiedeva una laurea—un dottorato di ricerca. O almeno un master. Ma per diventare analista di investimenti bancari, quattro anni in un prestigioso college, un paio di tirocini estivi e la volontà di lavorare più di ottanta ore a settimana erano sufficienti. A ventiquattro anni, Emily era sulla buona strada per il raggiungimento della sicurezza finanziaria, con i risparmi in crescita—almeno fin quando il mercato azionario non peggiorò radicalmente.

Ora i risparmi si erano dimezzati, e aveva perso il lavoro che aveva assorbito la sua vita negli ultimi due anni. Emily si aspettava che il familiare rammarico avrebbe avuto la meglio, ma tutto ciò che provava era una lieve delusione. Per la prima volta dopo i licenziamenti, non era preoccupata per il proprio futuro. Aveva cose molto più importanti a cui pensare —come il fatto di essere stata salvata da un alieno.

La pura follia di quel pensiero la fece quasi ridere.

Per un attimo, provò nuovamente quella vertiginosa sensazione da Alice nel Paese delle Meraviglie, ma poi fece qualche respiro calmante e riacquistò la lucidità. Aveva bisogno di riflettere senza andare fuori di testa, perché se le affermazioni di Zaron erano vere, le implicazioni erano semplicemente sconvolgenti.

C'era un'altra specie intelligente là fuori—una specie molto più avanzata degli esseri umani. Una specie che presumibilmente aveva creato gli esseri umani. Che cosa volevano? Perché Zaron era lì e viveva in una giungla della Costa Rica? Perché aveva salvato la vita ad Emily?

Inoltre, come mai nessuno sapeva dei Krinar? Se il popolo di Zaron era davvero il creatore dell'umanità, gli esseri umani non avrebbero dovuto sapere di loro molto tempo prima?

Una fredda sensazione si diffuse nel corpo di Emily, mentre fece un respiro affannoso, poi un altro e un altro ancora. Il petto cominciava a sembrarle troppo stretto.

C'era una sola risposta a quella domanda.

Nessuno sapeva dei Krinar, perché loro non volevano rivelare la loro esistenza agli esseri umani.

Eppure, Zaron aveva rischiato l'esposizione lasciando vedere la propria casa ad Emily, dicendole cosa fosse e da dove provenisse. Non sembrava preoccupato all'idea che lei potesse rivolgersi ai media con quelle informazioni o che potenzialmente potesse compromettere quelli che dovevano essere migliaia di anni di segretezza da parte della sua specie.

Alzandosi lentamente in piedi, Emily fissò la parete color avorio, con le mani irragionevolmente aggrappate al tavolo.

Zaron le aveva detto tutto quello perché non l'avrebbe lasciata andare?

CAPITOLO OTTO

ENTRANDO NEL SUO STUDIO, ZARON ATTIVÒ LA modalità riunione sul computer e chiuse gli occhi per un secondo. Quando li riaprì, era all'interno di una grande camera bianca—il Consiglio che si riuniva su Krina. Naturalmente, non era lì fisicamente, ma la simulazione era abbastanza reale da poter vedere, sentire e toccare tutto, quasi come se fosse lì di persona.

C'erano solo tre Consiglieri ad attenderlo: Korum, Arus e Saret. Non era una riunione formale, allora, realizzò Zaron; quella avrebbe richiesto la presenza di tutti i quindici membri del Consiglio. Piegando la testa in un gesto di rispetto, aspettò di capire come mai fosse stato chiamato.

I tre uomini davanti a lui erano tra i più influenti su Krina, dato che ciascuno dei tre faceva parte del Consiglio già molto tempo prima della nascita di Zaron. Il Consiglio

—l'organo governativo ufficiale di Krina—era tenuto a rispondere solo agli Anziani, i nove Krinar più vecchi. E poiché gli Anziani raramente si intromettevano in qualcosa, ciò significava che il Consiglio aveva un potere quasi illimitato, quando si trattava di emanare leggi e di mantenere l'ordine nella società.

Fino a due anni prima, Zaron aveva incontrato occasionalmente alcuni dei Consiglieri in situazioni sociali. Ma dal momento che il Consiglio si era interessato alla sua ricerca, aveva conosciuto la maggior parte dei suoi membri.

"È bello rivederti, Zaron" disse Arus, facendo un passo in avanti. "Grazie per aver risposto in modo così tempestivo. Stiamo per partire e volevamo parlarti un minuto per vedere se avessi fatto qualche progresso nella selezione dei siti." La sua espressione era gradevole e lievemente interessata, pensata per far sentire gli altri a proprio agio. Con un background di studi sociali, Arus era il politico perfetto, apprezzato e rispettato quasi da tutti—compreso Zaron. Era stato Arus ad avvicinarglisi due anni prima per parlare degli insediamenti, tirandolo fuori dalla depressione che lo aveva travolto in seguito alla morte di Larita.

"Sì" rispose Zaron. "Credo che il luogo più promettente sia quello della regione di Guanacaste, in Costa Rica." Un colpetto sul polso mostrò una dettagliata mappa tridimensionale della Terra, e lui zoomò sul luogo a cui si stava riferendo. "Il clima è molto simile a quello di alcune aree di Krina e dovrei riuscire a modificare il suolo abbastanza da renderlo adatto a molte delle nostre piante commestibili."

"E gli altri nove Centri?" Stavolta fu Korum a parlare, con i suoi inusuali occhi color ambra che osservavano Zaron con straordinaria intelligenza. Dei tre membri del Consiglio presenti, era di gran lunga il più minaccioso, con una reputazione di spietatezza che andava ben oltre l'ambizione. Egli era anche la forza trainante dietro l'imminente invasione.

"Ho selezionato sette siti" gli disse Zaron. "Gli altri due verranno finalizzati durante le prossime settimane. Dovrebbero essere negli Stati Uniti, quindi abbiamo una possibilità lì. L'ho limitata a Florida, Arizona e New Mexico, ma ognuno di questi luoghi dev'essere esplorato in modo più dettagliato prima della scelta finale."

"Molto bene." Arus gli rivolse un sorriso di approvazione. "Questo è un progresso importante. Sospetto che nei primi mesi trascorreremo la maggior parte del tempo sulle astronavi, finché la popolazione umana non si sarà abituata alla nostra presenza."

"Vi aspettate molti disordini?" domandò Zaron, cercando di immaginare come sarebbero andate le cose. Data la reazione di Emily alle sue rivelazioni, sospettava che molti umani avrebbero avuto difficoltà ad affrontare una cosa finora al di fuori delle loro credenze accettate.

"Non troppi, spero" rispose Saret, parlando per la prima volta. Considerato la mente esperta di Krina, era tranquillo e generalmente rilassato, tendendo a svanire sullo sfondo rispetto alle personalità più forti del Consiglio. "Mi aspetto che qualcuno sia abbastanza sconvolto quando arriveremo, ma forse, una volta aver spiegato tutto—"

"Si adegueranno." Korum sembrava impaziente. "Non avranno altra scelta. Inoltre, da quello che ho potuto vedere, la loro specie è abbastanza adattabile."

Arus aggrottò la fronte verso Korum, poi si voltò verso Zaron. "Grazie per l'aggiornamento. È esattamente quello che speravamo di sentire. C'è qualcos'altro che dovremmo sapere in questo momento?"

"No" rispose Zaron, anche se per qualche strana ragione pensò ad Emily. Il Consiglio non sarebbe stato interessato a qualcosa di banale come una ragazza umana in casa sua, quindi sarebbe stato inutile informarli.

"Allora, ti rivedremo sulla Terra" disse Arus, e la stanza svanì intorno a Zaron, facendogli chiudere gli occhi.

Quando li riaprì, l'ambiente virtuale della riunione era scomparso, e si ritrovò nel suo studio.

———

QUANDO ZARON TORNÒ, EMILY ERA IN PREDA AL nervosismo. Era tornata nella stanza che considerava il salotto—quella con la lunga panca fluttuante che si trasformava nel divano più comodo che si potesse immaginare, quando ci si sedeva sopra. Si era seduta lì per qualche minuto, pensando alla sua situazione, e poi si era alzata per cercare un'uscita, troppo agitata per rimanere ferma, facendo scorrere le mani sulle pareti, per trovare qualcosa, qualunque cosa, che indicasse la presenza di una porta, ma le pareti erano incredibilmente lisce e calde sotto le sue dita.

Abbandonando quel futile compito, Emily aveva cominciato a camminare avanti e indietro.

Per quanto ne sapeva, se Zaron avesse voluto mantenere segreta l'esistenza del suo popolo, aveva solo tre opzioni riguardo ad Emily. Poteva lasciarla andare e fidarsi che non avrebbe detto nulla; poteva alterare i suoi ricordi (supponendo che avessero quel genere di tecnologia); o poteva fare qualcosa che le avrebbe impedito di dirlo a qualcuno—come portarla sul suo pianeta quando se ne fosse andato. Teoricamente, avrebbe anche potuto ucciderla, ma questo non avrebbe avuto molto senso, dal momento che si era messo in tutti quei guai per salvarle la vita.

Sperava tanto che avrebbe scelto l'opzione "fiducia."

"Mi dispiace." La profonda voce di Zaron irruppe nei pensieri di Emily, sorprendendola. Nonostante la mole, il suo salvatore era incredibilmente leggero. Era già a pochi metri di distanza, e lei non l'aveva nemmeno sentito entrare.

"Oh, non è un problema." Emily gli rivolse un sorriso eccessivamente luminoso per nascondere il nervosismo. "Sono sicura che hai molte cose importanti da fare, e probabilmente ti sto distraendo da esse. Se non ti dispiace, posso andare per la mia strada..." Si interruppe, notando l'espressione rabbuiata di Zaron.

"Non mi stai distraendo." Le si avvicinò, camminando senza far rumore. Per la prima volta, Emily notò che c'era qualcosa di inumano nel modo in cui si muoveva, qualcosa che le faceva pensare a un carnivoro che perseguitava la sua preda. "Devi ancora riprenderti, Emily, e mi fa piacere averti come ospite."

"Oh no, sto benissimo" protestò lei, con il cuore che le batteva forte per la consapevolezza che *non* avrebbe scelto l'opzione "fiducia." "Qualunque medicina tu abbia usato su di me è stata straordinaria, e mi sento bene come non mai—"

"Emily..." Zaron si fermò a mezzo metro da lei, con gli occhi scuri concentrati sul suo viso. "Ti prego, non stressarti. Il tuo corpo ha subito un grave trauma e hai bisogno di tempo per guarire completamente."

"Quanto tempo?"

"Un paio di settimane."

"Un paio di settimane?" Emily lo fissò, con un disagio appena attenuato. "Non posso rimanere in Costa Rica così a lungo. Devo tornare a casa; i miei biglietti aerei sono per sabato."

Zaron la guardò in silenzio. "Ti comprerò nuovi biglietti" disse un attimo dopo. "Non dovrebbe essere un problema."

"Davvero?" Emily sbatté le palpebre. "Puoi comprarmi dei biglietti aerei?" Come avrebbe fatto? Li avrebbe acquistati online con una carta di credito? Gli alieni usavano carte di credito? Lo immaginò richiedere una Mastercard alla sua astronave e si morse l'interno della guancia per non esplodere in una risata semi-isterica.

"Certo." Sembrava confuso dalla sua domanda. "Non ci mancano i soldi umani. Posso comprarti tutto quello che vuoi, Emily."

La voglia di ridere scomparve senza lasciare traccia. "È molto generoso da parte tua" disse lei, cercando di restare calma. "Ma mi sentirei in colpa chiedendoti di spendere soldi in quel modo." Cercò di abbozzare un altro sorriso. "Che ne dici se chiamo la compagnia aerea e faccio cambiare la mia data di volo? Se pensi che io non sia in perfetta forma per viaggiare, potrei rimanere qui qualche giorno in più. Avrei solo bisogno di prendere gli accordi appropriati—"

"Emily..." Zaron si lasciò sfuggire un sospiro molto umano. "Come avrai sicuramente immaginato, non posso permetterti di farlo."

Il cuore di Emily saltò un battito. "Non direi a nessuno di te—te lo giuro, non lo farei." Emily sapeva che stava balbettando, ma non poteva farci niente. "Mi hai salvato la vita e non ti tradirei mai. E poi, chi mi crederebbe? Nessuno crede agli alieni—"

"Non importa" disse lui, interrompendo lo sproloquio di Emily. "Non avrebbero bisogno della tua parola per crederci. Basterebbe confrontare le tue vecchie impronte dentali con quelle attuali."

"Le mie impronte dentali?"

"Il tuo corpo ha subito la procedura di guarigione completa" spiegò Zaron. "Questo significa che *tutte* le tue ferite sono state guarite, comprese quelle inflitte dall'odontoiatria. I tuoi denti ora non presentano tracce di carie o otturazioni, e una ricrescita del tessuto vivo di quel genere è qualcosa che la tua scienza non è ancora in grado di eseguire."

Sempre più in preda al panico, Emily si passò la lingua sui denti sforzandosi di verificare la veridicità di ciò che le stava dicendo. La bocca le sembrava leggermente diversa, ma non sapeva se stesse solo immaginando le cose.

"Hai uno specchio?" chiese, cercando di rallentare il respiro frenetico. Che cos'altro le aveva provocato quella procedura? Era diversa in qualche altro modo?

Zaron sorrise e disse qualcosa nella sua lingua. Quelle parole suonavano leggermente gutturali alle orecchie di Emily.

"Ecco" disse lui, indicando la parete a destra. "Da' un'occhiata."

La parete era diventata uno specchio gigante—una trasformazione che ormai sconvolgeva a malapena Emily. Camminando verso lo specchio, aprì la bocca, cercando di vedere i denti posteriori, dove l'amore infantile per i dolci le aveva provocato qualche carie.

Non c'era traccia di quelle carie, né delle otturazioni. I suoi denti erano bianchi e perfetti, come se gliene avessero impiantati di nuovi.

Zaron non aveva mentito. La sua procedura aveva lasciato una traccia indelebile—la prova che ad Emily era stato fatto qualcosa che la scienza moderna non poteva spiegare.

Chiudendo la bocca, Emily si voltò verso Zaron, che stava osservando le sue azioni con un lieve divertimento. "C'è qualcos'altro?" chiese. "Sono cambiata in qualche altro modo?"

Le labbra dell'alieno si piegarono in un sorrisetto. "No, Emily. A meno che non consideri la mancanza di qualche cicatrice un cambiamento."

Tirando su la gonna dell'abito di un paio di centimetri, la ragazza esaminò la coscia sinistra. Uno dei suoi fratelli adottivi l'aveva spinta in un bidone della spazzatura quando aveva dodici anni, facendole ferire la gamba con un vetro infranto. La conseguente cicatrice aveva reso il suo corpo da adolescente così imbarazzante da spingerla a evitare di indossare pantaloncini per cinque anni. Solo da adulta Emily aveva cominciato ad accettarla come parte di sé... e ora quella cicatrice era scomparsa.

Scomparsa del tutto. Cancellata dalla tecnologia aliena.

Stupita, Emily alzò lo sguardo per incrociare lo sguardo di Zaron. "Non c'è più. Quella e le mie otturazioni... sono scomparse."

L'extraterrestre annuì. "Sì."

"Quindi, che cos'hai intenzione di fare con me ora?" La ragazza fece del proprio meglio per frenare il panico. "Mi porterai sul tuo pianeta?"

"No, certo che no." Sembrava nuovamente divertito. "Te l'ho detto, dovrai solo rimanere qui un paio di settimane. Diciassette giorni, per l'esattezza."

"Perché? Che cosa cambierà tra diciassette giorni?"

Emily avrebbe avuto ancora i denti perfetti e il corpo privo di graffi. Se non si fidava di lei ora, perché pensava di potersi fidare in un secondo momento?

"Tra diciassette giorni, non avrà importanza se rivelerai la tua storia" spiegò lui, attraversando la stanza per avvicinarsi a lei. "Non importerà nemmeno se i giornali ci crederanno." Si fermò un attimo, guardandola, poi disse con delicatezza: "Vedi, Emily, a quel punto la mia gente sarà arrivata."

CAPITOLO NOVE

Zaron osservò le pupille di Emily dilatarsi e il suo viso impallidire ancora di più. "Che cosa?" sussurrò lei. "Che cosa intendi dire con "a quel punto la mia gente sarà arrivata"?"

"Ci stiamo preparando ad incontrare formalmente la vostra specie." Zaron si appoggiò alla parete con lo specchio. "Tra diciassette giorni ci metteremo in contatto con i vostri leader—e a quel punto potrai tornare alla tua vita di sempre, se vuoi."

"Vi rivelerete a noi?"

"Sì" confermò Zaron. "Come vedi, non hai nulla di cui preoccuparti. Puoi rimanere qui come mia ospite e recuperare le forze per un po'."

Emily fece un respiro profondo. "Giusto, come tua ospite. Fin quando non arriverà la tua gente. Fin quando non verranno tutti a sapere che gli alieni esistono. Ho capito." Sembrava sotto shock, e Zaron avrebbe voluto tirarla a sé e coccolarla, lenendo la sua ansia—per poi portarla a letto e scoparla intensamente. Il curioso mix di premura e lussuria che suscitava in lui era diverso da qualunque altra cosa avesse mai provato. Anche con Larita—

No. Interruppe quel pensiero prima di lasciarsi trascinare in quella direzione. Era ridicolo paragonare i suoi sentimenti per la compagna alla primitiva attrazione fisica che stava sperimentando con quell'umana. I due non avevano niente in comune. Tanto valeva provare a sostituire Larita con un animale domestico, come provavano a fare alcuni umani.

Ad essere sinceri, però, Emily sarebbe stata una gattina o una cagnolina molto scopabile, pensò, con lo sguardo concentrato sulla deliziosa pienezza dei suoi seni sotto al leggero tessuto del vestito.

"Perché proprio ora?" La voce della ragazza lo destò da un sogno in cui le tirava giù la parte superiore del vestito per poi afferrarle le morbide tette bianche. Concentrandosi nuovamente sul suo viso, vide che una parte dello shock era svanito. "Perché avete deciso di rivelarvi a noi proprio ora?"

"Perché è giunto il momento" rispose Zaron. "Perché pensiamo che siate pronti." E perché il Consiglio era preoccupato per l'impatto devastante che gli umani stavano avendo sul loro pianeta, ma non aveva intenzione di rivelare questo ad Emily.

Lo fissò. "Capisco. Quindi, vi mostrerete dalle vostre astronavi e direte: "Ciao, siamo qui"?"

Zaron piegò le labbra per un piccolo sorriso. "Sì, più

o meno." Ci sarebbe stato molto altro, ma non c'era bisogno che l'umana lo sapesse.

"Ok, beh, se è così, capisco il tuo dilemma sui tempi" disse Emily lentamente "e ti sono estremamente grata per tutto quello che hai fatto per me. Ma anch'io ho un problema. Non posso essere tua ospite così a lungo, perché ho degli impegni a casa che mi aspettano." Fece un respiro. "Ho un colloquio di lavoro la settimana prossima. Un colloquio molto importante a cui non posso assolutamente mancare. Ho anche un gatto a cui la mia amica sta badando per me, e la sua preoccupazione sarà alle stelle, se non tornerò sabato."

"Un gatto preoccupato?" Zaron aggrottò la fronte, confuso. Recentemente aveva studiato la specie *Felis catus*, e raramente i gatti mostravano quel genere di attaccamento profondo verso gli umani.

"No, certo che no." Emily gli rivolse un'occhiata esasperata. "La mia amica."

Zaron non poté fare a meno di sorridere. "Ah, questo ha più senso."

Un sorriso apparve anche sul viso di Emily. "Sì, vero?" Tornando seria, aggiunse: "Però, davvero, non dovresti preoccuparti per me. Non dirò una parola a nessuno su quello che è successo—eviterò i medici e i dentisti come la peste nei prossimi diciassette giorni, nel caso decidessero di esaminarmi per eventuali segni di procedure aliene."

Zaron sospirò. Aveva già capito che convincere Emily a godersi la prolungata vacanza non sarebbe stato così facile come aveva sperato. L'umana aveva ragione: probabilmente non ci sarebbe stato niente di male nel farla tornare alla sua vita a quel punto. Tuttavia, fin quando i Krinar non si fossero rivelati ufficialmente, era vincolato dal mandato di non divulgazione decretato dagli Anziani, e il mandato stabiliva che non aveva il permesso di fare qualunque cosa che avrebbe potuto esporre la sua specie agli umani prima dell'arrivo delle astronavi.

C'era anche un altro fattore—un motivo che Zaron era riluttante ad ammettere persino a se stesso. Non voleva lasciar andare Emily prima di averla assaggiata... prima di aver soddisfatto il desiderio che bruciava dentro di lui.

No. Non si trattava di quello, si disse. Si stava semplicemente attenendo al mandato, come avrebbe fatto qualsiasi Krinar rispettoso della legge.

"Mi dispiace, Emily" disse. "Capisco che non riveleresti nulla, ma devo rispettare le regole. Temo di dover insistere, affinché tu rimanga qui per un po'."

Emily strinse le sue morbide labbra. "Giusto. Per due settimane e mezzo... senza che nessuno sappia dove sono o cosa mi sia successo."

Zaron sospirò, cominciando a sentirsi frustrato. "Puoi mandare un'e-mail alla tua amica, se vuoi." Sarebbe stato abbastanza facile controllare cosa diceva l'e-mail, soprattutto se avesse usato il suo account e avesse inviato il messaggio lui stesso.

"Sarebbe bello, ma resta il problema di quel colloquio—e si tratta di un colloquio a cui non posso mancare e che non posso rimandare" disse Emily. "Si tratta del più grande hedge fund di New York, ed è il lavoro dei miei sogni. Mi sto preparando da due mesi, da quando sono stata licenziata. Alla Evers Capital non accettano scuse, e non mi daranno un'altra possibilità se rovino tutto. Bill Evers—il capo del fondo—è famoso per il fatto di mettere il lavoro al primo posto. Una volta è rimasto coinvolto in un incidente automobilistico che lo ha mandato in coma e, il primo giorno in cui ne è uscito, ha fatto portare una sedia a rotelle in ufficio." C'era una nota di ammirazione nella sua voce, che, per qualche ragione, irritò Zaron.

Il suo controllo stava cominciando a vacillare. "Ascoltami, Emily, devi capire una cosa" spiegò, allontanandosi dalla parete. "Sei viva soltanto perché ti ho trovata e ti ho portata qui. Se non fosse stato per me, saresti tornata a casa in una bara—"

Lei sbiancò completamente.

"—quindi, forse dovresti pensare a questo la prossima volta che ti preoccuperai di non poter andare a un colloquio." Si fermò, ancora inspiegabilmente arrabbiato con lei. Quando parlò di nuovo, le parole gli uscirono più dure di quanto intendesse. "Sei mia ospite, e rimarrai tale fin quando il mandato non sarà più in vigore."

"Capisco." Il tono di Emily era calmo, ma c'era un sospetto luccichio nei suoi occhi, mentre lo fissava. "Quindi, per i prossimi diciassette giorni, sono tua prigioniera."

Zaron strinse gli occhi. "Chiamalo pure come vuoi."

Prima che potesse dire o fare qualcosa di cui poi si

sarebbe pentito, si allontanò da lei, dirigendosi rapidamente verso lo studio.

———

RIMASTA SOLA, EMILY SI APPOGGIÒ ALLA PARETE CON LO specchio, avvolgendosi le braccia intorno al corpo con fare protettivo. Non sapeva che cos'avesse provocato la rabbia di Zaron, ma sapeva che non era intelligente provocarlo nella sua situazione. Avrebbe dovuto semplicemente accettare la sua "ospitalità", invece di metterla in discussione.

Non sarebbe stato così male, si disse, ignorando il mal di stomaco. L'avrebbe trattenuta solo per un paio di settimane, senza portarla sul suo pianeta, come aveva inizialmente temuto. In un certo senso, lui aveva ragione: era stupido preoccuparsi di un'opportunità di lavoro persa quando due giorni fa era quasi morta. Mentre era appesa a quel ponte, la sua carriera era stato l'ultimo dei suoi pensieri. Era grata a Zaron per averla salvata... anche se tutto dentro di lei infuriava all'idea di essere tenuta prigioniera, di essere privata della libertà fin quando lui l'avesse ritenuto necessario.

Se c'era una cosa che Emily detestava, era sentirsi prigioniera. Prima di entrare nel sistema delle case famiglia, aveva vissuto con la sorella di suo padre—una donna ansiosa che non aveva idea di come trattare una bambina di quattro anni, che aveva appena perso i genitori. Ogni volta che Emily si comportava male, la zia la chiudeva in camera sua come punizione, a volte per diversi giorni consecutivi. Wendy Ross non era mai violenta, in senso stretto—cucinava per Emily e le portava i giocattoli con cui giocare—ma Emily detestava sentirsi in prigione. Anche ora, il semplice pensiero di essere trattenuta da qualche parte contro la sua volontà era sufficiente a farla sentire come un animale in gabbia: intrappolato e furioso.

No, non pensarci. L'ultima cosa di cui aveva bisogno era che la sua strana fobia prendesse il sopravvento. Facendo un respiro per calmarsi, Emily si avvicinò alla panca-divano e si sedette, lasciando che i mobili alieni la cullassero, allentando la tensione. Se non si fosse concentrata sul fatto di essere tenuta in cattività, la sua situazione avrebbe potuto essere vista come un'occasione straordinaria—la possibilità di conoscere un essere intelligente di un'altra specie.

Una specie che tutti gli umani presto avrebbero conosciuto.

L'enorme importanza di ciò che Zaron le aveva appena detto era incredibile. Il cervello di Emily non riusciva a smettere di porsi un milione di domande. Perché la gente di Zaron aveva stabilito che gli esseri umani erano pronti per il primo contatto? Che cosa sarebbe successo dopo essersi presentati? Non riusciva a immaginare che li avrebbero accolti tutti a braccia aperte, anche se i Krinar avessero avuto intenzioni pacifiche. Quali erano le loro intenzioni, a proposito? Un semplice incontro o ci sarebbe stato dell'altro? E come avrebbe reagito il pianeta al loro arrivo? Alla rivelazione che gli umani non erano soli, che erano stati creati da un'antica razza extraterrestre?

Una razza molto bella, molto umanoide.

Con grande shock, Emily si rese conto di essere davvero attratta da Zaron. Era rimasta talmente sopraffatta da tutto ciò che le aveva detto che in qualche modo non aveva riflettuto sull'impatto fisico che aveva sui suoi sensi. Anche ora, pensando a lui, sentiva la pelle scaldarsi e l'umidità tra le cosce. L'attrazione che provava verso di lui era diversa da qualunque altra, ed era tanto forte quanto inquietante.

Zaron sembrava un uomo—*ok, era molto meglio di un uomo*—ma non era umano. Se la sua specie si fosse davvero evoluta su un altro pianeta, dovevano esserci differenze abbastanza significative tra le loro specie e, a quel punto, Emily poteva solo sollevare delle ipotesi su quali potessero essere quelle differenze. Non aveva senso per lei essere sessualmente attratta da lui, ma al suo corpo non importava. Secondo gli ormoni, Zaron era la cosa più deliziosa che avessero mai visto.

Benissimo. Proprio quello di cui aveva bisogno: un grave caso di Sindrome di Stoccolma, e per un alieno, addirittura. Emily gemette tra sé e sé, seppellendo il viso tra le mani. Se la sua civiltà era davvero avanzata e antica come le aveva detto, allora c'era una forte possibilità che la vedesse come poco più di una scimmia intelligente—come qualcosa da studiare e osservare. Aveva detto anche di essere un biologo, ricordò con una sensazione di malessere allo stomaco.

No, desiderarlo era stupido. Erano una specie

diversa, e, anche se non lo fossero stati, quella situazione non l'avrebbe portata a una relazione. Se Zaron non aveva mentito, tra diciassette giorni se ne sarebbe andata e probabilmente non l'avrebbe più rivisto.

Tutto ciò che avrebbe dovuto fare fino a quel momento era conservare la sanità mentale.

CAPITOLO DIECI

C ON LA MASCELLA TESA DALLA RABBIA, ZARON entrò nel suo ufficio e si sedette. Estraendo un'immagine tridimensionale del paesaggio locale, ci sovrappose la mappa di un potenziale Centro e iniziò ad eseguire i calcoli. Aveva molto lavoro da svolgere prima dell'arrivo del Consiglio, ma tutto ciò a cui riusciva a pensare era l'ingratitudine della sua ospite umana.

Le aveva salvato la vita. *Salvato. La. Vita.* Senza di lui, Emily sarebbe stata un cadavere in putrefazione. E osava lamentarsi, perché sarebbe dovuta rimanere in casa sua per un paio di settimane? Digrignò i denti, sporgendosi in avanti sulla sedia. L'idea di stare con lui la disgustava fino a tal punto? O era solo ansiosa di tornare, in modo da poter lavorare con quel folle capo dell'hedge fund che sembrava adorare?

La rabbia di Zaron aumentò a quel pensiero. Emettendo un secco ordine col suo dispositivo informatico, accedette ai registri di Bill Evers, analizzando rapidamente tutte le informazioni disponibili sull'uomo, dagli articoli di giornale al suo indirizzo residenziale. Ciò che scoprì non era rassicurante. L'oggetto dell'ammirazione di Emily aveva circa trentacinque anni e aveva fatto grandi passi in avanti nella sua società in brevissimo tempo. Era anche di bell'aspetto per essere un umano, con una struttura ossea regolare, un fisico snello, un'altezza media e i capelli color sabbia.

Era per questo che Emily era così determinata a trovare lavoro presso quel fondo? Si domandò Zaron, sempre più furibondo. Voleva quell'uomo come potenziale partner? Se le cose stavano così, si sbagliava di grosso. Non avrebbe fatto avvicinare a lei nessun altro maschio—almeno fin quando non avesse avuto la possibilità di saziarsi del suo delizioso corpicino formoso.

Ed era quello il motivo della sua rabbia, si rese conto, fissando la mappa tridimensionale davanti a lui. Per quanto duramente Zaron cercasse di essere uno scienziato razionale e illuminato, era prima di tutto un maschio Krinar, e si sentiva possessivo nei confronti di Emily. La voleva, e non voleva che qualcun altro l'avesse—o che lei pensasse a un altro uomo. La sua smisurata ammirazione per Evers lo aveva fatto infuriare, perché aveva rievocato lo spettro di un altro uomo nella sua vita—un uomo che sembrava stimare fin troppo.

Non era logico, ma le cose stavano così. Zaron si

sentiva possessivo nei confronti di Emily... come si era sentito possessivo nei confronti di Larita.

No. Tutto dentro di lui respinse subito quella conclusione. Stavolta era diverso. La bella umana aveva innescato i suoi istinti primitivi di Krinar, ma era solo perché Zaron sentiva di averne il diritto.

Sì, era così, decise. L'aveva salvata, e ora si sentiva come se gli appartenesse, come se fosse già sua. Non aveva molto senso, ma non gli importava.

Per preservare la sanità mentale, doveva averla. Presto.

CAPITOLO UNDICI

"Che cosa stai facendo?"

Al suono di quella profonda voce familiare, Emily sussultò e si voltò, cercando di non sembrare imbarazzata. "Stavo solo esaminando la consistenza di queste pareti" rispose con un bel sorriso.

"Uh-uh." Zaron non sembrava crederle. E poi, l'umana capì che non le credeva, perché disse con delicatezza: "Emily, non si apriranno per te, a prescindere da quanto continuerai a cercare il meccanismo. Questa casa è intelligente, ed è programmata per rispondere a me, non a te."

Emily serrò la bocca. "Giusto, naturalmente." Lo sospettava. Nell'ultima ora, aveva esaminato con diligenza ogni angolo del salotto e della cucina alla ricerca di una via d'uscita, ma a quanto pareva non ce n'erano.

A meno che Zaron non facesse quello che solo lui sapeva fare per aprire le pareti, lei era in trappola.

L'alieno attraversò la stanza e si fermò accanto a lei. "Perché ti ostini a rendere le cose così difficili?" mormorò. Le passò un dito sulla guancia, facendola rabbrividire. "Questa non sarà una brutta esperienza per te, angioletto. Anzi, sarà piuttosto piacevole..." La sua grande mano le ricoprì la guancia, passando dolcemente il pollice sul labbro inferiore. "Molto piacevole, in realtà."

Scioccata, Emily lo fissò, con il cuore che martellava come un tamburo. Il significato di quelle parole era inconfondibile, così come il desiderio nel suo sguardo. Le aveva letto nel pensiero? Era capace di farlo? "Uhm..." Il suo cervello sembrava essersi trasformato in poltiglia, impedendole di formulare una frase coerente. "Uhm, che cosa... che cosa stai...?"

"Non temere, Emily" disse piano, avvicinandosi. "Non ti farò del male." E mentre lei rimase lì, incredula, lui abbassò la testa, catturandole la bocca con la sua.

Le sue labbra erano vellutate, il respiro caldo e dolce. Non sembrava aver fretta di approfondire il bacio; era come se la stesse solo assaggiando, studiando il contorno e la consistenza delle sue labbra. Allo stesso tempo, sapeva esattamente cosa stava facendo. Non c'era alcuna esitazione nelle sue azioni, nessuna incertezza. La baciò come se l'avesse fatto un milione di volte, facendole scivolare le dita nei capelli e stringendola con una presa dolce, ma inesorabile.

In un primo momento, Emily fu troppo sconvolta per reagire, ma, man mano che continuava a baciarla con quella infallibile maestria, un caldo languore cominciò a permearle il corpo, diffondendosi dall'intimo. Sollevò inconsciamente le mani sul petto di Zaron, premendo i palmi contro la dura parete di muscoli, e barcollò verso di lui, con le ginocchia deboli.

Percependo la sua reazione, lui approfondì il bacio, separandole le labbra con la lingua e penetrando nei caldi meandri della bocca. Continuando a sorreggerle la testa con una mano, premette l'altro palmo sulla sua piccola schiena, tirandola verso il suo potente corpo. Emily sentiva la dura e spessa erezione di Zaron sul suo stomaco, e gemette, con il sesso contratto per un improvviso dolore intenso.

Un debole ringhio uscì dalle profondità del petto dell'alieno e spostò la mano tra i capelli di Emily per afferrarle la sottile bretellina del vestito. Prima che Emily potesse riflettere sulle sue intenzioni, sentì prima uno strappo, e poi il palmo sul seno, con quelle dita grosse e forti che le afferrarono il morbido peso con inquietante possessività, strofinando il pollice sul capezzolo appuntito, infiammandolo.

Da qualche parte nella mente di Emily, i campanelli d'allarme cominciarono a suonare, penetrando la nebbia del desiderio. "Aspetta, fermati" ansimò lei, girando la testa per evitare il bacio. "Zaron... per favore, fermati!"

Il corpo dell'alieno s'irrigidì e la presa sul petto della ragazza si strinse, premendole la carne con le dita, quasi provocandole dolore. Per un terrificante secondo, Emily pensò che non l'avrebbe ascoltata, ma poi la lasciò andare e indietreggiò, concedendole lo spazio desiderato.

Tremando, Emily cercò di coprire i seni nudi con il materiale strappato del vestito. Come aveva potuto farlo? Come aveva potuto lasciare che uno strano uomo—no, uno strano *extraterrestre*—per poco non facesse sesso con lei? Aveva perso la razionalità e il buon senso?

L'abito non si reggeva da solo e alla fine si arrese. Tenendo stretto il materiale strappato sul petto, alzò gli occhi per incontrare lo sguardo di Zaron, sentendosi terribilmente sconvolta.

La osservava con malcelata lussuria, con gli occhi neri come la pece e scintillanti. C'era un grosso rigonfiamento nei suoi pantaloncini, e il corpo muscoloso stava praticamente vibrando dalla tensione. Sembrava che si stesse davvero sforzando per non scivolare dentro di lei.

Il carceriere alieno di Emily la voleva.

Questo non andava bene. Per niente.

Emily fece un passo indietro, sempre più in preda al panico.

Le narici di Zaron si allargarono, mentre osservava la sua istintiva ritirata. "Non ti costringerò" disse. "Non devi aver paura di me."

"Certo, naturalmente." Emily si sforzò di smettere di indietreggiare. "Ascolta, Zaron..." Sospirò. "Non so bene che cosa tu abbia in mente per noi, ma questa è una cattiva idea—"

"Perché?" I suoi occhi neri la fissavano. "Mi vuoi. Oppure ho solo frainteso la tua reazione?"

Emily deglutì. "No, non hai frainteso" confessò lei, arrossendo. "Ma questo non significa che io voglia fare sesso con te. Ti conosco appena e—e non sei nemmeno umano."

Zaron piegò la bocca, improvvisamente divertito. "Hai paura che io abbia dei tentacoli o un terzo braccio? Posso assicurarti che sono identico a un maschio umano."

"Lo so" rispose Emily rapidamente, pur non essendone affatto certa. *Sembrava* umano, ma ciò non significava necessariamente che la sua attrezzatura funzionasse nello stesso modo. Comunque, non avrebbe espresso i suoi dubbi davanti a lui.

"Allora, qual è il problema?" mormorò lui, annullando nuovamente la distanza tra loro. "Ti piacerà l'esperienza, te lo giuro." Raggiunse la mano della ragazza, coprendole il pugno stretto che stringeva l'abito con il grosso palmo. Emily sentì il calore che emanava il suo corpo, si inebriò del suo profumo maschile, e i capezzoli si indurirono nuovamente, con il respiro sempre più rapido, man mano che una strana sensazione si diffondeva nel suo corpo. Inconsapevolmente, la sua presa sul vestito si allentò... e all'improvviso, il soffice materiale cadde a terra, lasciandola nuda dalla vita in su.

Gli occhi di Zaron sembrarono diventare più scuri, e prima che Emily potesse reagire, sentì le sue grandi mani afferrarle le natiche, sollevandola con improvvisa facilità, fin quando i seni non furono al livello dei suoi occhi. Con un leggero ringhio, Zaron piegò la testa e prese un capezzolo rosa in bocca, succhiandolo forte. Emily ansimò, aggrappata ai pesanti muscoli delle spalle dell'alieno, con le dita dei piedi arricciate dal piacere sconvolgente e inaspettato. Il calore della sua bocca e la pressione della lingua di Zaron intensificarono il dolore palpitante tra le cosce, e lei gemette, sfregandosi contro di lui per alleviare la tensione che sentiva crescere.

"Sì, angioletto, così" sussurrò lui, travolgendola con il suo caldo respiro, mentre l'abbassò lentamente, lasciandole sentire i duri contorni del suo corpo, mentre la bocca si spostò per assaporare la sensibile zona in cui il collo e la spalla si uniscono. Lei tremò, impotente, sopraffatta dalle sensazioni, e sentì le sue dita scivolarle tra le gambe, mentre la teneva sospesa dal suolo con una mano. Il suo pollice le massaggiava il clitoride, lentamente, in modo esasperante, con ogni movimento circolare che aumentava la tensione all'interno del suo intimo. Un lungo dito spinse dentro il suo canale bagnato, e lei lo sentì gemere, mentre il suo corpo si strinse intorno a quel dito, con le pareti interne che afferrarono l'intruso con impazienza. Sentiva la pelle scaldarsi sempre di più, e poi il pollice le sfiorò il clitoride, massaggiandolo con un movimento circolare e ritmico. Emily gridò, agitando i fianchi per l'intensa sensazione, e sentì il corpo frammentarsi in un milione di pezzi.

Prima che potesse riprendersi, la stanza si

capovolse. Disorientata, afferrò la maglietta di Zaron—
e si rese conto che la stava rimettendo sul pavimento,
ritirando la mano dal sesso. La schiena della ragazza
toccò la superficie fredda e dura, e lo shock annullò
quella sensuale sensazione.

Che cosa stava facendo? Un allarme risuonò nel
cervello di Emily, mentre Zaron le alzò la gonna,
scoprendole la metà inferiore. Le infilò le ginocchia tra
le gambe, tenendole aperte. Qualcosa di duro e liscio le
sfiorò la coscia interna, e realizzò con improvvisa
chiarezza che da un momento all'altro sarebbe entrato
dentro di lei.

Non era pronta per questo. Mentre la bocca di Zaron
scese nuovamente su di lei, Emily lo respinse con tutta
la sua forza e piegò la testa di lato. "Basta. Zaron, ti
prego, fermati!"

Lui si bloccò, con il respiro pesante e irregolare, ed
Emily si calmò, sperando disperatamente che avrebbe
mantenuto la parola sul fatto di non costringerla.
Poteva sentire il palpitante calore dell'erezione di
Zaron al suo ingresso, e un brivido di trepidazione
mescolato all'eccitazione la attraversò. Girando
lentamente la testa, incrociò il suo sguardo, cercando
di non pensare al violento desiderio che provava.

"Non voglio farlo" sussurrò, spingendolo
inutilmente sul petto. Sentì i suoi muscoli duri sotto le
dita, e la consapevolezza che non avrebbe mai potuto
combatterlo le fece contorcere lo stomaco. "Zaron, ti
prego... lasciami andare."

CAPITOLO DODICI

VOLEVA CHE SI FERMASSE.

L'alieno stava per entrare nello scivoloso calore di Emily, e lei voleva che si fermasse.

Per un attimo, Zaron non fu sicuro di riuscire a rispettare la sua volontà. Era sdraiata sotto di lui, con il corpo morbido e snello tutto eccitato, e quel profumo gli infiammava i sensi. I suoi seni delicatamente arrotondati erano lì davanti a lui, con i capezzoli simili a bacche mature, e la vena sul lato del collo che le pulsava, ricordandogli l'estasi liquida che le attraversava le vene. Poteva sentire le sue cosce armoniose tremare dalla tensione ai lati dei propri fianchi. Una spinta, e l'avrebbe avuta. Una spinta, e sarebbe entrato in profondità dentro di lei, soddisfacendo il bisogno che infuriava dentro di lui. Il suo cazzo era dolorosamente duro, sofferente, e il corpo combatteva con la mente, lottando con tutte le forze per riprendere il controllo.

Fu solo la paura negli occhi di Emily a permettergli di vincere quella battaglia. Forse lo desiderava fisicamente, ma, se lui avesse proceduto in quel momento, sarebbe stato poco meno di uno stupro.

Serrando la mascella, Zaron si sforzò di rotolare giù. Alzandosi in piedi, si allontanò, sistemando i vestiti per nascondere il cazzo ingrossato. Non la guardava. Non poteva farlo—se voleva mantenere la sua parola.

La sentì alzarsi. I suoi movimenti erano instabili, il respiro più irregolare del solito. Non sapeva se fosse dovuto all'eccitazione o all'apprensione, ma non importava. Nascondendo i lineamenti in una maschera impassibile, Zaron si voltò, sperando che la sua erezione si calmasse.

Emily lo guardava con cautela, sollevando l'abito in modo che le coprisse il petto. I suoi capelli biondi erano aggrovigliati, scorrendo sulla schiena in una nuvola di onde chiare, e le labbra erano gonfie e arrossate per la pressione della bocca di Zaron. Con la pelle rosa per l'orgasmo, sembrava gustosamente scopabile.

Anzi, assolutamente da divorare.

Ci volle tutto il controllo dell'extraterrestre per dire con calma: "Mi dispiace averti spaventata, Emily. Non volevo."

"Che cosa volevi, allora?" La voce di Emily era altrettanto ferma, anche se la presa sul vestito tradiva il suo nervosismo. "Che cosa vuoi da me, Zaron? È una tua strana perversione avere rapporti sessuali con una donna che tieni prigioniera in casa tua? Una donna che non è nemmeno della tua specie? È per questo che mi hai salvata?"

Mentre parlava, la lussuria di Zaron si trasformò lentamente in rabbia. Sapere che c'era qualche verità in quello che Emily stava dicendo non faceva che peggiorare la sua furia. "Certo, sì" disse con tono morbido. "Proprio così, angioletto. Ti ho salvata in modo da poterti scopare. Avresti preferito che ti lasciassi morire su quelle rocce?"

Lo fissava con aria di sfida, ma un tremolio quasi impercettibile le attraversò la pelle, facendogli rimpiangere le sue dure parole. "No" disse lei, muovendo le labbra a malapena. "Naturalmente sono grata per essere viva. È questa la ricompensa che ti aspetti da me? Il sesso?"

Improvvisamente disgustato da se stesso, Zaron scosse la testa. "No." Frustrato, si passò la mano tra i capelli. La piccola umana lo aveva colpito. "Non è quello che intendevo." Sapendo che qualsiasi cosa avesse aggiunto avrebbe solo peggiorato la situazione, si avvicinò alla parete, facendo apparire l'ingresso per la stanza di Emily.

"Perché non ti riposi un po'?" le suggerì, indicando l'apertura. "Ho un po' di lavoro da sbrigare ora e potresti approfittarne per un pisolino prima di cena." Sapeva che gli esseri umani avevano bisogno di molte ore di sonno, ed era possibile che fosse già stanca.

Lei annuì, quasi impercettibilmente, e gli passò davanti, facendo attenzione a non guardarlo. Teneva ancora l'abito strappato sul petto, con fare protettivo, e il suo profumo delicato inebriò le narici dell'alieno, mentre passò.

"Ti porterò dei vestiti nuovi" disse Zaron con voce tirata, avvicinandosi all'ufficio prima di poterla afferrare di nuovo. Tirando fuori il costruttore, creò altri abiti per lei, immaginandosi immerso in una vasca piena d'acqua ghiacciata—un'immagine che sperava potesse aiutarlo a ritrovare l'autocontrollo.

Dopo essersi assicurato che non le sarebbe saltato addosso, andò in camera sua.

Emily era seduta sul letto, con le gambe snelle accavallate. In qualche modo, era riuscita a legare le bretelline strappate del vestito, e ora si reggeva da solo.

"Ecco" disse Zaron, aprendo una delle pareti per mostrarle un armadio. "Questo sarà tuo durante tutta la permanenza. Ti basterà avvicinarti, ed esso si aprirà per te." Mise gli abiti nell'armadio e si girò per guardarla.

"Grazie" disse lei sottovoce, guardandolo con insoliti occhi color mare. "Per caso hai qualche libro da leggere? Qualche rivista?"

Zaron rifletté un momento, poi emise un comando in lingua Krinar, facendo in modo che la casa gli inviasse un sottile tablet dall'altra stanza. Afferrandolo a mezz'aria, pronunciò alcune istruzioni in Krinar per permettere ad Emily di controllarlo in lingua inglese, e poi glielo consegnò. "Questo dovrebbe consentirti l'accesso a qualsiasi libro tu voglia" spiegò. "Basta che tu gli dica cosa vorresti leggere, e dovresti riuscire a farlo."

"Davvero?" Emily alzò lo sguardo, prendendo il tablet da lui. "È come un e-reader?"

Lui sorrise. "Qualcosa di simile." Era un buon paragone, sebbene il dispositivo che le aveva consegnato fosse molto più avanzato. "Puoi guardarci anche la TV, se vuoi. Basta che tu gli dica cosa vorresti vedere e ti mostrerà il video."

"Devo solo parlare e funziona?"

"Sì." L'alieno sapeva che anche una parte della tecnologia umana funzionava in quel modo ormai, quindi il concetto non le sarebbe sembrato troppo estraneo. Per i Krinar, i comandi e i gesti verbali erano un modo antico di fare le cose, ma Zaron, per qualche ragione, lo preferiva. L'alternativa era quella di incorporare un dispositivo informatico all'interno del suo corpo, permettendogli di usare la mente per controllare la tecnologia. Era qualcosa che intendeva fare prima o poi, ma non aveva ancora trovato il tempo.

"Ok, allora che ne dici di farmi vedere *Avatar*?" disse lei, guardando il dispositivo. Parlò lentamente e ad alta voce, come se si stesse rivolgendo a una persona non udente. "Fammi vedere *Avatar*, per favore."

"Ti ha capito la prima volta" disse Zaron, guardando divertito gli occhi sgranati di Emily davanti all'immagine tridimensionale che apparve nella stanza. "Ora puoi guardarlo, se vuoi."

"Cavolo" ansimò lei, saltando in piedi mentre

l'immagine si allargava, occupando la maggior parte dello spazio accanto alla parete. "È straordinario!"

"Buon divertimento" disse Zaron, sorridendo per il suo entusiasmo. "Ci vediamo tra un paio d'ore."

Era abbastanza certo che non avesse notato che se n'era andato, tutta presa dallo spettacolo davanti ai suoi occhi. Presto avrebbe dovuto farle vedere una simulazione, pensò, e sorrise, immaginando la sua reazione ad *essa*.

CAPITOLO TREDICI

UN CONTO ERA GUARDARE, UN ALTRO ERA GUARDARE con la tecnologia Krinar. Emily aveva visto *Avatar* due volte al cinema, ogni volta in IMAX 3D, ma ora le sembrava di vederlo per la prima volta. Le immagini erano così reali, così vivide che era come essere lì su Pandora, a guardare le azioni che si svolgevano intorno a lei.

Le due ore successive volarono con Emily tutta presa dal film. Era un sollievo lasciare che la mente si concentrasse su qualcosa di diverso dalla sua folle situazione—anche se capì subito che un film sugli alieni umanoidi forse non era stata la scelta più saggia.

Quando il film finì, tornò in quello strano bagno, meravigliandosi di come fosse in grado di precedere ogni suo bisogno, con la tecnologia che funzionava in modo così intuitivo che era quasi come se la casa le leggesse nel pensiero. Riuscì a far uscire l'acqua dalla sporgenza e a lavarsi il viso, poi si guardò intorno alla ricerca di qualcosa con cui idratare la pelle. Sentì subito una brezza calda e leggera sul viso. Quando la brezza si fermò, scoprì che la pelle non era più asciutta e secca; infatti, era così liscia che era come se fosse stata in un centro termale. Desiderò uno specchio, e non appena cominciò a cercarlo, una delle pareti del bagno brillò davanti ai suoi occhi, trasformandosi in una superficie lucida, simile ad uno specchio. Era davvero straordinario.

Avvicinandosi allo specchio, Emily studiò l'immagine riflessa lì. Era familiare e diversa. Quando si era specchiata in precedenza, si era sentita troppo stravolta per concentrarsi sul proprio riflesso, così ora guardò con più attenzione.

A quanto pareva, la procedura di guarigione di Zaron non solo le aveva curato i denti e le cicatrici. Le aveva anche tolto i sottili segni dello stress e della privazione del sonno rimasti incisi sulla sua pelle negli ultimi due anni. I cerchi scuri intorno agli occhi, le deboli linee di tensione intorno alla bocca, era tutto scomparso. Sembrava sana e ben riposata per la prima volta dopo mesi.

Sembrava anche che fosse stata baciata a lungo.

Deglutendo, Emily si allontanò dallo specchio e si diresse in camera sua. Non voleva pensarci, ma non riusciva a togliersi quelle immagini dalla mente. Ciò che era accaduto prima era stato rude, sessuale... e profondamente inquietante.

Il suo carceriere extraterrestre la voleva. Non c'erano più dubbi al riguardo. Se non l'avesse fermato, l'avrebbe presa lì, sul pavimento. Il suo respiro accelerò al ricordo del potente corpo di Zaron sopra di lei, della dura pressione delle sue gambe che le tenevano le cosce aperte, con l'umido calore della bocca sui suoi capezzoli...

Gemendo, Emily si accasciò sul letto e seppellì la testa nella morbida coperta.

Non le era mai piaciuto il sesso occasionale—nemmeno al college, dove la cultura della botta e via era dominante. Era sempre stata troppo cauta, troppo attenta. Troppo consapevole delle possibili conseguenze. Per lei, quel genere di intimità richiedeva fiducia, e non si fidava facilmente. Con il suo ex ragazzo, Jason, erano stati amici per un anno prima di iniziare a frequentarsi, e anche allora erano stati insieme per un mese intero prima che finalmente andasse a letto con lui.

Eppure, aveva quasi scopato un estraneo—un estraneo inumano—sul pavimento della sua casa futuristica, dopo averlo conosciuto per meno di un giorno. Zaron non aveva nemmeno indossato la protezione, ricordò Emily con un brivido freddo. Poteva averla messa incinta o averle trasmesso qualche malattia? Riflettendoci, concluse che quell'ultima possibilità era improbabile, dato lo stato avanzato della loro tecnologia medica, ma era meno sicura sulla prima. Emily aveva smesso di prendere la pillola dopo aver rotto con Jason quattro mesi prima, quindi la gravidanza era una preoccupazione reale per lei.

Che cosa sarebbe successo la prossima volta che

Zaron avesse provato a sedurla? E ci avrebbe provato, ne era certa. Sarebbe riuscita a fermarlo? Avrebbe *voluto* fermarlo? Non si era mai sentita così attratta da un uomo, non aveva mai provato quel bisogno disperato e travolgente. Le piaceva il sesso, ma quello che aveva sperimentato oggi non aveva niente a che vedere con i tiepidi rapporti che aveva avuto con Jason. Era più un fuoco che l'aveva quasi bruciata viva.

E aveva scorto lo stesso tipo di fame incontrollabile negli occhi di Zaron. In un modo o nell'altro, l'avrebbe avuta.

Emily non sapeva se quello la eccitasse o la terrorizzasse.

CAPITOLO QUATTORDICI

Per cena, Zaron ordinò un'ampia varietà di piatti destinati ad allietare il palato di Emily. Gli unici cibi mancanti erano i prodotti animali. Aveva provato la carne due volte da quando era giunto sulla Terra, ma non era riuscito ad abituarsi a quel gusto spiacevole. Non capiva come mai gli umani nelle nazioni sviluppate avessero potuto diventare così carnivori negli ultimi decenni; certamente non era qualcosa che i Krinar avevano previsto. Ancora oggi, si stupiva che la specie di Emily ritenesse normale mangiare carne ogni giorno—anche tre volte al giorno, in casi estremi.

Quando fu tutto pronto, andò a prendere Emily.

La trovò sdraiata a pancia in giù, a leggere qualcosa sul tablet. Si era cambiata e ora indossava un abito bianco, ed era scalza, flettendo ritmicamente le dita dei piedi contro la coperta, mentre ripeteva qualcosa tra sé e sé.

"Emily." Zaron pronunciò il suo nome dolcemente,

non volendo spaventarla, ma lei saltò in piedi, girandosi rapidamente e sedendosi per guardarlo. "La cena è pronta."

"Ok, fantastico." Piegandosi, infilò i sandali e si alzò. "Non vedo l'ora." Il suo tono era allegro, ma Zaron notò che stava cercando di non guardarlo. Era determinata a mantenere la distanza tra loro, si rese conto con un oscuro divertimento.

Si sedettero a tavola, già apparecchiata. "Wow, questo pasto sembra un banchetto" disse lei con stupore, mettendo un po' di tutto nel piatto. "Di solito mangiate così?"

"No" ammise Zaron, allungandosi verso un *Cucurbita pepo* ripieno di *Pleurotus ostreatus* arrosto—o, come probabilmente le chiamava Emily, zucchine con funghi orecchioni. "L'ho ordinato per te. Volevo assicurarmi che ti piacesse il pasto."

Sembrava sorpresa, ma poi un sorriso radioso le illuminò il viso. "Grazie. Non avresti dovuto scomodarti, però. Non ho gusti troppo sofisticati."

"Davvero?"

Annuì. "Mangio di tutto. Dammi qualunque cibo e lo divoro."

"Perché? Hai mai patito la fame?" domandò Zaron, incuriosito. Secondo la sua patente di guida, viveva negli Stati Uniti, uno dei Paesi umani più ricchi.

Emily si strinse nelle spalle, sembrando a disagio. "A volte. Una delle case famiglia in cui ho vissuto aveva una politica di razionamento alimentare molto rigorosa. Avevano dodici bambini con loro, e i fondi scarseggiavano."

"Case famiglia?" Zaron cercò di ricordare se avesse mai sentito parlare di quella particolare istituzione umana. Sembrava implicare che aveva vissuto lontano dalla sua famiglia—cosa che non aveva scoperto dalla ricerca che aveva eseguito su di lei all'inizio.

La ragazza annuì senza dare spiegazioni. Poi, chiese: "Come fai a parlare l'inglese così bene? Immagino che non sia la tua lingua madre."

"Hai ragione, non lo è." Il tentativo di Emily di cambiare argomento era fin troppo evidente, ma Zaron decise di concederglielo, e fece una nota mentale di informarsi sulle case famiglia. "Ho un piccolo impianto che funge da dispositivo di traduzione."

"Un impianto? Nel cervello?"

Zaron sorrise. "Esatto."

"È straordinario." Ora sembrava entusiasta. "Parli anche altre lingue?"

"Sì."

"Quali?"

"Tutte."

Emily rimase a bocca aperta. "Ogni singola lingua?"

"Sì" confermò Zaron, divertito dalla sua reazione. "Ogni lingua attualmente esistente e alcune lingue morte."

L'umana rimase senza fiato. "Cavolo..." Scuotendo la testa dallo stupore, cominciò a mangiare.

Nei pochi minuti che seguirono, regnò solo il

silenzio, mentre demolivano un piatto dopo l'altro seduti al tavolo. Zaron notò che Emily aveva preso una seconda porzione di insalata fatta di bulbi *Beta vulgaris* e bacche secche di *Vitis vinifera*. No, un'insalata di barbabietole e uva passa, si corresse mentalmente. Spesso aveva difficoltà a spogliarsi della propria identità, ma era meglio usare i nomi comuni per le piante commestibili.

"Delizioso" disse Emily, spingendo da una parte il piatto vuoto. "Alla tua gente piace mangiare bene."

"Sì." Zaron le sorrise. "Ci piace godere di tutti gli aspetti della vita, e la gratificazione dei sensi fa parte di questi."

Un debole rossore le illuminò le pallide guance. "Capisco."

Il sorriso di Zaron svanì non appena il suo corpo reagì a quella vista. Capì che la ragazza stava ripensando a quello che era avvenuto prima; poteva sentire il suo rapido battito cardiaco e vedere la vena che le pulsava visibilmente al lato del collo. La pelle di quella tenera zona sembrava morbida, invitante al tocco, e la voglia di passarci i denti e gustare la ricchezza del suo sangue era così forte che Zaron quasi la raggiunse.

Come se avesse percepito il desiderio dell'alieno, Emily scivolò sulla sedia, allontanandosi dal tavolo. Strinse la presa sulla posata che stava tenendo, e Zaron si sforzò di rilassare i muscoli tesi. Non capiva come mai fosse così difficile trattenersi in sua presenza, ma non aveva intenzione di perdere il controllo e di saltarle addosso come un selvaggio. Non era passato nemmeno un giorno da quando si era svegliata, ed era indubbiamente sopraffatta da tutto. Doveva concederle più tempo.

"Zaron" disse lei lentamente, con gli occhi incollati al suo viso: "Puoi dirmi di più su di te? Che cosa fai esattamente qui sulla Terra? Com'è la tua gente?"

Zaron rifletté su come rispondere al meglio a quelle domande. Il protocollo ufficiale di divulgazione post-arrivo era ancora in fase di elaborazione, ma sapeva che il Consiglio non intendeva rivelare molto agli umani, per cui avrebbe dovuto fare attenzione.

"Ti ho già detto che siamo qui per conoscere formalmente la vostra specie per la prima volta" disse. "Per quanto riguarda come siamo, è come chiedere come sono gli esseri umani. Non è facile elencare tutti le vostre caratteristiche."

"Ma in cosa siete diversi da noi?" insistette lei. "Che cosa rende esattamente un Krinar non umano?"

Zaron sospirò. Sarebbe stato difficile. "Beh, innanzitutto, i Krinar vivono più a lungo" spiegò, soffermandosi sulla parte più innocua. "Molto più a lungo."

"Davvero? E quanto?"

"Io ho seicentonove anni" rispose Zaron, vedendola rimanere a bocca aperta. "Molto, molto più a lungo."

"Hai seicento anni" sussurrò Emily, guardandolo dall'alto in basso. "Come mai sembri così giovane?"

"Non invecchiamo" spiegò Zaron, appoggiandosi alla sedia. "Non come gli umani. Dopo aver raggiunto la piena maturità, non cambiamo molto durante la nostra vita."

L'umana sgranò gli occhi per lo shock. "Sei immortale?"

"No, non sono immortale, ma non moriamo di vecchiaia. Hai mai sentito parlare di senescenza trascurabile?"

Aggrottò la fronte, riflettendoci. "Il termine mi suona familiare. L'ho letto da qualche parte di recente."

"Può essere" disse Zaron. "Gli scienziati stanno facendo delle ricerche al riguardo. Fondamentalmente, un organismo trascurabilmente senescente non mostra una ridotta capacità riproduttiva, né un declino funzionale con il passare degli anni. Ci sono diverse specie terrestri così, quindi non è un fenomeno specifico dei Krinar. Ad esempio, la planaria—"

"Oh, è vero" sospirò lei, scrutandolo nuovamente dalla testa ai piedi. "Ricordo di aver letto qualcosa al riguardo. L'articolo ipotizzava che le tartarughe fossero così—che non invecchiassero con l'avanzare degli anni."

Zaron annuì. "Sì, esattamente. I Krinar sono simili."

Emily fece un respiro profondo e incontrò il suo sguardo. "Se le cose stanno così, non potete essere molto simili a noi dal punto di vista genetico, vero?"

"No, non siamo affatto simili a voi dal punto di vista genetico" confermò Zaron, sorridendo. La ragazza era tutt'orecchi. "Per quanto riguarda il DNA, hai più analogie con un delfino che con me."

Lo guardò, incredula. "Se questo è vero, perché vuoi

fare sesso con me? E come funziona esattamente una cosa del genere?"

Zaron ridacchiò. "Funziona abbastanza bene, te lo assicuro." Chinandosi in avanti, si avvicinò al tavolo per prenderle la mano. "Non posso metterti incinta, angioletto, ma posso darti più piacere di quanto tu abbia mai provato in vita tua." Le strofinò lentamente il pollice sul centro del palmo, premendo leggermente sui punti in cui sentiva tensione. Le donne—umane o Krinar—erano altamente suscettibili al semplice piacere del tocco; era qualcosa che aveva scoperto secoli fa. Il legame fisico iniziava sempre con un contatto pelle-contro-pelle, e un uomo intelligente doveva assicurarsi che ce ne fossero molti.

Con sua grande soddisfazione, la pelle di Emily arrossì dall'eccitazione, e contrasse la mano nella sua presa. Zaron poté sentire il suo respiro accelerare, e il suo stesso corpo reagì con forte intensità, con il cazzo che si indurì immediatamente. Non volendo mettere alla prova il proprio autocontrollo, le lasciò andare la mano.

"Perché mi chiami 'angioletto'?" chiese lei con voce instabile. "Avete un concetto simile sul vostro pianeta?"

"No." Zaron inspirò profondamente, inebriandosi del suo profumo caldo. "Questa è un'invenzione unicamente umana. Ma il tuo aspetto mi ricorda alcuni disegni di angeli che ho visto qui sulla Terra."

Un sorriso inaspettato apparve sulle labbra di Emily. "Sei un appassionato di arte religiosa? Devo ammettere che non me lo sarei aspettata da un alieno."

"Apprezzo la bellezza in tutte le sue forme" spiegò Zaron, studiando i suoi tratti delicati. "E devo dire che gli umani sono riusciti a creare cose incredibilmente belle durante la loro breve esistenza."

"Che mi dici dei Krinar? Il tuo popolo ha creato arte, filosofia, musica?"

"Sì, tutte e tre." Le sorrise. "Alcuni di noi dedicano tutta la vita a fini creativi, mentre altri semplicemente si cimentano in essi. Ad ogni modo, quei contributi sono molto apprezzati—un artista nella nostra società è importante quanto un ingegnere o uno scienziato."

Gli occhi della ragazza si illuminarono dalla curiosità. "Apprezzati in che senso? Ricevono un compenso finanziario? In generale, come funziona l'economia? Che cosa utilizzate come valuta? Avete qualcosa di simile a un mercato azionario?"

Zaron sorrise sentendo tutte quelle domande. "Sì, ma non è altrettanto importante" affermò, rispondendo all'ultima domanda. "La maggior parte delle imprese sono finanziate privatamente, e se il progetto è abbastanza grande, viene coinvolto il governo. La ricchezza non ci interessa particolarmente; si raggiunge con il successo nei settori scelti, e i maggiori esperti sono ben retribuiti—sia nel settore privato che dal governo."

"Quindi, non avete il capitalismo?"

"Non come voi." Fece una pausa, cercando di capire come poterglielo spiegare al meglio. "Dato che viviamo così a lungo—e visto che la nostra popolazione è notevolmente minore, quantificabile in milioni e non miliardi—la nostra società è molto diversa dalla vostra. Per certi versi, è più semplice; per altri, è più complessa. La Krina attuale è un'unità socioeconomica coesa, con tutto ciò che questo comporta."

Sembrava affascinata. "Quindi, l'intero pianeta è come un'unica nazione?"

"Più o meno. Abbiamo un organo legislativo—il Consiglio—che prende decisioni di cui beneficiano tutti, senza favorire una regione o fazione specifica."

"Beh, questo è sicuramente diverso" rifletté lei. "I nostri politici non sono affatto così. Come vengono scelti i membri del Consiglio? Sono eletti?"

"No." Zaron scosse la testa. "Coloro che fanno parte del Consiglio sono lì perché l'hanno meritato in qualche modo—perché i loro contributi alla società sono stati maggiori."

Lei annuì, come se tutto quello avesse perfettamente senso. "Così, avete gli individui più intelligenti e che si sono più contraddistinti come guida del pianeta? Sembrerebbe un miglioramento rispetto al modo in cui facciamo le cose qui."

"Funziona per noi" disse lui, e stava per approfondire il concetto di posizione sociale, quando il suo computer da polso vibrò leggermente, ricordandogli l'imminente riunione virtuale. Avrebbe dovuto discutere con un esperto di difesa e diversi progettisti per determinare la disposizione migliore per i dieci Centri. Infastidito dall'interruzione, Zaron pensò di annullare la riunione, ma non voleva rischiare un ritardo.

Con riluttanza, si alzò in piedi. "Scusa, ma devo andare. Dovresti riposare e dormire. Ho un po' di lavoro da sbrigare questa sera."

"Certo, capisco." Alzandosi anche lei, gli rivolse un sorriso e Zaron capì che era sollevata che la cena fosse finita in quel modo. Probabilmente temeva che avrebbe cercato di sedurla di nuovo, pensò con improvvisa irritazione—e forse l'avrebbe fatto, se non fosse stato per quella riunione.

"Beh, buonanotte, allora" disse la ragazza, e, salutandolo, si diresse in camera sua. Zaron sentì i suoi passi leggeri e il ticchettio delle scarpe, poi entrò nel suo ufficio, facendo del proprio meglio per concentrarsi su qualcosa di diverso dalla ragazza che voleva scopare fino a perdere i sensi.

———

Sola nella sua stanza, Emily si sistemò sul comodo letto e chiuse gli occhi, cercando di liberare la mente abbastanza da addormentarsi.

Utilizzò nuovamente il bagno futuristico, facendo anche una doccia—un'esperienza unica, con l'acqua che le pioveva addosso da ogni direzione con una pressione e temperatura perfette. Una varietà di saponi, shampoo e lozioni deliziosamente profumate le vennero applicate sulla pelle e i capelli, senza dover sollevare un dito, e poi i caldi getti d'aria l'asciugarono. Dopo aver finito, ogni parte di lei era incredibilmente pulita, e anche la bocca era fresca, come se avesse appena spazzolato i denti.

Ora, però, il suo cervello si rifiutava di rilassarsi, con la testa che frullava per tutto ciò che aveva saputo. Nel giro di poche ore, il suo mondo era stato capovolto e non riusciva a smettere di pensare alle incredibili implicazioni di ciò che Zaron le aveva detto.

La Terra stava per entrare in contatto con una razza aliena—una razza con una tecnologia e medicina ben più avanzate di quanto qualunque scienza moderna potesse immaginare. Una razza che aveva essenzialmente creato gli esseri umani.

Se Zaron le aveva detto la verità, tra diciassette giorni niente sarebbe stato più lo stesso. I Krinar avrebbero curato il cancro? Avrebbero messo fine alla povertà e alla fame? Avrebbero fatto cessare le guerre? A quanto pareva, la civiltà di Zaron aveva superato quei problemi. Questo significava che ora l'avrebbe fatto anche l'umanità? Che cosa avrebbe detto il suo popolo una volta arrivato? Come si sarebbero presentati al pubblico e quali sarebbero state le conseguenze della loro rivelazione? Immaginava i titoli sconvolgenti dei giornali, l'isteria dei fanatici della fine del mondo...

Quando finalmente si addormentò, i suoi sogni furono uno strano mix di erotismo, scene tratte da *Independence Day*, leoni affamati con occhi neri come il carbone e fogli di lavoro tridimensionali di Excel pieni di scodelle di frutta esotica.

CAPITOLO QUINDICI

La mattina seguente, Emily si svegliò molto più riposata. Con sua grande sorpresa, aveva dormito bene, molto meglio di quanto si aspettasse in quelle circostanze. A quanto pareva, la sua mente subconscia non era particolarmente disturbata dal pensiero dell'esistenza degli alieni—o dal fatto che uno di loro la stesse tenendo temporaneamente prigioniera contro la sua volontà.

Alzandosi, indossò gli abiti che Zaron le aveva dato e andò al bagno. Poi, si avvicinò alla parete, con una strana sensazione nello stomaco. Bussando sulla parete, attese, stropicciando nervosamente il soffice materiale del vestito con le dita.

La parete davanti a lei si dissolse, creando l'ingresso per il salotto. Zaron stava dall'altra parte.

"Buongiorno" disse piano, guardandola. "Spero che tu abbia dormito bene."

"Ho dormito benissimo, grazie." Emily fece del suo meglio per non guardarlo, ma era impossibile. In qualche modo, era riuscita a dimenticare quanto fosse bello il suo carceriere... e quanto il proprio corpo reagisse a lui. Sentiva già il battito cardiaco accelerare, con l'intimo che si strinse per un improvviso bisogno. Non aveva mai desiderato un uomo così tanto—così ardentemente. Non c'era niente di razionale o di ragionevole che potesse spiegare il calore che le attraversava le vene; era lussuria animale, pura e semplice. La mente le diceva che non era umano, che non sapeva ancora niente di lui o della sua gente, ma al corpo non importava.

L'extraterrestre indossava una T-shirt bianca e un paio di pantaloncini color kaki—un abbigliamento semplice, che in qualche modo ne sottolineava la bellezza mascolina. Aveva i capelli folti leggermente arruffati, e le spalle larghe tendevano il sottile materiale della maglietta, con i muscoli chiaramente definiti sotto i vestiti.

Deglutendo, Emily attraversò l'apertura, cercando di ignorare il cuore che le batteva all'impazzata.

"Vuoi fare colazione?" chiese Zaron, con gli occhi neri che brillavano dal divertimento. Emily non aveva dubbi sul fatto che lui fosse consapevole della sua reazione fisica nei suoi confronti e sapeva che ne godeva tremendamente.

"Uhm, sì, certo." Emily fece un respiro profondo. "Per prima cosa, puoi dirmi dove sono le mie cose? Hai detto di avere il mio portafoglio, giusto?" Quella mattina aveva realizzato di non aver visto il suo portafoglio, né il telefono da quando si era svegliata lì —una consapevolezza che l'aveva fatta sentire ancora più prigioniera.

Zaron annuì e disse qualcosa nella sua lingua. Un attimo dopo, una delle pareti si aprì, ed uscì fuori una pila di oggetti. Prendendoli a mezz'aria, glieli porse. "Ecco qui. I vestiti erano rovinati, ma li ho tenuti per te. I soldi all'interno del portafoglio erano un po' bagnati, ma credo che ci sia tutto. Questo piccolo pezzo di tecnologia, però"—indicò lo smartphone—"non è sopravvissuto alla nuotata nel fiume."

Tenendo i vestiti con una mano, Emily prese il telefono con l'altra e cercò di accenderlo. Lo schermo non rispondeva ai comandi e poteva sentire l'umidità residua nella custodia protettiva. Zaron aveva ragione: il telefono era morto. Naturalmente, se fosse stato funzionante, dubitava che gliel'avrebbe restituito così facilmente.

La ragazza controllò il portafoglio. Con suo grande sollievo, la patente, le carte di credito e il denaro erano tutti lì, anche se ancora un po' umidi.

"Non ho rubato niente, se è questo che ti preoccupa" disse Zaron, mentre lei continuava a frugare tra gli oggetti.

"Non pensavo a questo." Emily lo guardò. "Volevo solo assicurarmi di non aver perso nulla nella caduta. Grazie per avermi restituito tutto."

"Certo. Come ho detto, sei mia ospite."

"Un'ospite che non può andarsene" disse Emily, sostenendo il suo sguardo.

Zaron socchiuse leggermente gli occhi, ma non rispose all'affermazione. "Per colazione, che ne dici di una macedonia di frutta con noci di Macadamia e lamponi?" chiese.

"Va bene." Sistemando le sue cose sul divano galleggiante, Emily seguì Zaron in cucina. Appollaiata su una delle panche fluttuanti davanti al tavolo, lo ascoltò dare ordini alla casa sul cibo—o, perlomeno, questo era quello che secondo lei stava facendo quando parlava in Krinar.

Spostandosi sul sedile, Emily fece un respiro lento, poi un altro, cercando di calmarsi. Iniziò a sentire i primi segnali di quella sensazione claustrofobica dovuta allo stare troppo tempo in casa—una sensazione esacerbata dalla consapevolezza che questa volta era davvero in gabbia, che la sua libertà era sotto il controllo di qualcun altro. Logicamente, comprendeva che la sua prigionia era solo temporanea, ma la logica non aveva niente a che vedere con il soffocante dolore al petto.

Per esperienza, Emily sapeva che quel dolore sarebbe solo peggiorato. L'ultima volta in cui fu costretta a rimanere in casa più di un giorno era stata quattro anni fa durante un brutto temporale invernale a Chicago. In un lasso di tempo di trentadue ore, era caduto quasi un metro e venti di neve, ed era stato impossibile aprire la porta d'ingresso per quasi tre giorni. Emily, che condivideva una casetta cittadina ad

Evanston con quattro coinquiline, era diventata così claustrofobica che uscì fuori dalla finestra della camera al primo piano saltando su un mucchio di neve— avrebbe fatto qualsiasi cosa pur di liberarsi di quella sensazione di soffocamento derivante dall'essere bloccata in uno spazio chiuso per un lungo periodo di tempo.

Da quando ieri si era svegliata a casa di Zaron, non era mai uscita.

No, non pensarci. Respira, e non pensarci.

"Che cos'hai?" Zaron aggrottò la fronte, apparentemente percependo il suo crescente disagio. "Ti senti male?" Sedendosi davanti a lei, la guardò con fare interrogativo.

Emily si morse il labbro. Detestava ammettere le proprie debolezze, ma non poteva rimanere in casa per altre due settimane. Non poteva proprio.

"C'è un problema" disse un attimo dopo. "Mi stranisco se rimango in casa per troppo tempo. È una specie di claustrofobia. Posso sopportare gli spazi stretti, ma non se ci rimango a lungo."

Zaron sollevò le sopracciglia dalla sorpresa. "Stavi benissimo ieri."

Lei annuì. "Di solito riesco a sopportare un giorno, ma poi devo respirare un po' d'aria fresca o impazzisco. Quando sono al lavoro, mi offro sempre volontaria per eseguire commissioni—sai, prendere un caffè, andare all'ufficio postale, comprare il pranzo per il mio team— qualsiasi cosa pur di lasciare l'edificio per qualche minuto. Di solito non è un grosso problema, ma non posso rimanere dentro troppo a lungo."

Zaron si appoggiò, guardando Emily sotto le palpebre mezze chiuse. "Capisco. Hai bisogno di uscire subito o puoi aspettare che finiamo la colazione?"

La ragazza provò un'ondata di sollievo, che scacciò una parte della dolorosa stretta al petto. "Posso aspettare" disse, rivolgendogli un sorriso sincero. "Non sto ancora troppo male." Si sentiva quasi in preda alla gioia.

Non l'avrebbe tenuta prigioniera in casa, dopotutto.

Mentre parlavano, la colazione si sistemò sul tavolo.

"Possiamo andare a nuotare" propose Zaron, raggiungendo una scodella di frutta e noci in una salsa esotica. "C'è un bel lago qui vicino."

"Una nuotata? Sarebbe fantastico" disse Emily, mangiando la frutta con voracità. La macedonia era deliziosa, ma era troppo emozionata all'idea di uscire per apprezzarne il gusto. Oltre ad alleviare la sua claustrofobia, uscire le avrebbe dato la possibilità di cercare una via di fuga.

Se Zaron pensava che lei avrebbe accettato passivamente di perdere l'opportunità di lavoro della sua vita, si sbagliava di grosso. Emily aveva lavorato troppo duramente per lasciare che la sua carriera venisse distrutta così facilmente.

In un modo o nell'altro, sarebbe tornata a casa.

———

Dopo la colazione, Zaron fabbricò un costume per Emily e dei pantaloncini da bagno per lui. Rispettare il mandato di non divulgazione significava che tutto quello che indossava doveva almeno *sembrare* umano, così trovò il design del bikini per Emily su Internet.

Entrando nella stanza della ragazza, Zaron le porse i due pezzi di stoffa, e poi uscì per permetterle di cambiarsi. L'imminente uscita non gli dispiaceva, ma la condizione di Emily lo preoccupava. Da quando l'aveva vista quella mattina, aveva percepito una strana tensione in lei e la sua ansia era sembrata solo peggiorare con il passare della mattinata. Quando si erano seduti per fare colazione, Emily era sembrata sul punto di strapparsi la pelle. L'alieno non pensava che stesse fingendo; non essendo un'attrice di fama mondiale, il suo disagio doveva essere reale.

Qualcuno che bussò alla porta interruppe i pensieri di Zaron. Emise un rapido comando e la parete della camera di Emily si aprì, creando un passaggio per lei.

L'umana era lì, con lo stesso abito di prima, ma con le bretelline blu del bikini che sbucavano da sotto. Alla vista del corpo semi-nudo di Zaron, un rossore si diffuse sul suo viso e sul collo, dando alla pallida carnagione un delicato colorito.

"Pronta?" chiese Zaron, sopprimendo un sorriso per il modo in cui lei stava cercando di tenere lo sguardo al di sopra del suo collo. Anche lui aveva indossato il costume, ma non si era preoccupato di coprirsi con una maglietta. La reazione femminile al suo fisico gli piaceva; più forte fosse stata l'attrazione, più facile sarebbe stato portarla a letto.

Emily annuì e lo seguì verso la parete lontana del salotto. Man mano che si avvicinavano, il materiale intelligente si aprì, creando un'apertura che conduceva fuori.

Uscendo, Zaron inspirò profondamente, godendosi il caldo del sole sulla pelle esposta. Era già mezzogiorno, e l'aria era calda e umida, profumata dall'odore di bromelie e ricca di suoni emessi da diverse creature viventi. Quella zona della Terra gli ricordava casa—la principale ragione per cui aveva scelto quella località come colonia prioritaria dei Krinar.

Girandosi, vide Emily a pochi metri da lui, che fissava la casa dietro di loro. "Non te l'aspettavi, vero?" chiese, notando l'espressione sul viso della ragazza.

A differenza di molte abitazioni Krinar o umane, la sua casa temporanea non era affatto un edificio. Era una caverna altamente tecnologica situata all'interno di una piccola montagna. Con l'apertura esterna sigillata, era completamente invisibile dietro una spessa parete di verde. A meno che qualcuno non sapesse della sua esistenza, era impossibile trovarla—sia dal cielo che da terra.

"No" rispose Emily, voltandosi verso di lui. "Non è affatto quello che mi aspettavo. È perché stai cercando di rimanere nascosto?"

"Sì. Non voglio che qualche aereo o elicottero noti una strana struttura nella giungla e decida di indagare."

Emily gli rivolse una pensierosa occhiata, ma non fece altre domande, mentre attraversavano la foresta verso il lago. Ora che era fuori, Zaron sentiva che la sua ansia si stava placando, con quello sguardo abbattuto ormai scomparso. Per la prima volta da quando l'aveva conosciuta, la ragazza sembrava rilassata e felice, con le morbide labbra piegate in un sorriso, mentre osservava uno *Sceloporus malachiticus*—una lucertola verde ricoperta di aculei—che scappò via su una roccia vicina.

"Sembri abbastanza a tuo agio qui per essere una che vive a New York" osservò lui, notando la facilità con cui Emily si muoveva nella giungla verde. Sembrava rispettare la natura senza averne paura, calpestando l'erba alta attentamente ma con sicurezza. Stava per avvisarla della dolorosa puntura della *Paraponera clavata*, ma l'umana evitò la colonia di formiche prima che lui potesse averne la possibilità.

"*Sono* a mio agio qui" precisò Emily, con un sorriso luminoso. "Sono cresciuta nella semi-rurale Georgia, in realtà, e mi sono trasferita a New York solo per lavoro. Trascorrevo molto tempo all'aperto da piccola, arrampicandomi sugli alberi e catturando insetti tutto il giorno. Se fosse stato per me, avrei vissuto in una casa sugli alberi."

Zaron sorrise, immaginando una piccola Emily che correva tra i boschi. Se sembrava angelica ora, poteva solo immaginare come doveva essere stata da piccola, con quei grandi occhi brillanti e i capelli luminosi.

"E tu?" chiese lei, quando entrarono in una piccola

radura. "Com'eri da piccolo? Passavi molto tempo a giocare all'aperto? Immagino che le vostre città siano molto tecnologiche..."

"Sì" rispose Zaron. "Ma sono diverse dalle vostre. Tendiamo a costruire intorno all'ambiente naturale, anziché sopra di esso. Infatti, i nostri insediamenti somigliano più a questa giungla che a una delle vostre città."

"Davvero?" Lo guardò, sorpresa. "Quindi, nessun grattacielo, nessuna strada, nessun'auto?"

"No." Scosse la testa. "Nulla di simile. Abbiamo degli edifici più grandi per gli eventi pubblici, ma non ce ne sono molti. Non ci piace ammassarci come gli umani, quindi le nostre case tendono ad essere sparse—e non abbiamo bisogno di strade, perché o camminiamo o utilizziamo il trasporto aereo."

Zaron capì che Emily stava per fargli altre domande, ma in quel momento arrivarono a destinazione.

Con circa due chilometri di lunghezza e tre di larghezza, il lago era un bacino d'acqua alimentato da diversi ruscelli di montagna—ruscelli più simili a fiumi in quel periodo dell'anno. Immerso nella foresta, il lago era circondato da una rigogliosa vegetazione che attirava animali di ogni tipo—il luogo perfetto per un biologo. Zaron ci andava spesso, sia per godersi l'acqua che per studiare la fauna locale.

"Fa' attenzione a quella mancinella" avvisò Emily, prendendole il braccio per allontanarla dalla pianta, mentre scesero nell'acqua. "L'*Hippomane mancinella* è altamente velenosa e non ho portato dispositivi medici con me." Il succo bianco latte dell'albero conteneva forti tossine; anche solo sostare sotto le sue foglie durante la pioggia poteva far riempire la pelle umana di vesciche.

"Oh, grazie" mormorò lei, guardandolo prima di rivolgere l'attenzione all'acqua. "Mi assicurerò di evitarla d'ora in poi." La sua voce era leggermente soffocata, e Zaron si rese conto che le stava ancora tenendo il braccio. La sua mano era sorprendentemente scura in confronto alla pelle color avorio della ragazza, con le dita che le stringevano l'esile braccio.

Per un attimo, la tentazione di tirarla a sé fu insopportabile. L'aria tra loro cominciava ad essere troppo calda, con l'atmosfera ricca di carica sessuale. Lo voleva; poteva sentire il suo desiderio, sentirne il rapido battito cardiaco. Perché stava resistendo all'inevitabile? Sicuramente Emily sapeva che sarebbe stata sua, che non l'avrebbe lasciata andare senza prima affondare nella sua morbida e tenera carne.

"È sicuro nuotare nel lago?" La voce di Emily era più stridula del solito, con le parole che le uscirono velocemente. Percepiva la direzione dei suoi pensieri, comprese Zaron, e stava facendo del proprio meglio per distrarlo dalla sua fame crescente. "C'è qualcosa di pericoloso lì dentro?"

"No" rispose Zaron, riluttante a lasciarle andare il braccio. "Non hai nulla di cui preoccuparti." Per quanto avrebbe desiderato affrontare l'argomento, era ancora troppo ansiosa. L'avrebbe avuta presto, promise a se stesso. Presto, ma non ancora.

Voltandosi, Zaron si tolse i sandali e scese lungo la stretta striscia di costa rocciosa verso l'acqua.

Un tuffo nel lago fresco sembrava più attraente—e necessario—in quel momento.

CAPITOLO SEDICI

Riuscendo a malapena a respirare, Emily guardò Zaron entrare nell'acqua, con il sole che rifletteva sui suoi capelli folti e lucenti. Il cuore le batteva furiosamente nel petto, e sentiva troppo caldo, con un fremito sulla pelle per la residua sensazione del suo tocco.

Sapeva che lui aveva un bel fisico, naturalmente; i suoi vestiti avevano fatto ben poco per nascondergli i muscoli potenti. Ma sapere e vedere erano due cose molto diverse—come aveva scoperto Emily, quando era uscita dalla camera e lo aveva visto lì, con solo un paio di pantaloncini grigi per fare il bagno.

Il suo rapitore alieno era straordinariamente bello. La pelle liscia e abbronzata, senza il minimo accenno di imperfezione, gli copriva ogni centimetro del torace. Le spalle larghe, la vita magra e i fianchi stretti formavano una sorprendente forma a V, e il corpo muscoloso non aveva un filo di grasso. Dai peli scuri sul petto agli addominali chiaramente definiti sul ventre piatto, era un maschio incredibilmente bello.

Camminando al suo fianco nella fitta foresta, Emily non era riuscita a staccargli gli occhi di dosso, e quando la toccò per la seconda volta, si sentì andare a fuoco. Le forti dita di Zaron le avevano stretto il braccio con una presa di ferro, apparentemente per proteggerla dalla pianta velenosa, e il suo corpo era rimasto sconvolto dal desiderio, con la calda umidità che le aveva inondato il sesso.

Perché continuava a resistergli? le sussurrò una vocina nella testa. Sarebbe stato così brutto gettare la cautela al vento e divertirsi una volta tanto? Quante volte capitava l'opportunità di scopare un uomo così attraente? E che cosa importava se non c'era futuro per loro, se lui era di una specie diversa e non lo avrebbe mai più rivisto una volta tornata a casa? Migliaia di donne andavano a letto con sconosciuti durante i viaggi. La scelta del partner di Emily forse era un po' più particolare, ma in fondo non era altro che una breve vacanza in fuga con un uomo che era letteralmente di un altro mondo.

No. Scuotendo la testa, Emily si liberò del vestito, spingendo via quei pensieri pericolosi. Doveva concentrarsi sulla sua vita e su come riprendersi la carriera e, la relazione con un extraterrestre—un extraterrestre che la teneva prigioniera, tra l'altro—era l'ultima cosa di cui aveva bisogno.

Dando un calcio ai sandali, si avvicinò all'acqua, felice che Zaron stesse nuotando lontano dalla riva e non le stesse prestando attenzione. Non aveva idea di quanti tentativi di seduzione avrebbe potuto sopportare prima di cedere, e aveva il forte sospetto che stare quasi nudi insieme non avrebbe favorito l'adeguata distanza.

Solo una rapida nuotata, promise Emily a se stessa, godendosi l'acqua fredda sulla pelle. Solo una rapida nuotata per schiarirsi le idee, e poi avrebbe iniziato a riflettere su come uscire da quella situazione.

Il fondo del lago era roccioso quanto la riva, ferendole i piedi nudi, ma non dovette camminare a lungo prima che l'acqua fosse abbastanza profonda da poterci nuotare. Muovendosi piacevolmente nell'acqua, vide Zaron nuotare a distanza.

A molta distanza.

Il suo cuore accelerò dall'improvvisa emozione. Era così lontano che riusciva a vedere a malapena la sua testa scura nell'acqua. Infatti, era quasi in mezzo al lago. Doveva essere rimasta lì, a fissare l'acqua, molto più a lungo di quanto pensasse.

Quella era la sua occasione, la sua possibilità di fuggire prima della scadenza dei diciassette giorni. Emily era in buona forma, e aveva una vaga idea di dove fossero, avendo visto qualcosa che somigliava a quel lago su una mappa che aveva studiato per la sua escursione. Non poteva essere a più di dieci, quindici miglia da una delle città. Se avesse preso una certa distanza da Zaron, c'era una forte probabilità che avrebbe raggiunto la civiltà prima che lui potesse raggiungerla—e sarebbe tornata a casa in tempo per il colloquio.

Tenendo d'occhio la testa scura in lontananza, uscì dall'acqua e passeggiò con nonchalance verso i sandali, facendo del proprio meglio per fingere che si stava semplicemente asciugando. Infilando le scarpe e l'abito, lanciò un'ultima occhiata nella direzione di Zaron— accertandosi che fosse ancora in mezzo al lago—e corse verso il bosco.

————

Nuotando nell'acqua calma, Zaron si godé quell'esercizio rilassante, flettendo e contraendo i muscoli ad ogni bracciata lenta e intenzionale. Consapevole della presenza di Emily nelle vicinanze, fece del proprio meglio per adeguare il ritmo a quello di un umano, ma non era del tutto sicuro di riuscirci. Anche dopo sei mesi trascorsi sulla Terra, trovava difficile muoversi come l'*Homo sapiens*—un altro motivo dietro la sua decisione di lasciare le città umane a favore di zone più remote.

Guardando verso la riva, vide Emily uscire dal lago. Con la sua acuta vista Krinar, poteva vedere tutto, persino le scintillanti goccioline d'acqua sulla pallida pelle della ragazza. Rimase senza fiato, con il cazzo che si indurì a quella vista. Zaron aveva intenzionalmente evitato di guardarla prima, incerto dell'autocontrollo, e ora comprese che aveva fatto bene a non cedere a tali tentazioni. Con quel piccolo bikini blu, la sua ospite umana era una sinfonia di gambe lunghe e curve femminili, con i seni tondi e pieni e una vitina che lasciava esplodere un sedere sodo e a forma di cuore. Con i capelli biondi legati in modo incoerente sulla testa, sembrava un raggio di sole, con la pelle stranamente luminosa vista da lontano.

Non riuscendo a staccarle gli occhi di dosso, Zaron la guardò avidamente, mentre lei si chinò e infilò prima i sandali, poi il vestito. I suoi movimenti erano disinvolti, quasi pigri. Fin troppo disinvolti, comprese l'alieno, notando la tensione nelle sue spalle. Raddrizzandosi, Emily guardò brevemente nella sua direzione, con gli occhi socchiusi per la luce brillante... e poi fuggì.

Stava scappando da lui.

Agendo puramente d'istinto, Zaron si tuffò sotto l'acqua, nuotando con feroce velocità. Una rabbia irrazionale gli gonfiò le vene, aggiungendosi alla voglia di cacciare la sua preda. Come osava fuggire? Le aveva salvato la vita, ed era *sua*—sua per essere scopata, e l'avrebbe tenuta fin quando lo avesse desiderato.

Impiegò meno di due minuti a raggiungere la riva. Uscendo fuori dall'acqua, rintracciò la scia del profumo di Emily, che stava scomparendo nel bosco. Non era andata lontano, ma anche in quel caso non avrebbe avuto importanza. Nessun essere umano avrebbe mai potuto sfuggire a un Krinar.

Serrando la mascella, Zaron iniziò la caccia.

CAPITOLO DICIASSETTE

Correndo nella foresta, Emily sentì il suo respiro assumere un ritmo costante—un'andatura che sapeva le avrebbe permesso di tenere il passo per altri chilometri. Con suo grande sollievo, i sandali che Zaron le aveva dato erano comodissimi, senza nemmeno un accenno del disagio dovuto allo sfregamento che normalmente ci si aspetta con tali calzature.

Anche se gli ultimi due anni erano stati duri, con il lavoro che le occupava quasi tutte le ore di veglia, Emily di solito riusciva a percorrere cinque miglia ogni due giorni. Quello non era paragonabile al rigoroso allenamento del college, ma era sempre meglio che trasformarsi in una totale pantofolaia—e ora era estremamente grata per quelle corse. Sentì i muscoli scaldarsi e flettersi, i polmoni lavorare facilmente, e sapeva che avrebbe potuto continuare così almeno per un'ora. A quel punto, Zaron sarebbe rimasto molto indietro, ammesso che avesse cercato di rincorrerla, una volta raggiunta la riva.

Se tutto fosse andato bene, non lo avrebbe più rivisto.

Quel pensiero stranamente la turbava, perciò lo scacciò dalla mente. Ormai non poteva fare marcia indietro. Nel bene e nel male, era fuggita, e ora doveva solo assicurarsi di raggiungere la città rapidamente.

Un piede davanti all'altro, Emily. Un piede davanti all'altro.

Concentrandosi su quel familiare ritornello del corridore, balzò su un masso caduto... e andò a sbattere contro un corpo incredibilmente duro.

L'impatto la sconvolse. Barcollando all'indietro, inciampò sul masso e sarebbe caduta, se in quel momento due mani forti non l'avessero afferrata. In un lampo, Emily si ritrovò a terra sulla schiena, con le braccia sopra la testa e oltre un metro e ottantacinque di maschio muscoloso e bagnato su di lei.

Zaron. In qualche modo, l'aveva raggiunta.

Stava respirando a fatica, e vide un muscolo pulsargli nella mascella serrata. I folti capelli scuri erano spiaccicati sul cranio, e gli occhi neri scintillavano come carboni.

Sembrava selvaggio—e spaventosamente furibondo.

"Dove cazzo pensavi di andare?" La voce era un ringhio ferale, le dita simili all'acciaio intorno ai suoi polsi. "Non puoi scappare da me."

I polmoni di Emily ripresero a funzionare, e mandò giù un po' d'aria, cercando di ritrovare la lucidità. Come aveva fatto Zaron a raggiungerla così in fretta dal bel mezzo del lago? Nemmeno i migliori nuotatori olimpici avrebbero potuto annullare quella distanza in così poco tempo. "Come... come hai fatto...?" Non riuscì a pronunciare più di poche parole a causa del travolgente afflusso di sangue alle orecchie. Sentiva ogni centimetro del corpo duro e mezzo nudo di Zaron, l'umidità della sua pelle che le penetrava nel vestito, e la carne reagì istantaneamente, con i capezzoli che si trasformarono in germogli eretti.

"Come ho fatto a fare cosa?" L'alieno abbassò la testa fin quando il suo viso non fu a solo pochi centimetri da quello della ragazza, incenerendola con lo sguardo. L'acqua gli colava dalla fronte, con le gocce sorprendentemente fredde sulla pelle surriscaldata di Emily. "Come ho fatto a prenderti?"

Emily riuscì ad annuire.

"Posso sempre catturarti." L'alieno addolcì la voce fino a trasformarla in un sussurro roco, e una scintilla più calda, più oscura, apparve nei suoi occhi. "Non c'è posto su questo pianeta o al di là in cui non potrei trovarti, angioletto... se lo volessi."

Il cuore di Emily saltò un battito, poi cominciò a galopparle follemente nel petto. Sentì una crescente durezza sulla gamba, e un calore le inondò il corpo, nonostante la profonda consapevolezza della sua vulnerabilità le facesse contorcere lo stomaco. "Lasciami andare" sussurrò, dimenandosi nella sua presa. Le sembrava di essere immobilizzata da una montagna, e il senso di impotenza era spaventoso e sconvolgente. "Zaron, lasciami andare..."

La fissò, con il muscolo della mascella flesso, e l'ardente desiderio sul suo viso le inviò una scossa di eccitazione. Emily percepì la lotta dell'extraterrestre per mantenere il controllo—e vide il momento esatto in cui perse la battaglia.

Con un gemito tormentato, abbassò la testa e le prese la bocca con la sua.

Non c'era niente di dolce e tenero in quel bacio; era un vero e proprio richiamo carnale. Le labbra e la lingua di Zaron erano dappertutto, consumandola, togliendole il respiro, la volontà di resistere. Le teneva senza sforzo entrambi i polsi sopra la testa con la mano destra, mentre con la sinistra scivolò lungo il corpo della ragazza, tirandole su la gonna. Ovunque le dita le strofinassero la pelle, la sua carne bruciava, dolorante a quel tocco. Sopraffatta, Emily si inarcò contro di lui, non sapendo bene se avvicinarsi o respingerlo, e sentì il ginocchio di Zaron aprirle le cosce nude, afferrandole le mutandine del bikini e strappandole. Solo il materiale bagnato dei suoi pantaloncini li separava ora, con la forte pressione dell'erezione che le spingeva sul sesso nudo.

Improvvisamente, Emily si ritrovò con le mani libere. Ansimando, afferrò le spalle di Zaron, affondando le dita nella sua pelle, mentre lui cominciò un movimento ondulatorio con i fianchi, strofinando con ogni mossa la dura lunghezza del cazzo sul suo clitoride e inviandole ondate di calore in tutto il corpo.

Continuò a baciarla con profondi baci travolgenti che le annebbiarono la mente, e da qualche parte nella sua pancia una familiare tensione cominciò a crescere, quando le tolse la parte superiore del bikini e le chiuse la mano intorno al seno, massaggiando il leggero peso sotto il sottile tessuto del vestito.

Sempre più confusa, Emily gemette nella sua bocca, incapace di concentrarsi su nient'altro che non fosse il vertiginoso piacere che la attraversava. Tutte le sue paure, tutti i suoi dubbi svanirono, annullati dal calore dell'abbraccio di Zaron. Le sue dita le scivolavano nei capelli folti, tenendola vicino, e i fianchi della ragazza cominciarono a muoversi in risposta.

Zaron gemette di nuovo, e lei si accorse a stento di qualcos'altro che veniva strappato. L'alieno si era strappato i pantaloncini, si rese conto vagamente, sentendo la punta liscia del suo cazzo strofinarle la parte interna della coscia. La tensione dentro di lei si intensificò, con l'intimo che le pulsava dal desiderio incontenibile, e sollevò i fianchi verso di lui, pregandolo inconsapevolmente per avere di più.

Alla sua mossa, Zaron si irrigidì e alzò la testa per guardarla, appoggiato su un gomito. Il suo respiro era rapido e irregolare, le labbra brillanti per i baci. "È questo che vuoi?" sussurrò, con voce roca dalla lussuria. Agitò i fianchi in avanti, con la punta dell'asta che le spingeva tra le gambe. "È questo che vuoi, Emily?"

I suoi occhi la fulminarono, pretendendo una risposta, e lei annuì, impotente, incapace di fare altro.

Non aveva mai provato a desiderare il dolore, un piacere così intenso che rasentava l'agonia. Non sarebbe riuscita a sopportarlo, se si fosse fermato ora, e la sua solita vocina che le ricordava di essere cauta rimase in silenzio, mentre lui le afferrò la coscia con una mano forte, aprendole le gambe e cominciando a spingere.

Nonostante l'eccitazione, la penetrazione iniziale non fu facile. Era spesso e lungo, molto più grande di quello di qualsiasi uomo avesse mai conosciuto, e man mano che scendeva più in profondità dentro la sua carne vogliosa, un grido le sfuggì dalle labbra per quella pressione. Irrigidendosi, Emily si aggrappò alle sue braccia, e sentì un brivido attraversargli il corpo, mentre i suoi muscoli interni si stringevano attorno alla sua dura lunghezza in un futile tentativo di respingere l'invasione.

Al suo grido doloroso, Zaron si fermò, con il grande corpo tremante per lo sforzo di sostenersi, ed Emily vide che i suoi occhi neri erano affamati. Eppure, quando abbassò la testa, strofinandole le labbra sulla guancia, quel gesto sembrò celare una sorprendente tenerezza. "Tutto bene?" mormorò lui, con il caldo respiro sull'orecchio sinistro di Emily, inviando brividi di piacere al suo corpo.

Chiudendo gli occhi, Emily gli mise le braccia intorno al collo e avvolse le gambe intorno ai suoi fianchi. Il disagio stava già passando e la febbre di prima stava riaffiorando. "Sì" sussurrò, inarcandosi per prenderlo ancora più in profondità, e rabbrividì per una disperata gioia, con il movimento che intensificò le sensazioni che si espandevano dal suo nucleo.

Anche Zaron rabbrividì, con l'ultimo residuo di autocontrollo ormai scomparso, e cominciò a spingere con veemenza, tuffandosi dentro di lei con forza punitrice. Ansimando, Emily si aggrappò a lui, sentendosi come una schiava in una tempesta. Il suo mondo si restrinse, con tutti i sensi concentrati su di lui. La pelle dell'alieno era madida di acqua e sudore, con i muscoli che si flettevano e contraevano sotto le sue dita. Poteva sentire la sua spessa asta muoversi in profondità dentro di lei, odorarne il caldo profumo di muschio, e la tensione interna aumentò, concentrandosi sul fascio di nervi all'apice del suo sesso. Aveva la pelle d'oca, e il cuore le batteva all'impazzata... e poi, improvvisamente arrivò lì, con un grido che le sfuggì dalla gola, mentre il corpo esplose nell'orgasmo più potente della sua vita.

La cavalcò, con spinte dure e implacabili, senza concederle il tempo di riprendersi, e, con grande shock, Emily sentì di essere nuovamente sul punto di venire, con la carne sensibilizzata che richiedeva una stimolazione minima questa volta. Percependolo, l'extraterrestre aumentò il ritmo, sbattendo l'inguine contro il suo clitoride ad ogni spinta, ed Emily urlò, mentre un altro violento orgasmo l'attraversò, lasciandola sconvolta e senza fiato.

Le convulse contrazioni del suo sesso sembrarono innescare il rilascio di Zaron, e lo sentì irrigidirsi, con un primordiale suono che gli ruggì nel petto mentre si fermò, sbattendo il bacino più duramente contro di lei. Emily sentì il suo cazzo pulsare profondamente dentro di lei, con il seme che gli usciva sotto forma di caldi getti, e si aggrappò ai suoi fianchi, stordita dall'intensità dell'esperienza.

Per qualche istante, rimasero lì, immobili, con i corpi incollati dal sudore, mentre il loro respiro tornava lentamente alla normalità. Zaron era sopra di lei, e per la prima volta Emily si rese conto di essere sdraiata sul terreno duro, con piccole rocce e ramoscelli che le scavavano la pelle nuda della schiena. Spostandosi leggermente, cercò di sistemarsi più comodamente, e Zaron si sollevò nuovamente sui gomiti, liberandola dalla maggior parte del peso. Il suo sesso era ancora dentro di lei, e l'intimità della loro posizione fece infiammare le guance di Emily, quando incrociò il suo sguardo.

"Non andrai da nessuna parte, angioletto" le disse tranquillamente. C'era qualcosa di diverso nel modo in cui la stava guardando ora, qualcosa di oscuro e possessivo che prima non c'era. "Non fin quando non ti lascerò andare io. Capito?"

Emily serrò la bocca, ma fece un leggero cenno con la testa. Non era quello il momento di discutere—non con lui ancora sepolto profondamente nella sua carne, non quando si beava di quel piacere devastante. Più tardi avrebbe cercato di riflettere, di trovare un modo per fuggire, ma per ora doveva sembrare docile, comportarsi come una mite prigioniera. Non l'avrebbe sopportato, se lui avesse deciso di tenerla chiusa in casa dopo quell'incidente.

"Bene." Abbassando la testa, Zaron la baciò lentamente, strofinando le labbra sulle sue, per poi ritirarsi con cautela dal suo canale gonfio. Alzandosi in piedi, la tirò su.

Emily aveva perso il bikini, ma l'abito in qualche modo era riuscito a sopravvivere, e ora era tornato al suo posto, coprendole il sedere nudo. I pantaloncini di Zaron, però, erano a terra, strappati. Non sembrava preoccupato per quello, mostrandosi a proprio agio come se fosse stato vestito. Poteva vedergli le palle che oscillavano pesantemente tra le gambe, con il sesso che brillava per la loro umidità combinata, e le si seccò la bocca sapendo di averlo avuto dentro—che aveva fatto sesso con quell'uomo.

Con quell'*alieno*, la corresse una vocina interiore, ed Emily deglutì, senza voler riflettere troppo su quella consapevolezza. Con le gambe simili a gelatina, fece un tremante passo indietro, cercando di frapporre una certa distanza tra loro. Zaron non glielo permise, però, stringendole la mano intorno al braccio. Prima che lei potesse obiettare, si ritrovò sollevata dal suolo e si sistemò comodamente tra le sue braccia.

"Andiamo a casa" le disse, guardandola mentre si dirigevano verso il bosco, portandola senza sforzo come se non pesasse niente. "Credo che tu abbia respirato aria fresca a sufficienza per oggi."

———

Il viaggio di ritorno durò meno tempo, con Zaron che mantenne un passo veloce, attraversando i familiari boschi con facilità. Emily protestò perché non voleva essere portata in braccio, dicendo di poter camminare benissimo da sola, ma si rifiutò di metterla giù, avendo bisogno di sentirla saldamente sul petto. Non era riuscita a fuggire e non l'avrebbe mai fatto, ma era ancora riluttante a lasciarla andare, con una strana sensazione che lo attanagliava ogni volta che ripensava al suo tentativo di fuga.

Nonostante la collera iniziale, Zaron capì perché la ragazza l'aveva fatto. Era abituata alla propria indipendenza, ad essere responsabile della propria vita. Indubbiamente, le dava fastidio essere costretta a rimanere sua ospite. Lo capiva ed era addirittura comprensivo nei confronti del suo dilemma. Tuttavia, ciò non cambiava la sua irrazionale e primitiva convinzione che Emily gli appartenesse, che in qualche modo fosse *sua*.

Fare sesso con lei aveva solo rafforzato quella sensazione. Era temporaneamente sazio, ma cominciava già a desiderare un ulteriore piacere, morendo dalla voglia di scoparla più e più volte. L'aver evitato di prenderle il sangue non aiutava. Non aveva voluto farlo all'aperto, ma ora non riusciva a smettere di pensare al liquido afrodisiaco che le scorreva nelle vene—e a come sarebbe stato sprofondare dentro di lei dopo averle affondato i denti nella gola e averne assaggiato il sangue per la prima volta.

"Sei più forte di un essere umano, vero?" La

domanda di Emily lo distolse dai suoi pensieri, e la guardò. Gli teneva le braccia intorno al collo, come se avesse paura di poter cadere. "Mi hai portata in braccio per mezzo miglio, e non sei nemmeno un po' stanco" spiegò, guardandolo.

Zaron esitò un attimo, poi decise di rivelarle quella parte. Gli umani l'avrebbero scoperto presto. "Sì" confermò, salendo su un piccolo arbusto di *Lippia alba*. "Siamo più forti della tua specie. E più veloci—ecco come ho fatto a prenderti."

Emily deglutì. "Quanto più forti e più veloci?"

"Diciamo che nessuno dei vostri atleti potrebbe competere con noi" le disse, senza voler entrare troppo nei dettagli. Avrebbe potuto schiacciare ogni osso del corpo umano quasi senza sforzo, ma non c'era bisogno che Emily lo sapesse. L'ultima cosa che voleva era che avesse paura di lui. Non le avrebbe mai fatto del male fisicamente, ma forse non gli avrebbe creduto— soprattutto se avesse saputo delle origini predatrici della sua specie e della loro predilezione per la violenza.

L'umana si accigliò alla sua risposta, ma prima che potesse fargli ulteriori domande, arrivarono a casa.

Avvicinandosi all'entrata, Zaron attraversò l'apertura, portando dentro Emily come un trofeo di guerra. Fu solo quando la parete si chiuse saldamente dietro di lui che finalmente la lasciò andare, mettendola in piedi. Sapeva che probabilmente si stava comportando come un barbaro, ma non gli importava. Se non voleva essere sua ospite, allora sarebbe stata sua prigioniera, con tutto ciò che questo implicava. Di certo non si sarebbe fatto scrupoli a tenerla prigioniera —non dopo che aveva tradito la sua fiducia cercando di scappare.

Non appena la lasciò andare, si allontanò da lui, con il mento sollevato e un'aria di sfida. "Vorrei fare una doccia" disse, guardandolo. Tuttavia, Zaron notò un leggero tremore nelle sue mani. Emily era più nervosa di quanto sembrasse. Era pentita di ciò che era successo tra loro? O stava ancora cercando di tenerlo lontano, di fingere che non era cambiato nulla?

Ad ogni modo, Zaron non l'avrebbe permesso. Lo aveva lasciato entrare dentro di lei, e ormai era sua. Non avrebbe più potuto tornare indietro.

"Certo" disse lui. "Hai bisogno di una doccia—e anch'io."

Senza aspettare una risposta, le si avvicinò. Afferrandole l'orlo, le tolse l'abito dalla testa con un movimento fluido, lasciandola lì completamente nuda.

Poi, la riprese in braccio, dirigendosi verso il bagno.

CAPITOLO DICIOTTO

Cullando Emily sul petto, Zaron entrò nella cabina circolare ed emise un rapido comando per aprire l'acqua.

"Puoi mettermi giù, sai" disse lei, mentre l'acqua cominciò a bagnare i loro corpi. "Posso stare in piedi da sola—e naturalmente non posso fuggire qui."

Un sorriso piegò gli angoli della bocca di Zaron. Si stava davvero comportando come un barbaro. "Va bene. Se lo desideri." Mettendola con cautela sul pavimento scivoloso, lasciò che la doccia intelligente le applicasse i liquidi per la pulizia dei capelli e della pelle, mentre lui riceveva lo stesso trattamento.

Non riusciva a capire come mai fosse così difficile togliere le mani da Emily, ma non poteva sopportare di non toccarla. Non era nemmeno un bisogno puramente fisico, sebbene il corpo stesse cominciando ad agitarsi per la sua vicinanza. No, quella compulsione era più profonda, si rese conto con un brivido interiore. Voleva tenerla vicina, sentirla sempre accanto... abbracciarla e possederla.

Come aveva voluto Larita.

Questa volta, il dolore al petto era troppo forte per poterlo ignorare, e Zaron si allontanò da Emily, non volendo che lei notasse la sofferenza sul suo volto. Non poteva desiderare un'umana nello stesso modo in cui aveva voluto la propria compagna. Larita era stata tutta la sua vita per più di quarant'anni, e il fatto che potesse anche solo ricordarla pensando ad Emily gli sembrava un tradimento della sua memoria.

Eppure... non riusciva a ricordare l'ultima volta in cui si era sentito così vivo. Per la prima volta dalla morte di Larita, i pensieri oscuri non consumavano ogni momento di veglia di Zaron, con la rabbia e il dolore che si attenuavano con Emily. Aveva sorriso e riso più negli ultimi due giorni che in tutto l'anno precedente, e il sesso con Emily era stato intenso e soddisfacente come quello che aveva provato con la sua compagna.

Non aveva senso, ma non poteva più negarlo.

Per la prima volta dopo anni, Zaron si sentiva bene, ed Emily ne era la ragione.

Voltandosi verso di lei, la osservò allungarsi verso lo spruzzo d'acqua, con gli occhi chiusi e i capelli bagnati che le scendevano lungo la schiena. Con il suo profilo davanti a lui, l'alieno notò il suo nasino a punta e i lineamenti del mento e della mascella. Le labbra avevano un aspetto morbido e seducente, turgido per la precedente aggressione, e mentre le guardava il corpo, il cazzo gli si indurì, rispondendo alla sensuale visuale davanti ai suoi occhi.

Non capiva come mai quella ragazza umana avesse quel genere di effetto su di lui, ma non avrebbe perso tempo a preoccuparsene, decise, mentre il calore si insinuava sotto la sua pelle. Avrebbe avuto quella piccola prigioniera per altri sedici giorni, e aveva intenzione di goderseli tutti.

Avvicinandosi ad Emily, la tirò verso il suo corpo eccitato, prendendole la bocca con la sua.

Aveva un sapore dolce, con il fiato che sapeva leggermente di menta per la pulizia. Le labbra di Emily gli si aggrapparono, rispondendo al suo bacio, e le dita gli si attaccarono alla carne muscolosa delle braccia, scavando con le fragili unghie nella sua pelle. L'alieno sentì quei suoi seni nudi spingergli sul petto, con i capezzoli simili a piccoli ciottoli duri, e le palle gli si strinsero, mentre il sangue affluiva all'inguine. Gemendo, Zaron l'appoggiò contro la parete della cabina, facendole scivolare la mano lungo il corpo verso la morbida apertura tra le gambe.

Era già bagnata, pronta per lui, e Zaron sentì il desiderio intensificarsi, mentre lei si strofinò alle sue dita, con un basso gemito che le uscì dalla gola. Premendole il pollice sul clitoride, spinse il dito medio nel suo piccolo canale scivoloso, cercando il punto sensibile della parete interna. "Sì, così" mormorò, sollevando la testa per vederle il viso arrossato. "Vieni per me, angioletto..." Sentì la zona morbida e spugnosa con il dito, e, mentre la premeva leggermente, l'intimo di Emily si contrasse attorno a lui, stringendogli il dito così forte che il cazzo gli saltò in risposta.

Emily stava ansimando ora, guardandolo con le pupille dilatate, e lui aumentò la pressione su quel morbido punto interno, massaggiandole il clitoride con dei cerchi. Lei gridò, contraendosi, e lui sentì il suo orgasmo iniziare, con le pareti interne che ondeggiarono intorno al suo dito con un movimento sinuoso.

Non potendo più aspettare, Zaron tolse il dito e le afferrò il retro delle cosce, sollevandola dal pavimento e aprendole le gambe. Senza ulteriori preliminari, allineò la punta della sua asta sulla sua entrata e spinse dentro.

Come prima, la sensazione era insopportabile, inebriante. Era incredibilmente stretta intorno al suo cazzo, con la morbida carne che lo stringeva, abbracciandolo, mentre lui avanzava più in profondità. Zaron sentì l'odore dolce della sua eccitazione, sentì il rapido battito del cuore, e si soffermò sul suo collo, attratto dalla vena che le pulsava sotto la pelle pallida e quasi trasparente. Una fame primitiva e animalesca prese vita dentro di lui, una voglia predatrice che nessuna quantità di manipolazione genetica era stata in grado di sopprimere, e lentamente abbassò la testa, strofinandole le labbra sulla delicata colonna della gola. Lei gemette, inarcando il collo, e il desiderio divenne insopportabile. Utilizzando la mano sinistra per tenerla su, Zaron afferrò i capelli di Emily con la mano destra, costringendola a rimanere ferma. Poi, con un movimento esperto, affondò i bordi taglienti dei denti superiori nella sua pelle e premette la bocca sulla ferita.

Un sangue caldo e con il sapore del rame gli inebriò la lingua, con quel gusto ricco e straordinariamente soddisfacente. Emily gridò per l'improvviso dolore, irrigidendosi tra le sue braccia, ma poi Zaron sentì l'effetto della sua saliva farle effetto. Il corpo della ragazza si sciolse sul suo, con il sesso che si strinse e pulsò intorno al suo cazzo, e lui capì che era travolta dalla stessa ondata di piacere che lo stava attraversando. Un'estasi feroce ed effervescente attraversò le terminazioni nervose di Zaron, rafforzandone i sensi, fin quando non si sentì esplodere per quelle sensazioni sconvolgenti. Tutto era più luminoso, più caldo, più intenso, e capì che la razionalità gli stava sfuggendo, man mano che il gusto del sangue amplificava la sua lussuria in modo insopportabile.

Non sapeva quanto a lungo l'avesse scopata contro quella parete della doccia o a che punto fosse riuscito a portarla a letto. Tutto quello che sapeva era che entrambi erano venuti in una violenta frenesia orgasmica che sembrava non conoscere fine.

Solo quando Emily svenne tra le sue braccia Zaron trovò la forza di volontà di fermarsi, con il corpo sazio ma che continuava a chiedere di più.

CAPITOLO DICIANNOVE

MAN MANO CHE RIPRENDEVA CONOSCENZA, EMILY si rese conto di uno sconvolgente mix di dolori. Ogni muscolo del corpo le faceva male, come se avesse esagerato con l'esercizio fisico. Quando aprì gli occhi e si spostò leggermente sul letto, si rese conto che il disagio era più profondo, con il sesso che sembrava gonfio e tenero per l'uso eccessivo.

Era anche nuda sotto la coperta.

Con il battito accelerato, cercò freneticamente di ricordare, tentando di dare un senso a tutto quello che era successo. Ricordava di essere uscita per andare al lago, di aver tentato la fuga—un tentativo che si era concluso con il sesso più incredibile della sua vita. Ricordava vividamente anche di aver fatto la doccia con Zaron e che lui l'aveva nuovamente presa, sconvolgendole i sensi e togliendole la volontà di resistere, prima di concederle la possibilità di riprendersi dal primo incontro.

A quel punto, tuttavia, le cose sembravano sfocate nella sua mente. Tutto quello che ricordava era un mix di sensazioni mai provate e un piacere così intenso che rasentava il dolore.

Dannazione. Aveva fatto sesso con un alieno. Un alieno che la teneva prigioniera in casa sua. Emily non riusciva nemmeno a riflettere sulle implicazioni di qualcosa di simile, perciò mise quel pensiero da parte per un'analisi successiva.

Accigliata, si sedette, fissando la stanza. Era di nuovo sola, e non c'era traccia di Zaron. Che cos'era successo ieri? Perché si sentiva così?

Scendendo lentamente dal letto, Emily si diresse verso il bagno, sopprimendo un gemito per il profondo dolore tra le cosce. Non era mai stata così dolorante dopo il sesso, nemmeno dopo la prima volta. Guardando in basso, notò pallidi graffi e lividi sulla pelle. Il sesso con un maschio della specie di Zaron era diverso? Un brivido la attraversò a quel pensiero, anche se l'intimo si riscaldò al ricordo di quelle sensazioni.

No, non ci pensare ora. Sforzandosi di tenere la mente occupata, Emily si occupò dei bisogni primari e lavò le mani. Proprio mentre stava per mettere un piede nella doccia, sentì qualcuno entrare nella stanza.

Girandosi, fissò l'uomo che era diventato il suo amante. Si sentiva stranamente consapevole della sua nudità. Non era mai stata particolarmente timida con i fidanzati, ma in qualche modo quella volta era diverso. Né Jason, né Tom l'avevano mai guardata come Zaron la stava guardando in quel momento: con una fame profondamente possessiva che le faceva palpitare il sesso. Era uno sguardo che la rendeva visceralmente consapevole del proprio corpo, della propria femminilità.

"Sei già sveglia" mormorò lui, con gli occhi che brillavano, mentre si avvicinò verso di lei. Con una maglietta color azzurro chiaro e un paio di jeans aderenti che gli abbracciavano le cosce potenti, era stupendo come al solito, devastandole i sensi con la sua presenza.

Aveva fatto sesso con quella splendida creatura.

"Sì, mi sono svegliata poco fa" riuscì a rispondere Emily, con voce leggermente roca. Schiarendosi la gola, cercò di metterla sul banale. "Che ore sono?"

"Le nove del mattino" rispose Zaron, con un leggero cipiglio che apparve sul suo viso, mentre la guardava dalla testa ai piedi, concentrandosi sui segni che notò sulle cosce. Un attimo dopo, la raggiunse, stringendole le braccia, mentre la girò da una parte all'altra, controllando accuratamente ogni centimetro della sua pelle.

"Ehi!" Emily cercò di dimenarsi. "Che cosa stai facendo?" Stava facendo del proprio meglio per fingere che quella fosse solo una normale mattinata ed evitare inutili imbarazzi, ma Zaron sembrava determinato a rovinare i suoi sforzi.

Ignorando le sue inutili proteste, le liberò le braccia e si accovacciò davanti a lei, passandole delicatamente le mani sulle cosce. Quando si alzò in piedi, la rabbia sul volto dell'alieno la fece quasi sobbalzare.

"Ti ho fatto del male" le disse, con voce carica di disgusto, e l'umana capì che era arrabbiato con se stesso, non con lei. "Cazzo, Emily, non mi ero reso conto di averti lasciato tutti quei segni. Sapevo che gli umani erano fragili, ma non pensavo—" Si fermò prima di continuare, con il petto ansante, mentre fece un respiro per calmarsi. Quando parlò di nuovo, il tono sembrava piuttosto tranquillo. "Stai male, angioletto?" le chiese, tenendola prigioniera con gli occhi.

Emily sentì un calore lungo l'attaccatura dei capelli. "Sono un po' dolorante" ammise con riluttanza. Non voleva che la ritenesse una fragile umana. Si era sempre vantata di essere forte e in forma; anche da piccola, le piacevano gli sport e altre attività fisicamente impegnative, preferendo correre piuttosto che giocare con le bambole. Non era una fanciulla debole che doveva essere trattata con i guanti. "Non è un grosso problema" aggiunse, vedendo l'espressione sul volto di Zaron. "Niente che una doccia calda non possa risolvere."

L'alieno serrò la mascella, ma non disse niente. Voltandosi, uscì dalla stanza, muovendosi così in fretta che Emily sbatté le palpebre, sorpresa.

Scioccata da quell'inspiegabile comportamento, entrò nella doccia.

Prima che l'acqua cominciasse a scorrere, Zaron riapparve con un piccolo oggetto argentato a forma di tubo. "Non muoverti, per favore" le ordinò, inginocchiandosi davanti a lei.

Emily lo guardò esterrefatta muovere l'oggetto sul suo corpo, concentrandosi sulle zone con i lividi. Il piccolo dispositivo sprigionava una luce rossa, una luce che dava una piacevole sensazione di calore alla sua pelle danneggiata. Con suo stupore, i segni svanirono quasi immediatamente, senza lasciare traccia.

"Wow" sospirò Emily, piegando il ginocchio destro e agitando il piede. Anche i dolori muscolari erano scomparsi. "Zaron, è così che funziona la vostra tecnologia di guarigione?"

Annuì e la fissò. "Sì. Utilizza dei nanociti, non so se conosci il concetto."

"Nanociti? Come nella nanotecnologia matura?" Emily aveva letto qualcosa al riguardo, mentre cercava informazioni su una startup tecnologica e, da quello che aveva capito, le possibilità di tale tecnologia erano praticamente illimitate. Le nanomacchine erano robot incredibilmente piccoli che potevano essere programmati per funzionare in diversi modi—qualcosa che la scienza moderna poteva solo teorizzare al momento. "Aspetta un attimo... Mi vuoi inserire questi nanociti nel corpo?"

"Sì, esattamente." Sembrava contento che lei avesse afferrato il concetto così in fretta. "È quello che guarisce le ferite" le spiegò, spostandole l'oggetto sul bacino. Prima che Emily potesse capire le sue intenzioni, le mise la mano tra le gambe e puntò la luce direttamente sulla sua dolorante apertura. L'umana provò una lieve sensazione di formicolio, e poi il disagio interno scomparve.

"Ora puoi fare la doccia" disse Zaron con soddisfazione, alzandosi in piedi. Piegando la testa, le strofinò le labbra sulla bocca per un rapido bacio possessivo, poi fece un passo indietro. "In effetti, è meglio che tu faccia la doccia prima che io mi lasci trasportare di nuovo" disse lui, e uscì dalla stanza, con la parete che si chiuse alle sue spalle.

Emily fece la doccia con il pilota automatico, con i pensieri che saltavano da una direzione all'altra. Era affascinata e terrorizzata al tempo stesso dall'idea di piccole macchine aliene che le attraversavano il corpo. Era così che l'aveva guarita? Aveva senso. Proprio come un chirurgo poteva ricucire una ferita, una nanomacchina teoricamente poteva riparare i danni a livello cellulare. No, non teoricamente, si corresse. Poteva farlo davvero. Il fatto che si sentisse benissimo ne era la prova.

Uscendo dalla doccia, Emily lasciò che le correnti d'aria l'asciugassero, e poi si diresse verso la camera da letto per vestirsi. Fu solo quando infilò i sandali che si rese conto di una cosa.

Non aveva ancora capito che cosa avesse reso necessaria la guarigione. I ricordi della scorsa notte erano confusi, come se fosse stata drogata.

CAPITOLO VENTI

"Zaron... che cos'è successo esattamente ieri notte?"

Sgranocchiando una macedonia di frutta sul tavolo della cucina, Emily gli rivolse uno sguardo inquisitore. Con l'abito giallo chiaro che indossava, i suoi occhi sembravano più verdi che azzurri, ricordando a Zaron un *burit*—una pianta simile al muschio del suo pianeta nativo.

Finendo la colazione, rifletté su quella domanda, chiedendosi come rispondere al meglio. Sebbene non sapesse che cosa prevedeva il protocollo ufficiale del post-arrivo, sospettava che il Consiglio non avrebbe voluto rivelare subito le tendenze vampiresche della sua razza.

"Che cosa vuoi dire?" chiese lui, decidendo di fingere di essere ignorante per ora. Rivolgendo ad Emily un sorrisetto, allungò il braccio sul tavolo e le prese la mano, strofinandole delicatamente l'interno del palmo con il pollice. "Sai che cos'è successo, angioletto. O vorresti un promemoria?"

L'umana si leccò una goccia di succo sulle labbra, fissandolo, e il corpo di Zaron si irrigidì al ricordo della consistenza e del sapore di quelle labbra. "Ricordo che abbiamo fatto sesso, naturalmente" disse lei, ritirando la mano dalla sua stretta. "Quello che non ricordo è il resto della giornata dopo la doccia o come io sia arrivata ad essere così dolorante. Mi hai dato qualcosa? Una droga o qualcosa del genere?"

"No, certo che no" rispose Zaron, divertito. Non era stata una droga a rendere confuso il ricordo del loro incontro; era stata una sostanza presente naturalmente nella salva dei Krinar, un residuo dei giorni in cui la sua specie cacciava i *lonar*—una specie primitiva il cui sangue aveva fornito loro i nutrienti fondamentali. Assumendo un'espressione impassibile, le chiese: "Non ricordi tutti gli orgasmi che ti ho fatto provare?"

Emily arrossì, ma continuò a sostenere il suo sguardo. "No. Mi stai dicendo che abbiamo fatto sesso tutto il giorno e tutta la notte?"

Zaron annuì, sopprimendo un sorriso al tono incredulo della sua voce. "Più o meno" confermò. "Ti sei addormentata verso le tre del mattino."

"Le tre del *mattino*?" Lo guardò. "Ma non era nemmeno mezzogiorno, quando siamo andati al lago!"

"Credo che la mia gente abbia più resistenza in fatto di sesso" disse Zaron, osservando la sua reazione. "Non ci stanchiamo facilmente come gli umani."

Emily arrossì ulteriormente. "Se le cose stanno così,

allora non credo che siamo particolarmente compatibili" disse fermamente. "Staresti meglio con un'altra Krinar."

"Ma non voglio un'altra Krinar." Zaron si allungò nuovamente verso la sua mano. Prendendole le dita, si chinò in avanti. "Voglio *te*."

Ed era vero. Non voleva semplicemente il sesso—voleva Emily. La notte scorsa era stata una delle esperienze più incredibili della sua vita, e non vedeva l'ora di riaverla. Notò che Emily aveva ancora riserve sul fatto di stare con lui, ma non aveva alcuna intenzione di lasciarla andare.

L'avrebbe avuta per altri quindici giorni e avrebbe trascorso una buona parte di quel tempo sepolto nel suo bel corpicino.

Emily aggrottò la fronte, cercando di tirar via la mano. "Ascolta, Zaron, solo perché abbiamo fatto sesso una volta—ok, parecchie volte"—ammise, vedendo lo sguardo ironico sul volto di Zaron—"questo non significa che continueremo a farlo. Mi stai tenendo qui contro la mia volontà, e anche se non lo stessi facendo, non sarebbe una buona idea. Siamo troppo diversi. Per quanto ne so, con quel genere di appetito, avrai un intero harem di donne sul tuo pianeta—"

"No" la interruppe Zaron, con il petto che gli si strinse, provocandogli dolore. Lasciandole andare la mano, si appoggiò allo schienale, attanagliato dal familiare vuoto glaciale. "Non hai nulla di cui preoccuparti a quel proposito, te lo assicuro." Quelle parole gli uscirono con un tono involontariamente amaro, e vide gli occhi di Emily sgranarsi dalla sorpresa.

"Non hai nessuno che ti aspetti a casa?"

"Non in quel senso" rispose Zaron, più tranquillamente questa volta. "I miei genitori e nonni sono su Krina, ma non ho una "fidanzata," come la chiameresti tu."

"Perché no?" chiese Emily, piegando la testa da una parte. Esaminò con cautela i suoi lineamenti. "Sicuramenti non avrai problemi ad attrarre le donne. A meno che quelle del tuo pianeta non abbiano gusti diversi."

Zaron la fissò, con una strana tentazione che lo innervosiva. "No" disse lentamente. "Non hanno gusti diversi." Era considerato un maschio attraente anche dagli standard Krinar; lo sapeva senza falsa modestia. Larita scherzava sempre sul fatto che i suoi genitori lo avevano fatto troppo bello, prendendolo spesso in giro per essere più bello di lei.

"Allora, come mai?" insistette Emily, con gli occhi che brillavano dalla curiosità. "Hai detto di avere seicento anni. Non dovresti avere una moglie e dei figli ormai?"

"Avevo una moglie" disse Zaron bruscamente, cedendo alla tentazione. "È morta otto anni fa." Non appena quelle parole gli uscirono dalla bocca, avrebbe voluto rimangiarsele, ma ormai era troppo tardi. La curiosità sul volto di Emily scomparve, sostituita dallo shock e da ciò che lui detestava di più: la compassione.

Con suo grande sollievo, l'umana non si lasciò

andare ai soliti luoghi comuni. Anzi, gli chiese piano: "Siete stati insieme per molto tempo?"

"Quarantaquattro anni terrestri." Solo tre anni prima dalla Celebrazione dei Quarantasette—l'evento formale che avrebbe reso pubblica la loro unione, rendendola definitiva agli occhi della società Krinar.

"Capisco" mormorò Emily, studiandolo. "Posso chiedere che cos'è successo?"

"Si è trattato di un incidente." Zaron storse la bocca. "Un incidente stupido e sconsiderato. Larita era quella che definiresti un'astronauta, un'esploratrice della geologia dello spazio profondo. Quando morì, stava lavorando su un progetto in un sistema solare vicino, prelevando campioni da un lago di metano su un pianeta che in qualche modo somiglia alla vostra luna di Saturno, Titano—proprio a causa della mancanza di ossigeno nell'atmosfera." Fece una pausa, inghiottendo il duro nodo che gli si era formato in gola. "Ci fu un'improvvisa eruzione vulcanica in una zona vicina, e il serbatoio di ossigeno di Larita venne danneggiato dai detriti volanti. Stava andando tutto bene—ma una parte dell'ossigeno fuoriuscì, combinandosi con il metano nell'atmosfera."

Notò le guance di Emily sbiancare, immaginando come andò a finire. "Sì" disse lui sottovoce. "Probabilmente puoi intuire cosa successe dopo. Il metano è altamente infiammabile in presenza di ossigeno, e con il vulcano che sprigionava magma caldo il lago intorno a lei si trasformò in un inferno di fuoco. Né lei, né i suoi due colleghi sopravvissero."

Si fermò, incapace di continuare, mentre riviveva l'orrore di venire a sapere che la donna che amava più della vita stessa era morta, con il corpo incenerito da un inferno in un mondo lontano. In un primo momento, non aveva creduto a quella notizia, cercando di negarla il più a lungo possibile. Solo quando i resti degli indumenti di Larita vennero recuperati accettò la verità: che la sua compagna non sarebbe mai più tornata dalla spedizione.

Una pressione calda e dolce sulla mano lo distolse dai pensieri oscuri. Guardando giù, Zaron fu sorpreso di trovare le affusolate dita di Emily avvolte intorno al suo palmo. Si era allungata sul tavolo di propria iniziativa, stringendogli la mano in un gesto di silenzioso sostegno. Tornando a guardarla, notò che gli occhi le brillavano per un'umidità trattenuta.

"Mi dispiace" sussurrò la ragazza con dolore, e qualcosa in quello sguardo carico di sincera comprensione gli agitò le viscere, scacciando la fredda sensazione pesante nello stomaco. "Mi dispiace tanto, Zaron. Non riesco a immaginare come possa essere perdere qualcuno che si è amato per tanto tempo."

Lui fece un respiro profondo, lasciandosi tranquillizzare dal morbido timbro della sua voce e dalla sensazione della sua mano delicata che gli stringeva il palmo. Non riusciva a capire come mai si fidasse di quell'umana. Non era affatto come lui. Zaron non parlava mai volontariamente della morte di Larita; anche dopo otto anni, i ricordi erano troppo freschi, troppo dolorosi, e non era il tipo di persona che amava scaricare i propri problemi sugli altri. Eppure, per qualche ragione, voleva parlarne con Emily, vedere se avrebbe capito.

Lei continuava a guardarlo, come se stesse riflettendo su qualcosa. Poi, prendendo una decisione, cominciò a parlare.

"I miei genitori morirono quando avevo quattro anni" disse con calma, e Zaron si bloccò, con un brivido che gli attraversò la schiena. "In un incidente d'auto. Stavano sorpassando un camion troppo lento sull'autostrada; andavano a circa centotrenta chilometri orari, quando uno dei pneumatici si bucò. L'auto si rigirò diverse volte prima di fermarsi sul lato della strada. Mio padre morì sul colpo, e mia madre morì in ospedale poche ore dopo." Strinse forte le dita intorno al palmo di Zaron, aggiungendo con tono roco: "Ero in casa con una baby-sitter e i miei genitori si stavano precipitando per venirmi a prendere, perché il film era finito più tardi di quanto si aspettassero."

"Emily..." Zaron non sapeva cosa dire. In un certo senso, la sua perdita era infinitamente più grande. Lui era un adulto, e per quanto amasse Larita, non ne era dipendente quanto una bambina nei confronti dei genitori. "Mi dispiace" disse alla fine, affranto per la ragazza. "Chi ti ha cresciuta dopo? Vivevi in quelle case famiglia di cui mi hai parlato?"

Lei annuì. "Sì. Beh, e con mia Zia Wendy, direi—la sorella di mio padre. Mi ha presa subito dopo la loro morte. Nessuno dei miei genitori aveva una famiglia grande, quindi lei era l'unica parente stretta. Ho vissuto con lei per diciotto mesi, prima che si rendesse conto di non essere in grado di gestire una bambina traumatizzata e mi mettesse in una casa famiglia."

"Ti ha lasciata crescere da degli estranei?" La rabbia prese il sopravvento nell'intestino di Zaron, ricordando quanto aveva detto Emily sul fatto che non c'era cibo a sufficienza in una di quelle case famiglia. Come aveva potuto farle questo sua zia? Quale genere di mostro abbandonava la propria carne e il proprio sangue? Gli orfani Krinar erano estremamente rari nell'era moderna, ma, nel caso di una tale disgrazia, un parente, a prescindere dal grado, si assumeva volentieri la responsabilità di crescere il bambino; qualsiasi alternativa era ritenuta impensabile.

Un debole sorriso apparve sulle labbra di Emily. "Sì. Non è andata così male, in realtà. Lo preferivo. Zia Wendy non era... adatta ai bambini. È stato un sollievo per me andarmene da casa sua."

Il sangue di Zaron si trasformò in ghiaccio. "Ti ha fatto del male?" Si chinò in avanti, coprendole il polso con l'altra mano. Aveva letto quelle storie sugli umani, e l'idea che Emily avesse potuto essere stata maltrattata... "Ti ha fatto qualcosa?"

"No." Emily scosse la testa. "Niente di simile a quello che immagi. A volte mi puniva chiudendomi in camera, ma non mi ha mai fatto altro. Nulla del genere è mai accaduto nemmeno nelle altre case in cui vivevo. Sono stata molto fortunata. Alcuni dei miei genitori adottivi erano indifferenti, ma di solito erano persone decenti che avrebbero davvero voluto aiutare—e che avevano bisogno del denaro extra con cui il governo li pagava per il nostro mantenimento."

"Aspetta un attimo" disse Zaron lentamente, soffermandosi sul suo ultimo commento. "Tua zia ti chiudeva in camera? È per questo che non ti piace stare in casa?"

Emily si mordicchiò il labbro, sembrando improvvisamente a disagio. "Sì, probabilmente." Tolse la mano dalla sua presa, lasciandolo stranamente vuoto senza quel tocco. "Non è un grosso problema. Come ti ho detto, ho solo bisogno di uscire regolarmente." Sostenendo il suo sguardo, aggiunse: "Non mi fa troppo bene stare rinchiusa—ma ripeto, non credo faccia bene a molte persone."

Zaron cominciò a sentire un accenno di colpa, seguito da un irrazionale picco di rabbia. Lentamente, si alzò in piedi, stringendo il bordo del tavolo. "Ti ho già spiegato perché dovrò trattenerti per un po'" disse, pronunciando ogni parola attentamente. "Sei tu che ti ostini a rendere le cose difficili. Tutto quello che devi fare è stare con me per i prossimi quindici giorni. Perché è così difficile per te?"

Si alzò anche lei, socchiudendo gli occhi. "Perché ho una vita là fuori." Il suo tono acuto rifletteva il suo. "Perché non posso rimanere qui, fare sesso tutto il giorno e tutta la notte, mentre la carriera per cui mi sono impegnata tanto va in frantumi. Non sono un animale che puoi salvare e tenere come se fossi un cane o un gatto, Zaron—sono un essere umano—e la tua cosiddetta paura dell'esposizione non è altro che una scusa per privarmi della mia libertà. Sai bene quanto me che potrei correre per Times Square urlando a pieni polmoni che gli alieni esistono e nessuno mi crederebbe—"

"Questo è irrilevante" la interruppe Zaron, girando intorno al tavolo. Con gli occhi che brillavano dalla rabbia, Emily era così adorabile che lui sentì la propria rabbia svanire, rimpiazzata da un picco di lussuria. C'era qualche verità in quelle parole, ma si rifiutò di rifletterci. Fermandosi davanti a lei, le afferrò il volto con le sue grandi mani e fissò quegli occhi tempestosi. "Non rischierò di infrangere il mandato proprio ora. Nemmeno per te, angioletto."

Emily sollevò le mani, arricciando le dita attorno ai polsi dell'alieno. "Zaron, per favore" sussurrò, e lui sentì il suo respiro accelerare, mentre le premeva la crescente erezione sulla pancia. "Non è una buona idea—"

"Al contrario..." Piegò la testa, con le labbra a pochi centimetri da quelle dell'umana. "Penso che sia un'ottima idea." Cullandole il viso tra i palmi, la baciò, adorando il modo in cui quelle morbide labbra gli si aggrappavano. Era come se nemmeno lei riuscisse a fare a meno di lui. Avendo parlato di Larita e avendo saputo quelle cose sul passato di Emily, Zaron si sentiva turbato, stranamente vulnerabile e desideroso di qualcosa che non riusciva ad ammettere, neppure a se stesso. Per un attimo, fu tentato di fare nuovamente sesso con la ragazza, ma si controllò. Per quanto volesse avere Emily nel letto tutto il giorno, aveva del lavoro da sbrigare—e doveva fare i conti con il fatto che la sua ospite era umana.

Sollevando la testa, Zaron abbassò le mani con riluttanza e fece un passo indietro, ignorando le sollecitazioni del cazzo palpitante. "Ho una cosa di cui occuparmi ora" disse, fissandole il viso arrossato. "Ma tornerò tra qualche ora e andremo a fare una passeggiata, te lo prometto. Starai bene da sola per un po'?"

"Uhm, sì, certo." Emily sbatté le palpebre, con il bagliore del desiderio che lentamente si attenuò sulle sue guance. "Me la caverò."

"Bene" mormorò Zaron. "Allora, ci vediamo presto."

Prima che riaffiorasse quella tentazione, uscì dalla stanza, dirigendosi verso l'ufficio per un'altra riunione virtuale. Avrebbe avuto molto lavoro di cui occuparsi nei giorni successivi.

Le astronavi principali sarebbero arrivate presto, e Zaron doveva assicurarsi che fosse tutto pronto.

CAPITOLO VENTUNO

Dopo che Zaron se ne fu andato, Emily tornò nella sua camera. Con suo grande sollievo, le entrate delle pareti delle stanze ora funzionavano anche per lei, aprendosi e chiudendosi man mano che si avvicinava. Zaron doveva aver regolato le impostazioni delle porte ad un certo punto, concedendole una maggiore libertà di vagare per la casa. La parete esterna non si apriva, naturalmente, ma poteva capirlo. Che le piacesse o meno, sarebbe rimasta chiusa lì per le prossime due settimane—con un alieno stupendo e insaziabile che si aspettava che gli riscaldasse il letto per tutti quei giorni.

Sospirando, Emily si sedette sul letto. Non poteva fingere, nemmeno a se stessa, di non volerlo. Non aveva mai avuto rapporti sessuali come quelli prima d'ora, non aveva nemmeno mai pensato che una tale estasi fosse possibile. Con Jason si era divertita a letto, ma non aveva mai provato più di un mite divertimento.

Tuttavia, il suo ex sapeva farle raggiungere l'orgasmo. Con Tom, il suo ragazzo nella scuola superiore, non era mai riuscita a venire, con i rapporti che erano o dolorosamente imbarazzanti o leggermente piacevoli. Ma con Zaron, era un'esperienza diversa da qualsiasi altra—almeno a giudicare da ciò che ricordava.

Perché la notte scorsa era così vaga nella sua memoria? Quel pensiero la turbava molto. Zaron aveva glissato la sua domanda quella mattina, e ora si rese conto di essere completamente all'oscuro. Era possibile che le stesse manipolando la mente? Forse con l'aiuto dei nanociti che aveva utilizzato per guarirla?

L'idea era così spaventosa che un sudore freddo l'attraversò. Zaron poteva fare qualcosa di simile? E soprattutto, l'*avrebbe* fatto? Chiaramente non si faceva scrupoli a tenerla prigioniera per due settimane, ma toglierle la libertà di pensiero era una questione completamente diversa. Avrebbe significato una completa e totale mancanza di rispetto per lei come persona, ed Emily non riusciva a credere che Zaron fosse capace di una cosa simile. Certo, poteva essere incredibilmente dominante, imponendole le proprie decisioni nonostante le sue obiezioni, ma non la trattava come un essere inferiore. Al contrario, aveva avuto l'impressione che lui non parlasse spesso della morte della moglie, ma si era aperto con Emily su un argomento decisamente doloroso.

Quarantaquattro anni. Era stato con la moglie per quarantaquattro anni. L'incredibile longevità dei Krinar era ancora scioccante per Emily. Gli unici umani che conosceva, che erano stati con i coniugi tanto a lungo, avevano intorno ai sessant'anni—e Zaron era chiaramente giovanissimo. Se lo avesse conosciuto per strada, gli avrebbe dato intorno ai ventisette anni, e non avrebbe mai immaginato che fosse così vecchio da aver vissuto fin dal Rinascimento.

Non avrebbe nemmeno immaginato che fosse accaduta una tale tragedia nel suo passato. Emily provò una fitta al pensiero di ciò che doveva aver passato, perdendo la persona che aveva amato per quarant'anni. Forse era per quello che si sentiva così attratta da lui? Perché aveva percepito che era come lei in quel senso: un sopravvissuto, qualcuno che aveva conosciuto la sofferenza e la perdita? Il fatto che si fosse sentita così a proprio agio parlando dei suoi genitori con Zaron sembrava indicare questo. Raramente affrontava l'argomento con chi non era già un buon amico; eppure, era stata la cosa più naturale del mondo condividere quell'esperienza con Zaron. In un modo strano, si era sentita più vicina a lui dopo tre giorni che a Jason dopo tre anni.

Se fosse stato umano, sarebbe stato facile amarlo.

Quel pensiero uscì fuori dal nulla, scioccando Emily per la sua chiarezza. Alzandosi, cominciò a camminare avanti e indietro, con una fredda disperazione nel petto. Per quanto volesse negarlo, sapeva di aver centrato il punto cruciale della questione. Era per questo che aveva cercato di resistere a quell'attrazione, era per questo che si sentiva così a disagio per l'impatto che aveva Zaron sui suoi sensi. Non era perché voleva essere intelligente e cauta.

Era perché aveva paura.

Paura di innamorarsi di un uomo con cui non avrebbe mai avuto un futuro—un uomo che avrebbe potuto farla a pezzi, se glielo avesse permesso.

L'attrazione che provava nei confronti di Zaron era più che sessuale. Ormai lo sapeva. Tutto di lui intrigava Emily, e non era semplicemente il fatto che provenisse da un altro mondo e potesse dirle cose che nessuno sapeva. No, per quanto fosse affascinata dal suo essere alieno, la conoscenza che desiderava era più semplice e complessa al tempo stesso. Voleva conoscere i suoi più intimi pensieri e sentimenti, scavare nei suoi ricordi. Voleva vederlo sorridere e ridere, allontanare le ombre che aveva scorto in lui oggi. E pur essendo arrabbiata con lui per il fatto di tenerla prigioniera, non lo odiava davvero per quello—non dopo che le aveva salvato la vita.

Si stava già innamorando di lui, e mancavano ancora quindici giorni alla fine della sua reclusione.

No. Emily si sedette di nuovo sul letto. Tutto quello era folle. Non avrebbe potuto—non avrebbe dovuto—avvicinarsi a Zaron. Questo le avrebbe fatto solo male. Doveva elaborare un piano di fuga, e doveva farlo subito.

Secondo i suoi calcoli, era già sabato, il che significava che aveva perso il volo di ritorno a casa del mattino. Quella sera, Amber sarebbe andata da lei per riportarle il gatto e chiacchierare, e si sarebbe preoccupata, non riuscendo a contattare Emily. E il colloquio di Emily con la Evers Capital—il colloquio che avrebbe potuto influenzare l'intero corso della sua carriera—si sarebbe tenuto giovedì.

Frustrata, Emily raggiunse il telefono danneggiato, prendendolo dalla panca che fluttuava accanto al letto. Lo aveva messo lì, dopo che Zaron gliel'aveva restituito, pur non sapendo come mai l'avesse conservato. Era completamente morto dopo la nuotata nel fiume. Rimuovendo la custodia protettiva ancora umida, Emily scosse il telefono e poi provò a riaccenderlo. Come immaginava, lo schermo rimase scuro.

Poggiando il telefono, Emily riprese a camminare avanti e indietro, troppo nervosa per stare ferma. In un modo o nell'altro, avrebbe trovato il modo di fuggire prima della scadenza dei quindici giorni.

La sua carriera e la sanità mentale dipendevano da questo.

CAPITOLO VENTIDUE

QUANDO LA MAGGIOR PARTE DELLA LOGISTICA rimanente fu decisa, Zaron congedò la sua squadra per quel giorno. Solo un membro, Ellet, rimase nella sala riunioni virtuale su sua richiesta. Biologa come lui, aveva scelto di specializzarsi sull'*Homo sapiens* negli ultimi decenni, ed era considerata una stella in ascesa dalla comunità scientifica dei Krinar. Inoltre, Zaron la riteneva un'amica, sebbene la conoscesse solo da dodici anni.

Quando furono finalmente soli nella stanza, Ellet si avvicinò e si sedette sul pavimento accanto a Zaron, accavallando le lunghe gambe in un gesto inconsapevolmente sensuale. Era una bellezza classica; si diceva che negli ultimi mesi avesse avuto una relazione con il Consigliere Korum. Alcuni dei detrattori di Ellet dicevano anche che era Korum il motivo per cui aveva ottenuto un posto nella squadra di preparazione dell'insediamento—una posizione molto ambita tra gli esperti di biologia umana. Zaron non sapeva se fosse vero e non gli importava. Nonostante l'ambizione, Ellet era uno degli individui più belli che conosceva, gli piaceva e la rispettava sinceramente.

"Allora, come va?" chiese lei, guardandolo con i suoi grandi occhi color nocciola. "La giungla ti piace di più delle città?"

"Sì" rispose Zaron con un sorriso. Era stata Ellet a consigliargli di costruire la casa vicino alla loro futura colonia, e lui era grato di quel suggerimento. Anche prima dell'arrivo di Emily, aveva trovato la pace in mezzo alla foresta, con i sensi che poterono riprendersi dal rumore assordante e dalle folle degli insediamenti umani. "E tu che mi dici? Ti piace ancora Rio de Janeiro?"

"Sì." Gli sorrise, mostrando dei denti incredibilmente bianchi. "Fa caldo, e mi ci trovo bene. Ogni volta che esco in pubblico, gli umani mi chiedono se sono una parente di Gisele. A quanto pare, è una top model locale."

Zaron rise. "Buon per te. Sembra che tu abbia trovato il tuo posto."

"Sì, per ora. Non vedo l'ora che vengano costruiti i Centri, però. Non credo che mi abituerò mai alle apparecchiature umane. Ti immagini mettere manualmente i vestiti in lavatrice?" Rabbrividì in modo teatrale. "Il mio appartamento è così primitivo da sembrare una grotta. Vorrei poter costruire una casa normale qui, come la tua, ma è troppo rischioso in una grande città—troppi umani, troppe possibilità di esposizione..."

"Certo, naturalmente" disse Zaron lentamente, chiedendosi come poter affrontare al meglio l'argomento di cui voleva discutere. "A proposito di esposizione, potrei aver fatto qualcosa di un po'… insolito."

Ellet sollevò le sopracciglia scure. "Cioè?"

"Ho portato un umano in casa mia."

Sbatté le palpebre. "Un umano? Perché? Di solito non li studi, no?"

"No." Zaron tendeva a concentrarsi su altre specie animali e sulle piante. "Non l'ho portata qui per studiarla. L'ho presa perché stava morendo, e volevo salvarla."

"Salvarla?" chiese Ellet con dolcezza. "Stiamo parlando di una giovane donna? Forse di una bella giovane donna?"

"Forse" ammise Zaron, piegando gli angoli della bocca per un sorriso. Emily era più che bella, ma non c'era bisogno che la sua collega lo sapesse.

"Ok, credo di aver capito" disse Ellet, con gli occhi brillanti dal divertimento. Se era scioccata dalla sua ammissione, lo nascondeva bene. "Che cosa intendi fare con lei? Sa cosa sei?"

Zaron annuì. "Sì. La terrò con me per le prossime due settimane, finché non ci riveleremo."

"Capisco." Ellet lo guardò incuriosita. "E le hai già preso il sangue?"

"Sì, una volta." Il calore lo attraversò a quel ricordo.

"E voglio rifarlo. Ellet, c'è una cosa che ti vorrei chiedere..."

"Vuoi sapere della dipendenza dal sangue?" gli chiese, con un'espressione seria. "Ecco perché mi stai dicendo questo, non è vero? Immagino che tu abbia fatto qualche ricerca al riguardo."

"Sì, e non ci sono molti dati." Zaron si passò le dita tra i capelli. Essendo uno scienziato, detestava non avere tutti i dati. "So che non è consigliabile prendere il sangue dallo stesso umano con una frequenza significativa, ma la maggior parte delle informazioni in rete sembravano aneddotiche. L'hai notato anche tu? Quali sono i veri limiti?"

"Beh" disse Ellet lentamente: "Sono abbastanza informata. Come hai detto tu, la maggior parte delle prove sono aneddotiche, e abbiamo appena cominciato ad eseguire le simulazioni, quindi non esiste una risposta definitiva. Quello che sappiamo è che gli esseri umani dipendono dall'esperienza complessiva, mentre noi dipendiamo dal sangue di un umano in particolare. Sarei molto cauta se fossi in te. Lascia passare almeno un paio di giorni tra una sessione e l'altra—forse anche qualche giorno in più. Con gli umani, c'è tanta variabilità... È meglio che tu non ne diventi dipendente, fidati—così come è meglio che lei non diventi dipendente da te."

"Sì, certo." Zaron era a conoscenza di quel fenomeno, e aveva cercato di evitare di prendere il sangue dal medesimo umano più di una volta. Non era difficile; non c'era scarsità di partner sessuali desiderose nelle grandi città. Quando viveva a Los Angeles e a Miami, si divertiva con una donna diversa ogni sera, trovandole nei bar o nei locali. Per qualche ragione, però, il pensiero di stare con qualcun'altra che non fosse Emily gli faceva contorcere le viscere ora. "Sarò prudente."

"Bene" disse Ellet, alzandosi. "Se hai bisogno di qualcos'altro da me, non esitare a chiedere. Sarò in Costa Rica nelle prossime settimane, quindi potremmo vederci di persona."

"Sarebbe fantastico." Zaron si alzò in piedi. "Puoi venire a trovarmi quando vuoi e goderti un po' di comodità domestica."

"Grazie." Ellet gli sorrise. "Potrei accettare l'invito. Forse potresti anche presentarmi quella ragazza umana. Sembra molto speciale."

"Lo è" disse Zaron, ricambiando il sorriso. "Sono sicuro che anche a lei farebbe piacere conoscerti." Con quello, uscì dalla riunione virtuale, con la realtà che si trasformò, distorcendosi davanti ai suoi occhi.

Quando la vista si stabilì, si ritrovò nel suo ufficio, con la maggior parte del lavoro finito per il momento.

CAPITOLO VENTITRÉ

QUANDO ZARON TORNÒ, EMILY ERA UN PO' AGITATA. LA sua claustrofobia era tornata, con la gola stretta mentre camminava in cerchio per la stanza. A parte la preoccupazione per il colloquio, ciò che la rendeva più inquieta erano i ricordi sfocati. Le ore mancanti erano un vuoto totale—aveva un vago ricordo delle sensazioni intensamente piacevoli—e questo la turbava ancora di più.

Era esattamente come se fosse stata drogata.

"Che cos'è successo ieri?" chiese, non appena Zaron entrò nella sua camera. Il suo tono era eccessivamente acuto, ma non le importava. Aveva bisogno di risposte per non impazzire. "Che cosa mi hai fatto per farmi dimenticare?"

"Emily..." Lo sguardo oscuro del carceriere era imperscrutabile, mentre si fermò accanto a lei. "Non ci pensare, angioletto. Non posso dirti ciò che vuoi sapere senza violare il mandato."

Il suo cuore saltò un battito. "Quindi, hai fatto qualcosa?"

"Non quello che pensi." Le strinse le spalle, impedendole di indietreggiare. "Ciò che è accaduto è stato il naturale risultato della nostra unione, e non c'è nulla di cui preoccuparsi. Non ti ho danneggiata in alcun modo."

Emily sentì che le tempie stavano per scoppiarle. Indossava un abito senza maniche, e i palmi di Zaron erano forti e caldi sulla sua pelle nuda—caldi come le vaghe sensazioni che rimanevano dei suoi ricordi. "Non mi hai danneggiata?" chiese con calma, con la reazione incontrollata del suo corpo al tocco dell'alieno che peggiorava l'ansia. "Incasinarmi il cervello fino a farmi perdere un giorno e mezzo non rappresenta un danneggiamento per te?"

Le narici di Zaron si spalancarono. "Ti sei divertita."

"Davvero? E come faccio a saperlo se non me lo ricordo?"

"Puoi fidarti di me" disse lui, socchiudendo gli occhi. "Oppure, posso dimostrartelo—e questa volta ricorderai tutto."

"No." Emily si liberò della sua stretta e fece un passo indietro. Il suo respiro era rapido e irregolare, con la claustrofobia che si intensificava attimo dopo attimo. Aveva bisogno di lasciare i confini di quelle pareti prima di perdere i restanti pezzi della sanità mentale. "Ti prego. Avevi promesso che mi avresti portata fuori."

La comprensione riempì lo sguardo dell'alieno. "Sì, certo. Vieni. Andiamo a fare una passeggiata."

Avvolgendole le dita intorno al polso, la portò fuori attraverso una parete che si dissolse—una meraviglia tecnologica che non impressionava più Emily. Anzi, in quel momento un'astronave avrebbe potuto materializzarsi davanti a lei, e non avrebbe battuto ciglio.

Tutto ciò di cui le importava era uscire fuori.

Non appena Emily sentì la brezza calda sulla pelle, la stretta intorno alla gola cominciò ad allentarsi. Mandando giù un po' d'aria fresca, chiuse gli occhi e piegò la testa all'indietro, lasciando che il sole le illuminasse il volto. Con Zaron che le teneva il braccio, non era più libera di quanto non fosse all'interno della sua grotta, ma era diverso.

Lei si sentiva diversa.

"Meglio?" domandò Zaron quando lei aprì gli occhi, ed Emily annuì. La sensazione di soffocamento era scomparsa, e con essa una parte della rabbia e della paura. Riusciva anche a pensare più lucidamente. Se Zaron non aveva mentito sulla sua perdita di memoria come un risultato "naturale" della loro unione, allora vedeva solo una soluzione al problema.

Non potevano più fare sesso.

A Zaron non sarebbe piaciuto, ma doveva accettarlo —almeno fin quando lei non avesse trovato un modo per tornare a casa.

———

Dopo alcuni minuti di camminata, il pallore svanì

dal viso di Emily, con l'aria abbattuta ormai scomparsa. Se Zaron aveva bisogno di un'ulteriore conferma del fatto che lei non stesse fingendo di essere claustrofobica, ora l'aveva.

La sua prigioniera/ospite non riusciva proprio a sopportare di stare in casa per troppo tempo.

"Hai mai consultato un medico per questo?" domandò Zaron, mentre attraversavano un prato illuminato dal sole. Al loro avvicinarsi, un paio di *Ateles geoffroyi*—le scimmie ragno della Costa Rica— sfrecciarono da un ramo caduto, nascondendosi tra i tronchi degli alberi. Emily saltò, chiaramente spaventata, ma poi sorrise e corse fino agli alberi per guardare le scimmie che saltavano sui rami. Zaron la seguì, sorridendo per il divertimento della ragazza.

"Adoro la Costa Rica" disse, voltandosi per guardarlo, quando le scimmie scomparvero. "La natura qui è assolutamente affascinante."

"Sì, non è vero?" Zaron si sentì stranamente felice all'idea che l'umana condividesse alcuni dei suoi interessi. "La Terra ha delle creature davvero straordinarie."

"È per questo che sei qui?" chiese Emily. "Perché ti interessa la fauna della Terra?"

Il sorriso di Zaron svanì. "In parte, sì." Non voleva pensare al principale motivo per cui era venuto sulla Terra, ma era troppo tardi. Le immagini di Larita, di come l'aveva vista l'ultima volta, gli attraversarono la mente, e con esse riaffiorò tutto il dolore. Il giorno prima della sua partenza, avevano litigato per un futile motivo, su dove sarebbero dovuti andare in vacanza l'anno dopo, ma la mattina in cui Larita doveva partire per la spedizione, avevano fatto pace. Solo che lei andava di fretta, e dovettero accontentarsi di una sveltina. Quello era uno dei più grandi rimpianti di Zaron: non essersi svegliato prima quella mattina e aver abbracciato la compagna più a lungo, non aver cercato di imprimere ogni suo dettaglio nella mente. Erano passati solo otto anni dalla morte di Larita, ma a volte non riusciva a ricordare l'esatta tonalità dei suoi occhi color nocciola o il preciso sapore delle labbra. Ogni giorno che passava, la sua compagna si allontanava di più, e faceva male, anche se cercava di non richiamare quei ricordi, di prendere le distanze da tutto ciò che gli ricordava quello che aveva perso.

"Oh, capisco" disse Emily sottovoce, e lui si rese conto che aveva capito. Il suo sguardo turchese era carico di comprensione e dolcezza. Forse era perché anche lei aveva conosciuto la perdita, ma a lui non importava. Conosceva molti pochi Krinar sopravvissuti a una vera tragedia. Non c'erano malattie nella sua società, nessuno invecchiava. Nessuna morte al di fuori delle sfide nell'Arena o degli incidenti come quello in cui era rimasta coinvolta Larita. Per gli amici, i familiari e i colleghi, il dolore di Zaron era qualcosa di estraneo e non sapevano come affrontarlo, come confortarlo dopo la morte della compagna.

Ma questa ragazza umana lo conosceva. Lo

conosceva e lo comprendeva, e con lei, Zaron non si sentiva così solo.

"Ci sono delle cascate nelle vicinanze" disse lui. "Vuoi vederle?"

Emily sorrise. "Sì, sarebbe fantastico."

Camminarono verso le cascate senza parlare, e c'era qualcosa di confortante anche in quello. Nel corso degli anni, lui e Larita avevano iniziato a sentirsi talmente a proprio agio da stare *semplicemente* insieme, godendo l'uno della compagnia dell'altra senza dover riempire ogni momento con le conversazioni. Era strano che si sentisse ugualmente a proprio agio con Emily, conoscendola solo da pochi giorni, ma le cose stavano così. Qualcosa dentro di lui sembrava rilassarsi e prendere vita in sua presenza, come se si svegliasse da un sogno inquieto e sgradevole.

"Allora, hai mai cercato aiuto per la tua condizione?" ripeté, ricordando quanto fosse *tesa* prima. "Non ne hai mai parlato con un esperto della mente?"

"Un esperto della mente?" Lo guardò, confusa. "Oh, vuoi dire un terapeuta. No, non proprio. Riesco a tenerla sotto controllo la maggior parte delle volte— perlomeno, quando posso avere il controllo delle uscite." Lo guardò storto.

Era un estremo tentativo di farlo sentire in colpa, e funzionava. A Zaron non piaceva l'idea di essere la causa del disagio di Emily, fisico o psicologico. Quella mattina, quando aveva visto i lividi che le sue dita le avevano lasciato sulla pelle chiara, si era sentito come il peggior genere di mostro. Pur avendo avuto rapporti sessuali con donne umane, non si era mai lasciato trasportare in quel modo, non aveva mai perso il controllo. Emily era così delicata rispetto a lui, così fragile, e le aveva fatto del male. E a quanto pareva, anche tenendola prigioniera le faceva del male, in un altro modo.

Ancora quindici giorni, si disse, scacciando il senso di colpa. Si sarebbe assicurato di farla uscire regolarmente, in modo che la fobia non prendesse il sopravvento, e avrebbe fatto del proprio meglio per mostrarsi gentile con lei. Ora riusciva ad ammettere a se stesso che Emily aveva ragione: il mandato era solo una scusa per tenerla un po' più a lungo. Né agli Anziani, né al Consiglio sarebbe importato se gli umani avessero saputo dell'esistenza dei Krinar qualche giorno prima—non che qualche quotidiano umano avrebbe pubblicato la storia di Emily senza prove certe.

Zaron la stava tenendo prigioniera perché la voleva, e per nessun altro motivo. Era sbagliato ed egoista da parte sua, ma non gli importava. Per la prima volta dopo anni, sentiva un vero legame con qualcuno e non poteva sopportare di lasciarselo sfuggire.

Non ancora, almeno.

Allungandosi, Zaron prese la mano di Emily, ignorando lo sguardo perplesso che gli rivolse. Le dita dell'umana erano piccole e affusolate nella sua presa, la pelle morbida e calda. La sua mano era rigida in un primo momento, ma mentre continuavano a camminare, Emily si rilassò e gli strinse le dita attorno al palmo. Non era molto, ma gli bastava. Era ciò di cui aveva bisogno in quel momento: la consapevolezza che non lo odiava, che quello strano legame tra loro non era unilaterale.

Dopo un po', raggiunsero le cascate. Era un altro ruscello di montagna che era diventato un fiume come conseguenza delle recenti piogge. In quel punto specifico, il terreno degradava bruscamente, formando una scogliera, e le acque impetuose davano vita a grandi cascate. Gli spruzzi d'acqua riempivano l'aria, e in alcuni punti in cui la luce del sole penetrava le folte chiome degli alberi, Zaron vide la luce rifranta nel bellissimo fenomeno noto come arcobaleno.

"È straordinario" sospirò Emily davanti alle cascate. Tirando via la mano dalla sua stretta, corse fino al bordo del fiume e ruotò in un cerchio, ridendo, mentre le gocce d'acqua le bagnavano la testa e le spalle. I capelli biondi attorno al viso le si arricciarono per l'umidità, creando una sorta di aureola. Con l'abito chiaro che indossava, sembrava incredibilmente angelica—e così sexy che il corpo di Zaron si irrigidì immediatamente.

Annullando la distanza tra loro con alcune lunghe falcate, la tirò verso il suo corpo eccitato e chinò la testa, soffocandone il grido spaventato con le labbra. Aveva un sapore caldo e dolce, con le labbra che si separarono per la pressione del suo bacio, e le infilò la lingua nella bocca, avendo bisogno di sentire ancora quel sapore unico. Si allungò lungo la sua schiena e le afferrò le natiche, tirandola a sé, e sentì i capezzoli indurirsi contro il suo petto, mentre il corpo si ammorbidì e si sciolse nella sua stretta.

Poi, all'improvviso, Emily iniziò a respingerlo. Il suo corpo si contrasse, spingendo con le mani sulle sue spalle, cercando di divincolarsi. "Fermati, per favore" ansimò, e Zaron la lasciò subito andare, temendo di farle nuovamente del male. La necessità di possederla era travolgente, ma era determinato a mantenere la promessa che aveva fatto a se stesso.

"Che cosa succede?" le chiese, sforzandosi di fare un passo indietro. Persino alle sue orecchie, la voce era dura, carica il desiderio. "Va tutto bene?"

Emily annuì, con il petto ansante per i respiri irregolari. "Sì, è solo..." Fece qualche passo indietro, aumentando la distanza tra loro. "Zaron, non possiamo farlo."

"Che cosa?" Sollevò le sopracciglia. "Perché no?"

"Perché non voglio perdere la testa" disse lei, alzando il mento. "Non so cosa sia successo ieri, ma se la perdita di memoria è il risultato naturale del sesso con te—"

"Non lo è." Zaron respirò profondamente. "Non necessariamente, almeno. Quello che è accaduto ieri non deve succedere ogni volta—o mai, se non vuoi." Per quanto detestasse l'idea di non poter riassaggiare il sangue di Emily, avrebbe potuto astenersene. Forse era una buona idea, visti gli incerti parametri della dipendenza di cui Ellet lo aveva avvertito. "Potremmo fare sesso normalmente, come ieri al lago" le disse. "Ricordi tutto di quello, no?"

Emily sbatté le palpebre. "Si ma—"

"Allora, non c'è nessun problema." Zaron fece un passo verso di lei, e, prima che l'umana potesse obiettare ancora, la prese in braccio e la baciò appassionatamente.

CAPITOLO VENTIQUATTRO

A CENA, EMILY DOVETTE COMBATTERE UN ROSSORE OGNI volta che ripensava alla gita alle cascate. Come il suo carceriere le aveva promesso, era pienamente consapevole di tutto quello che avevano fatto—e avevano fatto molto. Persino ora, il suo sesso sembrava gonfio e il clitoride le pulsava come conseguenza di tutti gli orgasmi che Zaron le aveva fatto provare. L'aveva presa sull'erba, contro un albero e nel fiume sotto le cascate, con la fredda corrente di montagna che aveva raffreddato i loro corpi caldi. Erano rimasti lì per ore, e alla fine, Emily era talmente esausta che Zaron aveva dovuto portarla a casa in braccio.

Ora, dopo un pisolino, si sentiva molto più rilassata, ma sapeva che Zaron avrebbe voluto rifare sesso molto presto. Lo capiva dal modo in cui la guardava, con gli occhi scuri che seguivano ogni boccone di cibo che avvicinava alla bocca, dalla tensione sessuale che aleggiava nell'aria, mentre discutevano di argomenti innocui come i film recenti—alcuni dei quali Zaron aveva visto—e il gatto di Emily, George.

"L'ho adottato da un rifugio per animali quando era un gattino" disse a Zaron, mentre stavano preparando il pasto. "La mia amica Amber mi ha portata lì quando mi sono trasferita per la prima volta in città. Voleva un animaletto, e mi ha convinta ad andare con lei. Ero certa di non volerne—lavoro tantissimo e riesco a malapena a prendermi cura di me stessa—ma ho visto George e me ne sono innamorata."

"Di un gatto?" Zaron sembrava confuso.

Emily annuì. "Era un gattino all'epoca, ma sì. Era così dolce e piccolo, ed è venuto da me, facendomi le fusa... voi non avete gatti?"

"No. Non teniamo animali domestici."

"Davvero? Perché no?"

Zaron scrollò le spalle. "Non abbiamo mai addomesticato gli animali. Ci piace osservarli nei loro ambienti naturali, non confinarli nelle nostre abitazioni."

"Capisco. Ma non vi fate problemi a confinare gli umani nelle vostre abitazioni?" Non appena quelle parole le uscirono dalla bocca, Emily avrebbe voluto rimangiarsele, ma era troppo tardi. Zaron serrò la mascella, con la tensione che prese il posto della rilassata atmosfera che aveva prevalso per tutto il pasto.

Alzandosi in piedi con un elegante movimento, si avvicinò al tavolo fluttuante e sollevò Emily dalla sedia. Le sue mani erano incredibilmente forti mentre le stringeva le braccia, con gli occhi neri come la pece. Era arrabbiato; Emily lo percepiva. Il suo respiro accelerò, con il cuore che le batteva all'impazzata, ma le lasciò andare le braccia e fece un passo indietro.

"Vuoi mandare un'e-mail alla tua amica?" La sua voce era normale. "Quella che si sta prendendo cura del tuo gatto?"

"Oh." Emily andò su di giri. "Sì, certo." Aveva intenzione di chiederlo a Zaron in serata—un altro motivo per cui si era pentita di averlo provocato—ma lui l'anticipò. "Sì, grazie."

"Va bene." Mormorò qualcosa in Krinar, e la parete si aprì lasciando entrare un altro tablet. Zaron lo prese a mezz'aria e lo consegnò ad Emily. "Ecco qui. Digita il messaggio e verrà inviato alla tua amica tramite Gmail."

Emily si acciglò, guardando il tablet prima di tornare a concentrarsi su Zaron. "Ma come faccio a sapere se verrà inviato? Stai dicendo che hai accesso al mio account di posta elettronica?"

"Certo." Zaron non batté ciglio. "Non penserai che le vostre password e i firewall vi proteggano dalla nostra tecnologia, vero?"

Lo stomaco di Emily si contorse. "No, non credo." Dato quello che aveva visto finora, i loro computer dovevano essere incredibilmente avanzati; Zaron probabilmente aveva impiegato meno di un nanosecondo per accedere alla sua posta. Dannazione, violare i sistemi del Pentagono probabilmente sarebbe stato un gioco da ragazzi per i Krinar. Poi, un pensiero ancora più inquietante la attraversò.

Le *difese* militari della Terra avrebbero tenuto, se i Krinar fossero venuti con intenzioni tutt'altro che amichevoli?

"Zaron..." La voce di Emily tremò leggermente. "Hai detto che la tua gente verrà solo a presentarsi, vero? Non vogliono altro, vero?"

Il bel viso dell'alieno diventò inespressivo. "Ad esempio?"

"Non lo so." Ora che gli oscuri semi del sospetto avevano attecchito nella sua mente, si stavano moltiplicando in maniera incontrollabile. "Risorse? Terre? Manodopera a basso costo? Qualunque cosa la gente voglia sempre, quando si esplorano nuovi luoghi."

L'esitazione di Zaron fu così breve che l'umana l'avrebbe persa se non fosse stata così attenta. "Non intendiamo fare del male alle tua gente" le disse, e l'intestino di Emily si trasformò in ghiaccio, rendendosi conto che l'alieno non aveva esplicitamente negato nessuna delle possibilità che gli aveva elencato. La sua immaginazione cominciò a galoppare, con ogni film sull'invasione aliena che le frullava nella testa. Zaron non le aveva mai confessato come mai la sua specie stesse venendo, o meglio, lei non aveva davvero indagato. Tra tutto ciò che aveva scoperto sui Krinar e il sesso non-stop con il suo cacciatore, era troppo sconvolta per pensare al grande schema delle cose. Quando Zaron le aveva detto che la sua gente sarebbe arrivata presto, le era sembrato illogico che i Krinar avessero voluto presentarsi ad una specie intelligente che sembrava esattamente come loro e che presumibilmente avevano creato. Ripensandoci, però, la sua mite accettazione della spiegazione iniziale era stata troppo ingenua.

Se tutto ciò che i Krinar volevano era rivelare la propria esistenza alla razza umana, avrebbero potuto mandare un messaggio. Non c'era bisogno di venire sulla Terra di persona. Anzi, qualcosa come un video introduttivo, seguito dalla visita di una piccola delegazione—forse già esistente sulla Terra, come nel caso di Zaron—avrebbe avuto più senso come incontro amichevole. Ma Zaron aveva detto che "la sua gente" sarebbe venuta. Sembrava molto più di una piccola delegazione.

Sembrava più un'invasione.

No. Non poteva saltare a conclusioni del genere. Zaron le aveva salvato la vita e, a parte la temporanea prigionia, non l'aveva maltrattata. Non c'era motivo di pensare al peggio.

"Quant'è lontano il tuo pianeta nativo?" gli chiese, cercando di sembrare indifferente. "Non mi hai mai detto dove si trovi Krina."

L'espressione di Zaron non cambiò, ma lo sentì rilassarsi leggermente. "È lontano" le rispose. "In un'altra galassia, in realtà. Potrei darti le coordinate esatte, ma non significherebbero nulla per te o altri della tua specie."

Emily fece un sospiro di meraviglia. "Un'altra galassia? Com'è possibile? Dovreste viaggiare più veloci della luce."

"Lo facciamo. Non è la mia area di competenza, ma da quello che so la propulsione a curvatura delle nostre astronavi crea un'enorme bolla di energia che sostanzialmente piega lo spazio temporale. La distanza è più o meno irrilevante; recarci in un sistema solare vicino richiede più o meno lo stesso tempo impiegato per venire sulla Terra."

"Capisco." La loro tecnologia era ancora più avanzata di quanto pensasse. Emily si chiese se Zaron potesse sentire il pesante battito del suo cuore. Era più forte e più veloce di un uomo normale. Forse anche i suoi sensi erano più acuti di quelli di un umano? C'erano tante cose che non sapeva di Zaron e della sua razza, e quello che stava scoprendo non era affatto rassicurante. Cercando di mantenere un tono indifferente, gli chiese: "Quindi, quante persone verranno sulla Terra questa volta?"

"Perché non mandi l'e-mail alla tua amica?" disse lui, invece di rispondere. "Ho un po' di lavoro da sbrigare stasera, e voglio assicurarmi che l'e-mail venga inviata senza problemi."

"Certo." Scacciando la delusione, Emily fece un sorriso luminoso. "Quindi, basterà parlare al tablet, e lui saprà cosa fare e a chi inviare l'e-mail?"

"Si, esattamente. Fallo." L'alieno piegò le braccia sul petto, e il battito cardiaco di Emily accelerò ulteriormente, rendendosi conto che non le avrebbe concesso un minimo di privacy.

"Ok" disse, sperando che lui non notasse quanto erano sudati i suoi palmi. "Cosa ne pensi di questo?

'Ehi, Amber. Mi dispiace non averti scritto prima, ma ho avuto un contrattempo qui in Costa Rica. Ti spiegherò meglio quando tornerò a casa, ma nel frattempo ti dispiacerebbe tenere George per qualche altro giorno? Grazie!'"

"Per altre due settimane" la corresse Zaron, ed Emily vide il testo—con la sua correzione—apparire velocemente sullo schermo del tablet davanti a lei. Poi il suo account Gmail apparve sullo schermo, mostrando il messaggio inviato, e il tablet si oscurò di nuovo.

"Ottimo lavoro" disse Zaron, prendendole il tablet, ed Emily osservò l'oggetto scomparire nella parete. "Ora, se non ti dispiace, mi aspetta una riunione virtuale. Ci vediamo tra un paio d'ore."

Piegandosi, strofinò le labbra sulle sue per un rapido bacio e scomparve attraverso l'apertura nella parete, lasciando Emily sola con i suoi sospetti.

———

ZARON LAVORÒ TUTTA LA SERA. QUANDO USCÌ DALLO studio, Emily era mezza addormentata. Fece l'amore con lei per un paio d'ore, logorandola ulteriormente, e fu solo il pomeriggio successivo, quando andarono a camminare, che Emily ebbe la possibilità di porgli nuove domande. A quel punto, Zaron capì di doverle dire qualcosa, e optò per la verità.

Questo avrebbe potuto sconvolgere Emily e rendere le due settimane successive meno piacevoli di quanto avrebbero potuto essere, ma non voleva mentirle.

"Allora, quanti della tua specie verranno?" gli chiese, mentre camminavano verso il lago. "È una grande delegazione?"

Il tono di Emily era calmo, quasi disinteressato, ma Zaron non abboccò. La sua ospite umana era intelligente. Una volta superato lo shock di averlo incontrato e di aver saputo dei Krinar, non ci mise molto a cominciare a indagare su tutto.

Sospirando, rispose: "Circa cinquantamila. Ma, Emily—"

"Cinquantamila?" La ragazza si fermò sotto un *Enterolobium cyclocarpum*, un albero di Guanacaste, fissandolo, pallida in volto. "Cinquantamila individui della tua razza verranno sulla Terra tra due settimane?"

"Sì. Ma non faremo del male alla tua gente, te lo giuro."

"Che cosa intendete fare allora? Non verrete solo a presentarvi, vero?"

"No, non esattamente" ammise Zaron. "Ci stabiliremo qui."

"Vi stabilirete?" Emily alzò la voce. "Vi stabilirete dove?"

"Su dieci diverse località della Terra" rispose Zaron, chiedendosi quanto potesse rivelare. Decise di essere cauto. "Le stiamo ancora selezionando."

"Oh mio Dio." Emily fece un passo indietro, con la mano premuta sulla bocca. "Volete colonizzare il nostro pianeta, depredarlo—"

"Emily, basta." Zaron la raggiunse con due lunghe falcate e le mise giù la mano delicatamente, staccandola da quelle labbra tremanti. "Non è affatto così. Sì, ci saranno alcuni nostri insediamenti qui, ma non predecremo il vostro pianeta. La vostra razza continuerà a vivere nelle città e a governare come ha sempre fatto. Le vostre vite non cambieranno molto. Saremo solo i vostri vicini di casa, tutto qui."

"Tutto qui?" All'ombra dell'albero di Guanacaste, gli occhi di Emily sembravano quasi completamente verdi mentre lo fissava, e Zaron sentì il polso batterle rapidamente nell'esile avambraccio. "Mi ritieni tanto stupida? Ci farete quello che le civiltà più avanzate hanno sempre fatto agli indigeni, e—"

"No, non lo faremo" disse Zaron. Non era a conoscenza dei piani a lungo termine del Consiglio per la Terra, ma era abbastanza sicuro che non avevano alcuna intenzione offensiva nei confronti degli umani. Quale sarebbe stato il punto? In un certo senso, gli umani erano figli dei Krinar, o perlomeno la loro creazione.

Strofinando il pollice sull'interno del polso di Emily, disse: "Se avessimo voluto farvi del male o depredare il pianeta, avremmo potuto farlo in qualunque momento della vostra evoluzione. Non avremmo aspettato che aveste armi nucleari e satelliti; saremmo potuti venire quando eravate ancora nell'Età della Pietra. Era praticamente ieri per noi. Ma non l'abbiamo fatto, perché non è questo che vogliamo."

Emily non sembrava rassicurata. "Allora, che cosa

volete? Che cosa volete da noi? Perché volete stabilirvi qui?"

"Beh, innanzitutto il nostro sistema solare è più vecchio del vostro." Zaron lasciò andare il polso di Emily, notando con piacere che non indietreggiò subito. "Tra un altro centinaio di milioni di anni, il nostro sole morirà, e se saremo ancora lì quando succederà, moriremo. So che è ancora abbastanza lontano nel futuro—probabilmente un'eternità per una specie giovane come la vostra—ma è qualcosa di cui dobbiamo tener conto. Venire qui è una strategia di diversificazione per noi, un modo per garantire la nostra sopravvivenza al di là della naturale durata del nostro sistema solare."

"Quindi, dato che il vostro pianeta è decrepito, volete prendere il nostro?"

Zaron sospirò di nuovo. Non lo stava ascoltando. "Non prenderlo, condividerlo" disse con pazienza. "Stiamo parlando di cinquantamila individui, una goccia nel mare rispetto alla popolazione umana della Terra."

"Forse, ma credo che i nostri missili siano come pistole giocattolo rispetto alle armi che avete." I suoi occhi celavano una silenziosa sfida. "Non è vero?"

"Sì—ma questo sarebbe da prendere in considerazione solo se decideste di utilizzare questi missili contro di noi" spiegò Zaron. "Come ho detto, non intendiamo fare del male alla vostra specie."

Emily si allontanò e fece qualche passo verso un'alta *Cyathea arborea*, poi si girò per guardarlo.

"Come intendete farlo? Non vedo come i nostri governi possano lasciarvi stabilire qui senza un conflitto. Non potete aspettarvi di presentarvi qui e dire: 'Ehi, dateci un po' di terra,' e ottenerla magicamente."

"Sono certo che il Consiglio abbia riflettuto su questo e abbia un piano per una tale eventualità" disse Zaron. "Non faccio parte del Consiglio, quindi—"

"Qual è il tuo ruolo, allora? Perché sei qui? Hai detto di essere un biologo."

"Lo sono, e sono anche un esperto del suolo." Zaron sperava che Emily non entrasse nell'argomento, ma non voleva mentirle. "Il mio ruolo è quello di scegliere i luoghi appropriati per i nostri insediamenti—zone scarsamente popolate con clima e suolo adeguati."

La ragazza lo fissò. "Capisco."

Si voltò di nuovo, e Zaron percepì le barriere che stava mettendo tra loro. La sua esile schiena era tesa, le spalle irrigidite dalla tensione. Non gli credeva, non si fidava di lui e non poteva biasimarla. La sua specie *stava* invadendo il suo pianeta. I Krinar avevano piantato il seme della vita lì, ma la Terra era stata la casa degli umani fin da quando la razza di Emily era esistita, e ora i Krinar stavano pianificando di stabilirvisi. Se la situazione fosse stata invertita, la gente di Zaron sarebbe stata furiosa—e c'erano tutte le ragioni per credere che lo sarebbero stati anche gli umani.

"Emily." Facendo un passo verso di lei, l'alieno le afferrò delicatamente il braccio, costringendola a guardarlo. "Mi dispiace se questo ti fa arrabbiare, ma non volevo mentirti."

Lo guardò, ancora pallida in viso. "Non puoi parlare con il Consiglio, cercare di convincerli a non farlo? Avete un pianeta perfetto per altri cento milioni di anni —non avete bisogno del nostro."

"Emily..." Sapeva che l'umana avrebbe compreso l'impossibilità di quella richiesta; il suo tono era poco convinto, rassegnato. Eppure, gli si strinse il petto quando disse: "Mi dispiace, non posso. È già stato tutto deciso, e le astronavi stanno arrivando."

Per un attimo, le tremarono leggermente le labbra prima di appiattirle in una linea ferma. "Va bene. Ho capito. Ora, per favore, lasciami andare."

Zaron la guardò storto e si rese conto che la stava ancora stringendo, con le dita avvolte intorno al braccio. Un impulso di rabbia lo attraversò, comprendendo che intendeva trattarlo come un nemico, ignorando tutto ciò che c'era stato tra loro. "No" disse, afferrandole l'altro braccio e tirandola più vicino a sé. "Non ti lascerò andare. Questo non cambia niente, angioletto. Sarai mia per le prossime due settimane."

Emily aprì la bocca—indubbiamente per protestare contro la sua stupidità—ma lui stava già piegando la testa per baciarla.

Aveva un sapore dolce, anche se cercava di allontanarsi, spingendo con le mani sui suoi bicipiti. "Non farlo" riuscì a dire, prima che Zaron le riprendesse le labbra, con il corpo duro, man mano che approfondiva il bacio e sentiva il calore sprigionarsi dalla pelle dell'umana. Si stava accendendo, con il profumo dell'eccitazione che le infiammava i sensi, e i tentativi di lottare vennero meno attimo dopo attimo.

Lo voleva ancora, e Zaron intendeva approfittarne.

Continuando a baciarla, la mise giù, distendendola sulla dura coperta di foglie ed erba. Afferrandole i polsi, le inchiodò le braccia sopra la testa con una mano, poi le fece scivolare la mano libera lungo il corpo e le tirò su la gonna del vestito, usando le ginocchia per allargarle le gambe. Era aperta a lui ora, con il sesso caldo e scivoloso, mentre l'alieno affondò nelle sue pieghe, con il cazzo gonfio e dolorante dalla voglia di stare dentro di lei.

Staccandosi dalla sua bocca, Zaron alzò la testa e fissò la ragazza umana, ricordando la prima volta in cui l'aveva avuta in quel modo. L'aveva voluto anche lei, ma ne aveva avuto paura, e lui l'aveva lasciata andare.

Ma stavolta non l'avrebbe lasciata andare.

Gli occhi di Emily brillavano mentre lo fissava, con le labbra rosse e gonfie a causa dei baci. I capelli biondi erano avvolti in un groviglio di onde chiare intorno al viso, e un rossore le illuminava le guance color crema, mentre le dita di Zaron giocavano col suo clitoride. Era troppo tardi per fermarlo ormai, e la parte più primitiva e selvaggia dell'alieno ne godeva.

La voleva esattamente così: sopraffatta dal piacere e incapace di negarlo.

"Sì, angioletto" mormorò, sentendo il suo respiro accelerare, mentre spinse due dita nel suo stretto canale e rotolò il pollice sul clitoride. "Lasciati andare. Lasciati andare e vieni per me."

Emily chiuse gli occhi, e un debole grido soffocato le sfuggì dalla gola, mentre le pareti interne gli strinsero le dita. Era così bagnata che le dita di Zaron le scivolavano dentro e fuori senza resistenza, e la scopò fino all'orgasmo, con le palle sempre più vicine al proprio corpo a ogni spinta delle dita. Se non avesse passato la metà della notte nel suo corpo, avrebbe perso il controllo, ma visto come stavano le cose Zaron poteva aspettare—a stento.

Quando lei era ormai sfinita e ansimante sotto di lui, si sbottonò i jeans, liberando definitivamente il cazzo dolorante. "Emily" sussurrò con voce roca, premendo sulla sua morbida apertura. "Guardami, angioletto."

Lei sollevò le palpebre, con le lunghe ciglia che si sparpagliarono lentamente, e uno strano calore gli inondò il petto, mentre lo guardava. "Questo non ha niente a che fare con quello che succede là fuori" le disse, con voce bassa e profonda. "Io e te non siamo nemici, a prescindere da cosa succeda. Capisci? Per le prossime due settimane sarai qui con me, e questo è tutto ciò che conta."

Emily non disse niente, ma il suo sguardo era tormentato, e Zaron capì che non sarebbe stato così facile. Si sarebbe opposta. Forse non in quel momento, ma l'avrebbe fatto, proprio come la sua gente si sarebbe opposta ai Krinar, una volta arrivati.

La rabbia di Zaron prese nuovamente il

sopravvento, mescolandosi all'ardente lussuria, e spinse in profondità nel corpo di Emily, penetrandola fino in fondo senza rallentare. Lei gridò—un grido doloroso, rifletté vagamente—ma non riuscì a fermarsi, spinto da un desiderio che sembrava provenire da un luogo oscuro dentro di lui. Era scivolosa e stretta, e lo stringeva con un calore leggero e umido; la voleva più di quanto avesse mai voluto qualcuno, con tutto dentro di lui che si concentrava su una sola necessità: prenderla, possederla e farla sua.

Poco dopo, gli venne incontro spinta dopo spinta, sollevando i fianchi per prenderlo più in profondità. Sentì le sue urla e i gemiti, e la necessità di prenderle il sangue, di assaggiarla anche in quel modo, era potente quanto la lussuria che gli bolliva nelle vene. Stava già abbassando la testa, quando gli tornò in mente l'avvertimento di Ellet, e invece di affondare i denti nella tenera pelle di Emily, girò la testa e aumentò il ritmo, martellando dentro di lei colpo dopo colpo. Le grida della ragazza erano sempre più forti, più frenetiche, con i polsi rigidi nella sua presa, e Zaron sentì le ondate del suo orgasmo mentre venne, con i muscoli interni che si strinsero intorno a lui. Voleva trattenersi, godersi l'estasi di possederla, ma il convulso aggrapparsi al suo corpo lo spinse oltre il limite. Un duro grugnito gli sfuggì, quando spinse profondamente per l'ultima volta, e poi venne, con il seme che si sprigionò dentro di lei con diverse ondate.

Ansimando per riprendere fiato, rotolò giù da Emily e la tirò a sé, con i pensieri confusi mentre la teneva da dietro. Anche lei stava respirando a fatica, con il corpo tremante e la pelle madida di sudore. Chiudendo gli occhi, Zaron strinse la presa su di lei e affondò la testa nei suoi capelli, respirandone il profumo dolce.

C'era solo una parola che gli frullava per la testa, un solo pensiero che potesse formulare.

Mia.

CAPITOLO VENTICINQUE

Nei giorni successivi, Emily fece così tanto sesso da sentirsi annegare nel piacere. Zaron era insaziabile e aveva una resistenza inumana, il che significava che quando lui terminava, lei era esausta e sul punto di svenire. Se non fosse stato per quegli utili dispositivi di guarigione, sarebbe stata costantemente dolorante.

"Cavolo, quelli della tua specie sono sempre così?" mormorò, quando la svegliò infilandosi dentro di lei da dietro, con quel grosso cazzo che la invase per la terza volta quella notte. "Non ti stanchi mai?"

"Non di te" le sussurrò nell'orecchio, allungandole la mano sullo stomaco per trovare il fascio di nervi all'apice del suo sesso. "Non di questo. Potrei scoparti per un'eternità."

Emily non era sicura che l'avrebbe fatto per l'eternità, ma sicuramente la prendeva tutte le volte che poteva. Sospettava che il sesso continuo fosse il modo di Zaron di distrarla dalle sue orribili rivelazioni, e la maggior parte del tempo la strategia funzionava. Quando Emily stava tra le sue braccia, non riusciva a riflettere, tanto meno a preoccuparsi dell'imminente invasione del suo pianeta. Non appena la lasciava sola, però, il suo stomaco si contorceva dall'ansia e spesso le conversazioni durante i pasti erano tese e conflittuali.

"Ci sarà una guerra—una guerra interplanetaria. Non lo capisci?" sbottò Emily durante il pranzo, quando Zaron cercò di convincerla che non c'era nulla di cui preoccuparsi. "La tua gente verrà, e ci sarà la guerra."

"No, non ci sarà" disse lui con convinta certezza. "Un po' di resistenza, forse, ma nessuna guerra."

"No? Credi che faremo i salti di gioia, e—"

"Emily." Si avvicinò al tavolo per prenderle la mano. "Non ci sarà la guerra, perché non lo permetteremo. Avevi ragione: tutte le vostre armi sono come giocattoli per bambini per noi. Ci sarebbe la guerra se l'esercito americano visitasse un asilo? No. I vostri soldati potrebbero fare ciò che vogliono, e finirebbe lì, e sarebbe la stessa cosa con noi."

Emily rimase a bocca aperta, sconvolta. "Ma ti rendi conto di quello che dici? Pensi che sia meglio che la tua gente ci sottometta senza combattere?"

"Certo." Zaron le accarezzò la mano prima di riprendere a mangiare. "Niente guerra è sempre meglio della guerra."

Per il resto del pasto, Emily si rifiutò di parlargli, facendo del proprio meglio per sembrare fredda, ma quando la portò fuori per una passeggiata, fecero nuovamente sesso nella foresta. Emily si detestava per questo, per la sua incapacità di resistere al tocco di Zaron, ma il suo corpo continuava a tradirla. Non appena lui la toccava, lei si scioglieva in una pozzanghera di desiderio, e il suo carceriere lo sapeva e approfittava spietatamente di quella situazione.

"Non ti rendi conto di quanto sia sbagliato?" gli chiese, quando si ritrovò tra le sue braccia quella sera, con il corpo beato dalla sazietà, ma i pensieri carichi di disgusto per se stessa. "Ciò che mi stai facendo è davvero malato."

Zaron la girò per costringerla a guardarlo, con quegli occhi neri imperscrutabili alla luce fioca che illuminava la stanza. "È sbagliato solo se non vuoi che io lo faccia, ma lo vuoi." La sua voce era bassa e profonda, avvolgendola in un bozzolo caldo e seducente. "Mi vuoi tanto quanto io voglio te, angioletto, perciò non fingiamo e non rendiamo le cose diverse da quello che sono."

"E come sarebbero?" sussurrò Emily, con il petto stretto in una morsa. "Come *vedi* tutto questo? Perché, dal mio punto di vista, mi stai tenendo prigioniera e la tua razza sta per invadere il mio pianeta. Eppure tu—" Si fermò, scorgendo un'espressione rabbuiata sul viso dell'alieno.

"Io cosa?" Fece scivolare la mano lungo il fianco di Emily. "Ti sto toccando?" Le strinse le natiche, avvicinandola a sé. "Ti sto scopando?"

La ragazza rimase senza fiato, mentre la sua erezione le premeva sulla coscia, dura come se fossero passati giorni, non pochi minuti, da quando era entrato dentro di lei. "Sì, esattamente" riuscì a dire, spingendogli il petto muscoloso. "Non sono la tua bambola erotica—"

"Sei quello che voglio che tu sia." Le sollevò la gamba e spinse dentro di lei, facendole sfuggire un gemito sorpreso dalla gola. Era ancora sensibile e gonfia dalla volta precedente, e sembrava enorme dentro di lei, con il cazzo che le distendeva le tenere pareti interne. "La mia bambola erotica. Non posso fare a meno di te, angioletto. E per ora, non ce n'è bisogno —perché sei mia. Non è vero?"

Rotolò i fianchi, colpendole il punto G, e il corpo di Emily si irrigidì, stringendosi intorno a lui per un'aumentata necessità. Cercò di aggrapparsi alla rabbia, di andare oltre la crescente eccitazione, ma la stava già baciando, con le grandi mani che le afferrarono i seni, mentre assunse un ritmo duro e intenso, e per il resto della notte non parlarono più di cosa fosse giusto o sbagliato.

C'era solo Zaron e l'oscuro calore che avvolgeva entrambi.

———

GIOVEDÌ MATTINA, DUE ORE PRIMA DEL COLLOQUIO previsto all'hedge fund, Emily si svegliò, ritrovandosi sola nel suo comodo letto alieno. Il materiale intelligente aveva assunto la forma del suo corpo, mentre dormiva, e lo sentiva massaggiarle il collo e le spalle—una funzionalità che Zaron aveva abilitato, dopo aver scoperto che i muscoli della schiena di Emily erano spesso contratti dalla tensione. Rimase sdraiata per qualche minuto, godendo dei servizi del letto, e poi si alzò. Pur avendo dormito tanto, si sentiva stanca e triste, quasi depressa.

Martedì, Zaron le aveva permesso di mandare un'e-mail alla Evers Capital, spiegando che il suo volo di ritorno dalla Costa Rica era stato posticipato di due settimane, e chiedendo di riprogrammare il colloquio. Mercoledì sera, non avevano ancora risposto, ed Emily capì che le cose stavano così: aveva mandato all'aria l'unica possibilità di lavorare presso il più famoso degli hedge fund—per non parlare del fatto di poter avere un lavoro nel proprio campo in tempi brevi. Con tutti i recenti licenziamenti, Wall Street cercava analisti con le sue competenze, ed erano tutti in competizione per dei posti di lavoro in rapida diminuzione.

Se l'imminente invasione dei Krinar non avesse comportato la fine del mondo, come Emily prevedeva, sarebbe rimasta disoccupata molto più a lungo di quanto avesse immaginato.

Quel pensiero le fece riacquistare la lucidità. Era sciocco preoccuparsi per un colloquio mancato, quando tutta la sua specie avrebbe dovuto affrontare una minaccia grave quanto quella dei Krinar. Negli ultimi giorni, Emily aveva cercato di saperne di più sul popolo di Zaron, e ciò che aveva scoperto non era rassicurante.

Sapeva già che il suo carceriere era più forte e più

veloce di un umano, ma aveva attribuito quelle qualità al suo fisico slanciato e atletico. Il suo corpo era magnifico, con la pelle abbronzata che gli copriva strati di muscolo magro e scolpito. Qualsiasi uomo con quella costituzione sarebbe stato più forte della media, ed Emily non aveva compreso la completa differenza di Zaron fino alla passeggiata di due giorni prima, quando lo aveva visto sollevare con un mano un albero caduto e allontanarlo dal sentiero.

Lo aveva fatto senza problemi, come se quel tronco spesso fosse stato un rametto, ed Emily si era fermata, restando a bocca aperta dall'incredulità. Secondo la sua stima, quell'albero aveva un diametro di almeno cinquanta centimetri.

"Che cosa c'è?" le aveva chiesto, ma aveva scosso la testa, ammutolita dallo shock. Avvicinandosi all'albero, si era accovacciata e lo aveva spinto con tutta la forza che aveva, sperando che fosse in qualche modo più leggero di quanto sembrasse, ma il tronco non si era spostato nemmeno di mezzo centimetro. L'albero era così pesante che sembrava praticamente ancorato a terra, ma Zaron lo aveva spostato con uno sforzo pari a quello che Emily avrebbe esercitato per sollevare un peso di cento grammi.

L'alieno aveva osservato gli sforzi della ragazza con evidente divertimento, con le bellissime labbra piegate in un sorriso, ed Emily aveva provato un freddo brivido di paura al ricordo di quanto l'avesse raggiunta facilmente al lago.

I Krinar non avevano solo una tecnologia superiore; erano più potenti sotto ogni aspetto.

"Come hai fatto a diventare così veloce e forte?" gli aveva chiesto, quando avevano ripreso a camminare, e lui aveva scrollato le spalle, cambiando discorso. Aveva notato che, pur sembrando riluttante a mentirle, Zaron non si faceva problemi ad aggirare le domande qualora lo ritenesse necessario. C'erano alcuni argomenti che preferiva evitare, ed Emily sospettava che avessero a che fare con le cose che pensava potessero spaventarla. Ogni volta che provava a chiedergli quali tipi di armi possedeva la sua gente o che cosa avrebbero fatto una volta essersi stabiliti sulla Terra, cambiava argomento o la distraeva con il sesso—e a quanto pareva anche l'argomento dell'evoluzione dei Krinar era proibito.

Era stata la stessa cosa quando gli aveva fatto notare che tutti i pasti in casa sua consistevano in frutta, verdure e altri alimenti a base vegetale. All'inizio, aveva pensato che potesse avere a che fare con la sua professione— amava le piante e le raccontava sempre cose interessanti sulla flora della Costa Rica—ma poi, aveva cominciato a chiedersi se ci fosse un altro motivo dietro quella dieta.

"Perché non mangi carne?" gli aveva chiesto, mangiando un'insalata che la sua casa aveva preparato per cena. "È la tua preferenza alimentare personale o una caratteristica generale dei Krinar?"

"La seconda" aveva risposto Zaron. "Come gli umani, siamo onnivori, ma preferiamo le verdure. Su Krina, molte piante sono ricche di sostanze nutritive e piene di calorie, quindi non abbiamo mai avuto bisogno di mangiare animali per sopravvivere."

"Oh, capisco." Quella spiegazione aveva sorpreso Emily. Per qualche motivo, aveva dato per scontato che i Krinar fossero stati cacciatori per un certo periodo, simili agli umani della preistoria. E poi, aveva capito da dove provenisse quell'ipotesi.

C'era qualcosa del predatore nella grazia con cui Zaron si muoveva, qualcosa che le ricordava un cacciatore felino. Aveva l'inquietante impressione che, se provocato, avrebbe reagito nel giro di un secondo. Anche la sua vista era acuta e affilata, seguendo spesso i suoi movimenti con l'intensità di un gatto che cerca di catturare una farfalla.

"Ci sono molti grandi predatori sul tuo pianeta?" gli aveva chiesto. Forse i Krinar erano stati prede a un certo punto della loro storia primitiva e avevano dovuto sviluppare la velocità e la forza per sopravvivere—sebbene quello non spiegasse comunque l'inusuale modo di muoversi di Zaron.

"Alcuni" aveva risposto senza troppe spiegazioni, ed Emily aveva capito che stava nuovamente cambiando discorso.

Qualunque cosa Zaron le stesse nascondendo, doveva essere peggiore dei piani di colonizzazione della sua razza—e questo rendeva Emily molto, molto nervosa.

Eppure, mentre faceva la doccia, i suoi pensieri continuavano a tornare al colloquio che aveva perso e al lavoro ormai fuori dalla sua portata. Ogni giorno cercava un'occasione per fuggire, ma Zaron la sorvegliava attentamente durante le passeggiate e non c'era modo di uscire dalla sua casa intelligente. E ormai era troppo tardi: la Evers Capital non l'avrebbe mai assunta.

Sospirando, Emily uscì dalla doccia e si lasciò asciugare dalla tecnologia Krinar. Indossando uno dei vestiti che Zaron aveva lasciato per lei, si diresse verso la camera da letto, dove il suo telefono annacquato era adagiato sulla panca fluttuante accanto al letto.

Sedendosi, Emily lo prese. Sembrava asciutto, ma lo schermo era scuro e non rispondeva ai comandi. Automaticamente, spinse sul pulsante laterale e lo tenne premuto, guardando lo schermo senza molta speranza.

Lo schermo si illuminò.

Emily sobbalzò, con il cuore che le martellava nel petto, e fissò lo schermo con incredulità. Le familiari icone si caricarono con angosciante lentezza, ma il telefono era inequivocabilmente vivo.

La mano di Emily tremò, passandola sullo schermo per sbloccare il telefono. Aveva pagato per un pacchetto di roaming prima di intraprendere il viaggio, ma era apparsa solo una barra di ricezione—probabilmente perché erano all'interno di una grotta. Non che il numero di barre avesse molta importanza: la batteria era quasi esaurita. Nella migliore delle ipotesi, il cellulare sarebbe morto nei pochi minuti successivi, e doveva approfittarne.

Chi poteva chiamare? Gli amici a casa? La polizia

della Costa Rica? Emily aveva prudentemente memorizzato sul cellulare alcuni numeri di emergenza prima di lasciare gli Stati Uniti, e li esaminò, con mille pensieri per la testa. Abbandonò l'idea di chiamare subito gli amici; non c'era alcuna garanzia che qualcuno avrebbe risposto, e avrebbe impiegato troppo tempo per spiegare loro la sua situazione e chiedere di mandare qualche aiuto. Con la polizia locale, ci sarebbe stata una barriera linguistica. Emily conosceva un po' di spagnolo, ma non sarebbe stata in grado di spiegare tutto e di farsi capire.

L'opzione migliore era l'ambasciata americana, decise un attimo dopo. Probabilmente l'avrebbero presa per pazza, ma se fosse riuscita a parlare con loro in qualche modo, il suo avvertimento avrebbe potuto fare una vera e propria differenza.

Trattenendo il respiro, Emily premette il pulsante di chiamata e tenne il telefono sull'orecchio. Un secondo, due, tre, quattro... Il silenzio sembrava durare per sempre, ma proprio quando Emily si convinse che non avrebbe risposto nessuno, sentì il lungo *bip* della connessione.

"Ambasciata degli Stati Uniti." La voce femminile era piacevole e calma. "Come posso aiutarla?"

Le gambe di Emily tremarono dal sollievo. "Sì, buongiorno. Mi chiamo Emily Ross e sono una cittadina americana." Parlava velocemente, non sapendo quando sarebbe morta la batteria. "Sono tenuta prigioniera nella regione di Guanacaste. Ho bisogno che mi ascolti attentamente. L'uomo che mi tiene qui ha detto di essere una minaccia per il nostro Paese. Tra pochi giorni, ci sarà un'invasione. Gli individui che verranno si chiamano Krinar e hanno armi molto più avanzate delle nostre. Deve avvisare il Presidente. So che sembra una follia, ma—"

Il rumore di fondo si trasformò in silenzio, ed Emily capì che era finita.

Il suo telefono era completamente morto.

Abbassando l'apparecchio, fissò lo schermo scuro con frustrazione. L'operatrice aveva sentito qualcosa di quello che Emily le aveva detto? E in quel caso, avrebbe fatto recapitare il messaggio o lo avrebbe ignorato considerandolo uno sproloquio di una turista ubriaca? Emily aveva evitato intenzionalmente la parola "alieno," ma ciò che *aveva* detto non era molto meglio. Persino alle sue orecchie, era sembrata una pazza.

I suoi palmi erano sudati e le tremavano le gambe, mentre ripose il telefono sulla panca fluttuante e si sedette sul letto. Era ancora carica di adrenalina, e impiegò diversi minuti prima che si calmasse abbastanza da riuscire a raggiungere il tablet che Zaron le aveva dato. Qualunque cosa fosse successa in seguito, era al di fuori del suo controllo. A prescindere da quello che avrebbe fatto l'operatrice—recapitare il messaggio o meno—Emily doveva essere felice di aver fatto il possibile.

Facendo un respiro profondo, disse al tablet: "*Independence Day*, per favore," e si rimise sul letto. I mobili intelligenti si sistemarono immediatamente intorno a lei, intuendo che desiderava il sostegno per vedere il film.

La scelta del divertimento di Emily era masochista, ma non le importava.

Forse se avesse visto degli umani prendere a calci qualche alieno sullo schermo, avrebbe pensato che la Terra avrebbe avuto una possibilità reale.

CAPITOLO VENTISEI

Col passare dei giorni, Zaron cominciò a temere l'arrivo delle astronavi. Non perché la sua squadra non fosse pronta—era tutto apposto sotto quell'aspetto—ma perché ogni ora che passava lo avvicinava al giorno in cui avrebbe dovuto lasciar andare Emily.

Non appena i Krinar fossero entrati in contatto con i leader umani, non avrebbe più potuto utilizzare il mandato di non divulgazione come giustificazione per la sua prigionia.

Da quando Zaron aveva rivelato ad Emily le vere intenzioni della sua specie, lei aveva fatto del proprio meglio per tenerlo a distanza—perlomeno emotivamente. Non parlava più del suo passato, non condivideva più esperienze dolorose. Ma a poco a poco, Zaron scopriva qualcosa in più su di lei, e ogni nuova informazione che scopriva intensificava la sua attrazione verso la ragazza umana—un'attrazione che cominciava a sconfinare nell'ossessione.

Le piacevano le fragole ma detestava i mirtilli, le piacevano i film di fantascienza ma preferiva leggere libri di saggistica. La sua mente era notevolmente analitica—passava il tempo in casa tra numeri e fogli di calcolo—ma aveva bisogno della natura e delle attività all'aria aperta per stare bene.

"Ogni volta che ho un po' di tempo libero—cioè praticamente mai—mi piace andare al parco" gli confidò mentre erano seduti in riva al lago, parlando senza litigare, una volta tanto. "Mi rinvigorisce, mi aiuta a far riposare il cervello e a rilassarmi."

Zaron lo capiva; l'amore per l'ambiente naturale era stato il motivo fondamentale dietro la scelta del suo campo di specializzazione. Anche da piccolo, era affascinato dalle cose viventi, sia piante che animali. Tuttavia, qualcosa di ciò che gli aveva detto Emily lo disturbava. "Perché hai poco tempo libero?" le chiese, aggrottando la fronte. "La maggior parte degli umani non lavora dalle nove alle cinque?"

"Non gli umani che lavorano presso le banche di investimento" gli rispose sarcasticamente. "La mia razza lavora ottanta ore a settimana, e questo quando il carico di lavoro è leggero. Su un progetto dell'anno scorso ho dovuto lavorare centoquaranta ore a settimana per tre mesi."

Zaron fece qualche calcolo mentalmente. Se lavorava centoquaranta ore a settimana, aveva solo quattro ore al giorno non lavorative—meno della metà del bisogno di sonno quotidiano degli umani. *Lui* poteva lavorare così tanto, perché i Krinar avevano bisogno di molte meno ore di sonno, ma la salute di Emily avrebbe potuto risentire di quel ritmo.

"Non dovresti lavorare tutte quelle ore" le disse, incapace di star zitto. "Potresti ammalarti se non dormi abbastanza."

Emily lo guardò, perplessa, poi scrollò le spalle. "Sì, credo di sì. Non avevo intenzione di farlo per sempre, solo finché non avessi ottenuto un lavoro simile con orari migliori—come il lavoro presso quell'hedge fund."

Zaron sentì una spiacevole ondata di senso di colpa al ricordo che, a causa sua, la ragazza aveva perso il lavoro che voleva così disperatamente. Solo dopo averla conosciuta meglio aveva capito come mai quel colloquio fosse così importante per lei. Era ferocemente indipendente e aveva ottenuto molto nei suoi primi ventiquattro anni di vita, nonostante un inizio difficile. Dalle prime indagini su di lei, Zaron aveva saputo che si era laureata presso la Northwestern, uno dei college americani più prestigiosi, e che aveva ottenuto un posto di lavoro presso una grande banca di investimento subito dopo la laurea. Tuttavia, fu solo due giorni prima, quando Zaron aveva letto qualcosa sull'istituzione delle case famiglia, che capì quanto fosse stato difficile il percorso di Emily senza una famiglia che la sostenesse.

"Chi ha pagato il tuo college?" le chiese, sempre più accigliato, man mano che rifletteva su quella domanda. "Quelle istituzioni sono costose nel tuo Paese, credo."

Emily annuì. "È così. Sono stata fortunata: praticavo atletica e corsa campestre, così mi hanno offerto una borsa di studio e ho potuto coprire la maggior parte delle tasse di iscrizione. Per il resto, ho utilizzato un mix di sovvenzioni governative, lavori a tempo determinato e prestiti."

"Tua zia non ti ha aiutato?"

Emily sollevò le sopracciglia. "Zia Wendy? No. Morì a causa di un infarto, quando avevo diciassette anni, e da diversi anni prima percepiva una pensione di invalidità. Non avrebbe potuto aiutarmi nemmeno se avesse voluto."

"Capisco." Zaron si sforzò di mantenere lo stesso tono di voce. Si sentiva arrabbiato, e non capiva il perché. "Quindi, non hai nessuno su cui poter fare affidamento."

Emily sbatté le palpebre. "Non è vero. Ho i miei amici, il gatto e il ragaz—" Si fermò a metà parola, ma era troppo tardi.

La rabbia di Zaron si trasformò in gelosia.

"Ragazzo?" Persino alle sue orecchie la voce suonava pericolosamente bassa. "Hai un ragazzo?" Zaron aveva dato per scontato che Emily fosse single, dato che viveva da sola in un appartamento e stava viaggiando da sola, ma ora si rese conto della follia di quella supposizione. Per quanto Emily fosse indipendente, poteva benissimo avere un uomo ad attenderla a New York—un uomo che non aveva menzionato fino a quel momento.

Con grande sollievo di Zaron, la ragazza scosse la testa. "No" disse, con voce tirata. "Non ce l'ho. Non più."

La gelosia di Zaron riaffiorò. Era ovvio che

chiunque fosse questo maschio, aveva fatto del male ad Emily—il che significava che lei l'aveva amato.

Forse era ancora innamorata di lui.

"Chi è lui?" La rabbia che esplose nel petto di Zaron era irrazionale, lo sapeva, ma non riusciva a liberarsi dalla convinzione che Emily gli appartenesse, che fosse sua e che qualsiasi uomo l'avesse toccata avrebbe meritato di essere fatto a pezzi. I maschi Krinar tendevano ad essere territoriali e possessivi con le compagne, ma Emily non era la compagna di Zaron. Non aveva motivo di provare emozioni così intense verso un'umana che sarebbe stata con lui solo per i giorni successivi. Tuttavia, nessuna razionalità riuscì a contenere la furia nella voce di Zaron, quando le chiese: "Come si chiama?"

Emily lo guardò attentamente. "Che cosa importa? È finita. Abbiamo rotto più di quattro mesi fa."

Quattro mesi fa? Dei puntini rossi offuscarono la vista di Zaron. Soli quattro mesi fa, qualche umano aveva toccato Emily, baciandola... facendo l'amore con lei.

"Chi è lui? Quanto tempo siete stati insieme?" Zaron sentì l'oscurità nella sua voce, e sapeva che la sentiva anche Emily, perché si alzò in piedi e indietreggiò, fissandolo come se fosse un animale selvaggio.

Zaron si sforzò di fare un respiro profondo. Si sarà anche sentito come il suddetto animale, ma non voleva spaventare Emily. Alzandosi con un movimento lento e controllato, le si avvicinò e le prese la mano, mantenendo una stretta delicata. "Dimmi, angioletto" le disse con un tono più dolce. "Parlami di questo tuo ex ragazzo. Che cos'è successo tra voi due?"

Emily sembrava a disagio. "Tu... non gli farai nulla, vero?"

Fanculo. Era intuitiva. Il vecchio predatore all'interno di Zaron stava già pianificando di rintracciare quel maschio umano per porre fine alla sua esistenza. Ora non poteva—se non altro perché farlo avrebbe sconvolto Emily.

"Certo che non gli farò niente" disse Zaron con una calma che non provava. "Perché dovrei?"

La domanda era rivolta più a se stesso che ad Emily, ma ebbe l'effetto desiderato. Si rilassò leggermente, anche se continuava a fissarlo con prudenza. "Non lo so" disse lei. "Sembravi... arrabbiato un attimo fa."

Zaron fece un altro respiro profondo e tirò Emily verso di lui, modellando quelle esili curve al suo corpo. "Non lo sono" la rassicurò. E non lo era—non più. Il primitivo impulso che era sorto dentro di lui era piuttosto cambiato adesso.

Facendo scivolare le mani tra i setosi capelli di Emily, piegò la testa e le prese la bocca in un bacio profondo e vorace.

———

ZARON NON RICEVETTE RISPOSTE ALLE SUE DOMANDE SE non qualche ora dopo, quando Emily era esausta e si rigirava tra le sue braccia. Prima che si lasciassero trasportare completamente, l'aveva portata in un prato erboso proprio al di là della sponda rocciosa del lago, ed erano sdraiati lì ora, a guardare l'acqua scintillare sotto il sole a circa quindici metri di distanza.

"Allora, parlami di questo tuo misterioso ex-ragazzo" disse Zaron, mantenendo il tono leggero, nonostante il persistente desiderio di fare a pezzi quello sconosciuto. "Come vi siete conosciuti?"

"Al college" rispose Emily, senza sollevare la testa dalla sua spalla. Sembrava rilassata e leggermente assonnata, e Zaron capì di essere riuscito a farsi perdonare il comportamento precedente. "Io e Jason eravamo amici in un primo momento; poi mi ha chiesto di uscire. Studiavamo entrambi economia, avevamo la stessa cerchia di amici e facevamo domanda per gli stessi posti di lavoro. Aveva molto senso stare insieme per noi, così abbiamo iniziato a frequentarci. All'inizio era normale, eravamo solo due ragazzi che uscivano insieme, ma poi abbiamo ottenuto entrambi un lavoro nel settore degli investimenti bancari dopo la laurea e ci siamo trasferiti a New York. Per risparmiare soldi, avevamo deciso di vivere insieme, e abbiamo fatto così—fino a quattro mesi fa, quando mi ha detto di non riuscire più a sopportare i miei orari e se n'è andato."

Ne parlava con calma, come se la rottura non la toccasse affatto, ma Zaron sentiva la tensione crescere nelle sue spalle.

"Perché non riusciva a sopportare i tuoi orari?" le chiese, con lo stesso tono tranquillo. "Non svolgeva la tua stessa professione?"

"Sì, ma lui aveva avuto più fortuna. Circa un anno dopo la nostra laurea, prima che il mercato crollasse, aveva ottenuto un lavoro presso una società di venture capital, e i suoi orari di lavoro erano migliorati. Quindi, sì." Emily guardò Zaron. "Ecco tutta la storia. Pochi drammi."

Solo che le cose non stavano così; non per lei—Zaron lo percepiva.

"Quanti anni sei stata insieme a questo Jason?" le chiese, combattendo la gelosia che continuava a minacciare di travolgerlo. "Quando hai cominciato a frequentarlo durante il college?"

Emily sospirò e si sedette, sistemando il vestito—ormai un po' strappato e sporco d'erba. "Ci siamo frequentati per poco più di quattro anni" spiegò, togliendo i capelli aggrovigliati dal viso. "Non per una vita."

"Capisco." Zaron afferrò i suoi jeans dall'erba. Alzandosi, li tirò su e si chinò per prendere Emily.

"Zaron, mettimi giù! Posso camminare" protestò lei, mentre la dondolava tra le braccia, ignorando le sue obiezioni.

Aveva bisogno di stringerla in modo da poter controllare la rabbia che ribolliva dentro di lui—e mantenere la promessa di non dare la caccia al bastardo umano che aveva fatto del male ad Emily.

CAPITOLO VENTISETTE

MAN MANO CHE SI AVVICINAVA IL GIORNO DELL'ARRIVO dei Krinar e della promessa liberazione di Emily, la ragazza diventava sempre più ansiosa. Non aveva appetito e le sue notti erano inquiete, con il sonno spesso interrotto da brutti sogni. Da piccola, aveva incubi sull'incidente automobilistico dei genitori, ma lo aveva superato—o pensava di averlo fatto. In quei sogni, era sempre al lato della strada, ad osservare la macchina capovolta, e il suo stomaco si riempiva di un gelido terrore per la consapevolezza di essere sola, che tutti coloro che l'amavano erano morti.

Emily diceva a se stessa che gli incubi erano tornati perché era preoccupata per l'invasione, ma una parte di lei sapeva la verità.

Era l'imminente separazione da Zaron a farle rivivere il vecchio dolore della perdita e dell'abbandono.

"Sai, sei una delle persone più forti che conosco" le

aveva detto l'amica Amber dopo la rottura con Jason. "Non so come fai. Non hai mai paura di essere sola? Sembra che non t'importi che quello che è stato il tuo ragazzo per quattro anni sia andato via, e—"

"Perché non importa davvero" l'aveva interrotta Emily. "Non ho mai fatto affidamento su di lui per qualcosa." Ed era vero. Anche se la rottura aveva ferito Emily più di quanto avesse lasciato trasparire, non si era mai aperta completamente con Jason. Avevano vissuto insieme ed erano visti da tutti i loro amici come una fantastica coppia, ma erano rimasti individui separati, senza legarsi a un livello emotivo più profondo. Emily pensava di amarlo—e forse lo amava, in modo molto tiepido e superficiale—ma non l'avrebbe mai lasciato avvicinare troppo. Non perché fosse coraggiosa, però—il contrario.

Era troppo spaventata per dipendere da Jason, per amarlo davvero. Era stata quella la vera ragione dietro la rottura, non la disparità delle ore di lavoro che Jason aveva usato come scusa. Qualcosa era sempre mancato nella loro relazione, ed Emily ora sapeva che era stata colpa sua.

Aveva avuto così tanta paura di essere abbandonata che aveva tenuto Jason a distanza, fin quando lui non aveva fatto proprio quello.

Ma Zaron in qualche modo era riuscito a rompere quel guscio. Emily non sapeva se fosse dovuto alla straordinaria chimica sessuale tra loro o all'accenno di vulnerabilità che aveva intravisto dietro la sua facciata arrogante e autosufficiente, ma si sentiva più vicina a

Zaron di quanto non si fosse mai sentita con nessun altro nella sua vita adulta. Il suo carceriere la spaventava a volte, ma ne era anche attratta, in un modo che andava oltre la normale attrazione e qualcosa di semplice come il piacere e l'amicizia.

Quando erano insieme, si sentiva come se il suo mondo fosse illuminato da una luce calda, con tutti i sensi esaltati da una consapevolezza elettrica. Per quanto Emily desiderasse odiare Zaron dopo aver saputo dell'invasione, non ci riusciva. Si erano avvicinati troppo prima di quella rivelazione, si erano aperti troppo l'uno all'altra per poterlo disprezzare. Inoltre, le aveva salvato la vita e, per quanto Emily rifiutasse la prigionia e temesse il futuro, non poteva dimenticare di essere viva solo grazie a lui.

"Perché l'hai fatto?" gli chiese un giorno, durante una passeggiata. "Perché ti sei messo in tutto questo casino per salvare la vita di una sconosciuta? Sicuramente sapevi che ti saresti messo nei guai, con il mandato e tutto il resto."

Zaron serrò la mascella e strinse la mano intorno alla sua. "Perché dovevo" disse, e prima che Emily potesse indagare ulteriormente, la tirò a sé e la baciò con una tale passione selvaggia da farle dimenticare tutto, tranne il proprio nome.

Era quello il problema. La competenza sessuale di Zaron e il suo dominio del corpo di Emily erano tali che lei non riusciva a resistergli. Ogni volta che cercava di frapporre delle barriere tra loro, Zaron le annullava con una patetica facilità. Non poteva ignorarlo, perché l'avrebbe trascinata a letto, provocandole un piacere tale da farla sciogliere, e poi, dopo aver abbassato tutte le difese, le avrebbe fatto qualcosa di dolce, come far preparare alla casa alcuni dei cibi preferiti di Emily o farle fare una lunga passeggiata nel bosco. Le tendenze dominanti di Zaron erano controbilanciate da gentilezza e rude sessualità mescolata a delicata premura. La consumava e al tempo stesso la trattava come se fosse fragile, ed Emily non sapeva come far fronte a tutto questo.

Tuttavia, se il loro legame fosse stato basato esclusivamente sul sesso, sarebbe stato più facile. Ma ogni volta che riuscivano a conversare senza litigare, Emily aveva l'inquietante sensazione di aver trovato l'anima gemella intellettuale. La mentalità scientifica di Zaron, la sua passione per quel campo, persino la sua tendenza a identificare piante e animali comuni con il loro genere e specie ufficiali—tutto ciò appassionava Emily, affascinandola incredibilmente. Una passeggiata in mezzo alla foresta con Zaron era meglio di un'ora di Discovery Channel; aveva una conoscenza enciclopedica di tutto ciò che cresceva, strisciava, camminava e volava nella foresta pluviale, e spesso si lasciava andare a piccoli aneddoti su piante e animali analoghi su Krina. Stava attento a non rivelare troppo —per colpa di quel dannato mandato—ma ciò che Emily aveva scoperto era incredibile.

"Un rettile volante che porta le uova in un marsupio e le mangia quando ha fame? Dici che queste cose sono comuni su Krina?" chiese divertita, quando Zaron descrisse una creatura chiamata *eponu*. "Come sopravvive e si riproduce?"

"Deposita centinaia di uova" rispose, sorridendo. "Ne mangia solo l'ottanta percento durante tutto il periodo di incubazione. Quando il resto si schiude, lottano nel marsupio, fin quando alcuni vincitori emergono e volano via per nutrirsi di insetti e altre piccole creature—fin quando i nuovi eponu non si riproducono. Una volta che le femmine depositano le uova, i maschi tornano a caccia, le femmine utilizzano le uova per il sostentamento, e il ciclo ricomincia."

A quel punto, Emily lo tempestò di altre domande e lui rispose, apparentemente decidendo che non ci sarebbe stato nulla di male a parlarle di alcune delle insolite creature di Krina. Le parlò anche un po' della sua infanzia e di come la famiglia avesse favorito il suo interesse per la natura fin dalla tenera età.

"Provengo da una famiglia di scienziati" spiegò. "Mia madre è una botanica, mio padre è un fisico, e tre dei miei nonni sono biologi come me. Immagino si possa dire che abbiamo nel sangue il desiderio di esplorare la natura." Lo disse in modo brusco, come se non avesse importanza, ed Emily dovette reprimere un familiare accenno di invidia.

Avrebbe dato qualsiasi cosa per avere i genitori accanto che la incoraggiassero nelle sue scelte di vita.

"Che cosa ne pensa la tua famiglia della tua presenza qui, sulla Terra, così lontano da loro?" gli chiese, cercando di non sembrare troppo gelosa.

Se i genitori e i nonni di Emily fossero stati vivi,

non li avrebbe mai lasciati per andare su un'altra galassia.

Con sua grande sorpresa, il volto di Zaron si contorse. "Non lo so" disse, fermandosi accanto a una rigogliosa felce. Il suo sguardo era indecifrabile, ma la voce celava un duro sottotono. "Non ho parlato molto con loro negli ultimi anni."

Non approfondì, ma Emily riusciva a leggere tra le righe. L'allontanamento di Zaron dai suoi cari aveva a che fare con la morte della moglie; ne era quasi certa. Doveva aver trovato difficile essere circondato dalla famiglia dopo la sua tragica perdita. Il dolore poteva causare l'isolamento—Emily lo sapeva meglio di chiunque altro. Per diversi anni dopo la morte dei genitori, aveva avuto difficoltà a farsi degli amici a scuola, perché gli altri bambini si sentivano a disagio a stare con un'orfana. Era come se avessero paura che quella disgrazia fosse contagiosa, che frequentandola il dolore e la perdita sarebbero entrati a far parte della loro vita. Persino alcuni insegnanti benintenzionati l'avevano fatta sentire un'estranea, spronandola nei modi sbagliati, ed era del tutto possibile che anche la famiglia di Zaron l'avesse fatto, trattandolo come una persona distrutta, in modo da alleviare il senso di colpa dei sopravvissuti.

Senza dire una parola, Emily si allungò e gli strinse la mano, e continuarono a passeggiare in silenzio. Zaron non le aveva parlato della moglie da quella volta, ma Emily sapeva che era ancora addolorato per lei. Sospettava che uno dei motivi per cui faceva sesso con lei così spesso fosse che questo rappresentava una distrazione anche per lui—un modo per affrontare il dolore e la sofferenza. Non diceva, né faceva intravedere niente, ma ogni tanto notava un accenno di pura sofferenza sul viso di Zaron, e capiva che in quei momenti stava ripensando alla moglie che aveva perso.

Per fortuna, ultimamente, quei momenti erano diventati sempre più rari. Anzi, per la maggior parte del tempo Zaron sembrava quasi ossessivamente concentrato su Emily. Quando non erano a letto insieme, le faceva costantemente domande sulla sua vita, volendo sapere tutto, dai cibi preferiti agli amici e agli ex fidanzati—anche se quest'ultimo argomento lo rendeva estremamente teso, come se fosse geloso. In generale, sembrava possessivo—molto più possessivo di quanto Emily ritenesse ragionevole in quelle circostanze.

"Zaron, sai che tra qualche giorno partirò, vero?" mormorò una sera, mentre erano a letto, con le gambe aggrovigliate dopo un'altra bollente sessione di sesso. "Non sono tua, nonostante quello che mi fai dire quando sono in preda all'orgasmo. Tutto questo—io e te—è solo temporaneo."

Si ritrasse per incrociare lo sguardo di Emily, e lei vide che la mascella dell'alieno era serrata in una linea dura. "Lo so." Il suo tono era calmo, ma la ragazza percepì la pericolosità dietro quelle parole. Le fecero ripensare a quando le aveva chiesto di Jason. Per un breve momento di quella conversazione, le era balenato il folle pensiero che Zaron potesse fare del male all'ex-fidanzato. Un attimo dopo, le era sembrato ridicolo, ma in quel momento si era convinta di aver percepito qualcosa di oscuro e violento nell'uomo che la teneva prigioniera—qualcosa che l'aveva terrorizzata.

"Mi *lascerai* andare, vero?" chiese Emily, facendo del proprio meglio per non lasciar trasparire l'improvvisa ansia nella voce. "Quando la tua gente arriverà, potrò tornare a casa."

L'espressione di Zaron era immutabile, con gli occhi completamente neri, quando disse: "Sì, certo." Ma poi la raggiunse, tirandola a sé, ed Emily dimenticò il disagio.

CAPITOLO VENTOTTO

IL GIORNO PRIMA DELL'ARRIVO DELLE ASTRONAVI, EMILY si svegliò particolarmente depressa. Gli incubi quella notte erano stati così terribili che si era svegliata due volte, piangendo. Zaron si era preoccupato che fosse malata o dolorante, ma, dopo avergli spiegato che si era trattato solo di un brutto sogno, le diede esattamente ciò di cui aveva bisogno: il comfort delle sue braccia potenti che la stringevano al buio.

Fu quella notte che Emily capì la verità.

La sua paura era diventata realtà. Si era innamorata di un uomo proveniente da un altro pianeta, un membro della cui specie sapeva ancora molto poco.

Quella consapevolezza fece tremare Emily. Non poteva amare Zaron; semplicemente non poteva. La stava trattenendo contro la propria volontà, e la sua gente intendeva invadere il suo pianeta. Quale genere di persona disturbata si sarebbe innamorata in quelle circostanze? Inoltre, non era umano. Forse aveva le sembianze di un uomo, ma era diverso da Emily quanto il suo gatto. Nemmeno la loro durata di vita era compatibile. Tra qualche anno, Emily avrebbe iniziato ad invecchiare, mentre lui sarebbe rimasto uguale. E a quel punto, che cosa sarebbe successo?

No, basta. Smettila. Era ridicolo che Emily pensasse così a lungo termine. L'indomani se ne sarebbe andata, e sarebbe finito tutto. A parte la sua strana possessività, presto Zaron si sarebbe stancato di tutto quel sesso con lei, e si sarebbe rivolto a qualcun'altra, forse a una donna della sua specie... una che avrebbe sostituito la compagna che aveva perso.

Una che non era Emily.

Il petto della ragazza si strinse dolorosamente, con gli occhi che si riempirono di lacrime. *Non lo ami,* diceva a se stessa. Ciò che provava doveva essere un'infatuazione, frutto della loro vicinanza forzata. Nel corso delle ultime due settimane avevano trascorso così tanto tempo insieme che era naturale che si fosse affezionata così tanto a lui. Inoltre, anche se fosse stata abbastanza folle da voler rimanere, non c'era futuro per loro, nessuna possibilità di stare insieme in modo duraturo.

No. Determinata a non cedere a quegli illogici sentimenti, Emily si alzò e si diresse verso la doccia.

Una volta tornata alla vita normale, il suo attaccamento nei confronti di Zaron sarebbe svanito nel tempo.

Ne era certa.

CAPITOLO VENTINOVE

"Allora, dov'è lei, la tua ragazza umana?" chiese Ellet, guardandosi intorno nel salotto di Zaron. Era in Costa Rica quella settimana, e aveva accettato l'invito di andare a trovare Zaron. "È ancora con te, vero?"

"Sì. Sta facendo la doccia" disse Zaron, sedendosi su una lunga panca fluttuante. "Si è appena svegliata, quindi dovrai aspettare un po' per vederla."

"Ah, la lasci dormire tanto. Bene." Ellet si avvicinò per sedersi accanto a lui. Come lui, indossava abiti umani—un paio di pantaloncini, una maglietta aderente e delle scarpe da ginnastica—ma agli occhi di Zaron era inconfondibilmente una Krinar, con tutta la raffinata bellezza della loro razza. Rivolgendogli un luminoso sorriso, disse: "Ero un po' preoccupata che potessi farla stancare troppo. Gli umani hanno bisogno di molto più riposo di noi, sai."

Zaron aggrottò la fronte. Ellet aveva appena dato voce alle sue stesse preoccupazioni. Emily era sembrata piuttosto stanca ultimamente—per non parlare del fatto che dormiva male. Era dovuto alle esigenze che aveva posto sul suo corpo umano? "Sto attento" le disse, ma persino lui notò il dubbio nella sua voce.

"Ne sono certa" disse Ellet con tono rassicurante. "È solo che è facile per i nostri maschi lasciarsi trasportare e dimenticare quanto le donne umane possano essere fragili." Fece una pausa, poi chiese dolcemente: "L'hai fatto di nuovo?"

"Bere il suo sangue? No." Zaron sollevò il ginocchio per nascondere la reazione automatica del suo corpo a quell'argomento. "Le ho promesso che non l'avrei fatto."

"Che non avresti fatto cosa?" chiese Emily, entrando nella stanza.

Imprecando mentalmente, Zaron si alzò e si voltò verso la parete della camera da letto di Emily—una parete che si era dissolta un attimo prima, lasciandola entrare. Per abitudine, aveva parlato con Ellet in inglese, e lei aveva risposto nella stessa lingua. Quanto aveva sentito Emily della loro conversazione? Il volto della ragazza era pallido, con le mani strette sulla gonna del vestito, ma forse era sorpresa di vedere Ellet.

"Emily, questa è la mia amica e collega Ellet" disse con un sorriso che non tradiva affatto i suoi pensieri. "Ellet, questa è Emily, la mia ospite."

"Ciao, Emily." Ellet si alzò in piedi con grazia e si avvicinò ad Emily, tendendole la mano in un saluto umano. "Piacere di conoscerti."

Emily esitò un millisecondo, poi strinse la mano

di Ellet. Zaron notò che la presa della ragazza era ferma, con i delicati muscoli e i tendini dell'avambraccio flessi, mentre stringeva la mano di Ellet. "Ciao" disse, piegando le labbra in un sorriso luminoso—lo stesso sorriso che aveva rivolto spesso a Zaron quando si erano conosciuti. Era il sorriso artificiale di Emily, si rese conto lui, quello che utilizzava per nascondere il nervosismo. "È un piacere conoscerti."

"Ellet è un'esperta di biologia umana" spiegò Zaron, vedendo Emily indietreggiare. "La tua specie è il lavoro della sua vita."

"È per questo che sei venuta sulla Terra?" le chiese Emily. "Per studiarci?"

"Sì—e per aiutare nel processo di insediamento." Ellet gli lanciò una rapida occhiata. "Zaron te ne ha parlato, immagino."

"Sì, l'ha fatto." Emily le rivolse un sorriso eccessivamente brillante. "Mi ha detto tutto."

"Oh, fiù." Ellet si passò la mano sulla testa per un esagerato gesto di sollievo. "Ed io che temevo di doverci andare con i piedi di piombo con te. È questa l'espressione corretta, no?"

Il sorriso di Emily sembrava un po' più sincero ora. Ellet la affascinava, pensò Zaron, divertito.

"Esatto" disse a Ellet. "Anche se sono certa che tu lo sappia, perché il tuo inglese è assolutamente perfetto."

Ellet sorrise. "Grazie. Sei dolce. Non mi stupisce che Zaron ti trovi irresistibile."

Le guance color crema di Emily diventarono rosa.

"Da quanto tempo vi conoscete tu e Zaron?" le chiese, chiaramente desiderosa di cambiare argomento.

"Oh, non da tanto" disse Ellet spigliatamente. "Dodici o tredici anni, giusto, Zaron?"

Zaron annuì. "Ci siamo conosciuti durante quella che voi umani definireste una conferenza sulla biologia —una riunione di esperti nel campo degli studi sulle specie. Emily, non hai ancora fatto colazione. Ellet, vuoi mangiare qualcosa anche tu?"

"Certo" rispose la donna Krinar con un bel sorriso. "È da tanto che non mangio cibo fatto in casa."

———

ZARON FECE PREPARARE ALLA CASA UN'AMPIA VARIETÀ DI piatti, e i tre si sedettero per fare colazione. Quasi subito, Emily cominciò a riempire Ellet di domande, chiedendole di tutto, dal suo ruolo nel progetto di insediamento fino alla vita su Krina. Zaron fece del proprio meglio per spostare la conversazione su temi relativamente sicuri, ma Emily continuava ad indagare ed Ellet sembrava incurante dei sottili segnali di Zaron.

"Oh, sì, le donne di Krina hanno gli stessi diritti degli uomini" disse ad Emily, quando la ragazza volle sapere qualcosa sui rapporti tra i sessi. "Voglio dire, gli uomini tendono ad essere estremamente territoriali e protettivi con le donne, ma niente ci impedisce di ottenere i lavori che vogliamo o di partecipare ai combattimenti nell'Arena, se ne abbiamo voglia—"

"Combattimenti nell'Arena?" chiese Emily,

soffermandosi sull'unico particolare che Zaron aveva sperato ignorasse.

"È solo una vecchia tradizione" la interruppe Zaron, prima che Ellet potesse rispondere. "Una sorta di sport, come le arti marziali qui."

Ellet lo guardò con le sopracciglia sollevate, ma non lo contraddisse. Le sfide mortali nell'Arena avevano più caratteristiche in comune con i combattimenti dei gladiatori a Roma che con gli sport umani moderni, ma Zaron non voleva che Emily lo sapesse. Per spiegare l'antica istituzione dell'Arena, avrebbe dovuto parlarle della violenta storia dei Krinar e delle loro origini predatrici. Se Emily avesse saputo che un tempo la gente di Zaron cacciava i primati più deboli per il sangue e che la sua razza era stata originariamente pensata come un sostituto di questi primati, si sarebbe preoccupata dell'invasione ancora di più.

"E cosa mi dici sugli umani?" chiese Emily successivamente. "Ce n'è qualcuno su Krina? Voglio dire, siete qui da un po' di tempo, quindi..." Si interruppe.

"Oh, certo" disse Ellet, raccogliendo un pezzo di *Ipomoea batatas*—patata dolce. "Abbiamo un certo numero di umani che vivono sul nostro pianeta."

Non aggiunse altro, e Zaron capì che la sua collega aveva compreso che forse non sarebbe stato molto saggio che Emily sapesse troppo. L'indomani, l'avrebbe lasciata andare e avrebbe condiviso le informazioni con gli altri. Dovevano assicurarsi che non le dicessero niente di ciò che il Consiglio non voleva che i media umani sapessero.

"Allora, che cosa fa la mia gente sul tuo pianeta?" insistette Emily. "Sono lì perché li studiate o sono considerati come gli immigrati? In genere, quali diritti hanno?"

"Al momento, non ci sono molti umani su Krina, quindi non ci sono leggi formali al riguardo" disse Zaron prima che Ellet potesse rispondere. "Forse le cose cambieranno ora che entreremo in contatto con loro."

La verità era che gli umani non avevano diritti su Krina. Durante i millenni in cui il suo popolo aveva visitato la Terra, centinaia di umani erano stati portati su Krina, e Zaron sospettava che non tutti fossero venuti di loro spontanea volontà. La maggior parte dei Krinar più anziani non ci vedeva alcunché di sbagliato; erano già lì quando la specie di Emily viveva nelle caverne, quindi per molti di loro gli umani erano appena al di sopra degli animali. Ma i giovani Krinar, quelli della generazione di Zaron e di Ellet, avevano opinioni più articolate, e Zaron non faceva eccezione. Per lui gli umani non erano così diversi dai Krinar— perlomeno non sulle questioni importanti.

"Parlami di te" disse Ellet ad Emily. Anche l'esperta di biologia umana ora sembrava desiderosa di cambiare argomento. "Perché sei venuta in Costa Rica, e come ti sei fatta male?"

Emily sorrise gentilmente e spiegò che era venuta in vacanza e che stava facendo un'escursione nella foresta pluviale senza preoccuparsi delle recenti piogge. "Sono stata una stupida, lo so" disse con una smorfia. "Non avrei dovuto cercare di attraversare quel ponte—almeno non dopo aver visto quanto fosse fradicio."

Continuò, spiegando come era rimasta appesa lì con le unghie, e lo stomaco di Zaron si contorse al ricordo del corpo a pezzi di Emily che giaceva su quelle rocce. Se non avesse sentito quel grido, se non fosse arrivato in tempo... Il dolore che provò a quel pensiero fu forte come quando aveva saputo della morte di Larita. Per un attimo, non riuscì a respirare, né a riflettere sulla consapevolezza che aveva quasi perso Emily—prima ancora di avere la possibilità di conoscerla. Qualche minuto dopo, e la sua vita sarebbe finita, con la brillante mente scomparsa nel guscio frantumato del corpo.

"Dannazione, non avresti dovuto attraversare quel ponte." Le parole gli uscirono brusche e dure, facendo tacere le donne. "A che diavolo stavi pensando, mentre facevi quell'escursione tutta sola? Avresti potuto essere morsa o punta; qui ci sono tantissime creature velenose —per non parlare del fatto che avresti potuto essere una facile preda di qualche criminale sul tuo cammino. Come pensavi di proteggerti? Avresti potuto essere violentata, derubata... uccisa. Non hai istinto di sopravvivenza, buonsenso?" Mentre parlava, Zaron si ritrovò in piedi, con le mani strette sul bordo del tavolo. "Che razza di idiota fa un viaggio come quello in solitaria? A che cazzo stavi pensando, Emily?"

La ragazza lo stava fissando come se avesse perso la testa, e lo stesso valeva per Ellet. Zaron non poteva biasimarle; sentiva la rabbia a stento controllata nella sua voce, e sapeva che si stava comportando come un pazzo. Ma non poteva farci niente. Da quando Emily era diventata importante per lui, aveva intenzionalmente cercato di non pensare al suo incidente—e proprio per questo motivo.

Non riusciva a sopportare l'idea che l'umana che aveva riempito il buio e doloroso vuoto dentro di lui aveva rischiato di morire.

Per qualche istante ci fu solo una silenziosa tensione. Poi, Ellet disse: "Credo che dovrei andare. Ho un bel po' di lavoro da sbrigare oggi, e—"

"No, ti prego, non andartene." Emily si alzò in piedi, col suo sorriso falsamente brillante sulle labbra. "Sono certa che tu e Zaron avete molte cose di cui discutere, e mi sono appena ricordata di una cosa che devo fare. È stato un piacere conoscerti, Ellet. Ora, se vuoi scusarmi..."

Voltandosi, scomparve nel salotto, attraversando la stanza con passi leggeri. Poi, calò di nuovo il silenzio, e Zaron capì che Emily era tornata in camera sua, dopo essersi liberata di una situazione scomoda il più in fretta possibile.

"Beh, va bene, allora" disse Ellet, con gli occhi brillanti dal divertimento. "Credo che dovrei andare anch'io..."

"No, scusa." Quella tossica furia continuava a scorrergli nelle vene, ma Zaron si sforzò di sedersi e rilassare i muscoli rigidi. "Non andartene. Non hai ancora finito di mangiare. Ti prometto che mi comporterò bene."

"Sei sicuro?" chiese Ellet. "Non vuoi urlare un altro po' alla tua ospite umana?"

"No." Zaron fece un respiro profondo e lentamente si calmò. "Siediti, ti prego. Finiamo il nostro pasto, e poi mi scuserò con Emily."

"Ok. Non vorrei trovarmi nel bel mezzo di una lite tra innamorati."

"Non è una lite tra innamorati." Zaron quasi balbettò, ma all'ultimo momento riuscì ad addolcire il tono. "L'incidente di Emily mi ha fatto rivivere spiacevoli ricordi, ecco tutto."

"Oh, capisco." Ellet lo guardò con occhi carichi di comprensione, con il divertimento ormai scomparso dal volto. "Certo, Zaron. Mi dispiace. Sono stata irriguardosa. Dopo la tua compagna e tutto il resto... "

"Che cosa?" Zaron sollevò le sopracciglia. "No, questo non ha niente a che fare con Larita. È solo che —" S'interruppe, non sapendo come spiegare lo strano groviglio di sentimenti che lo turbava. "Pensandoci bene, forse *ha* a che fare con Larita" disse, sfruttando quella conveniente scusa. "Mi dispiace aver rovinato la tua visita."

"Oh, no, va tutto bene" lo rassicurò Ellet, scavando tra i resti delle verdure arrosto nel piatto. "Non c'è nulla di cui preoccuparsi" mormorò dopo aver mandato giù un boccone. "Ora, per favore, dimmi del piano per domani. Quando presenteremo i luoghi finali al Consiglio?"

Durante il resto del pasto parlarono di lavoro, e quando Ellet si alzò nuovamente per andarsene, Zaron si sentì molto più calmo. "Mi dispiace" chiese scusa ancora una volta ad Ellet, conducendola fuori dalla casa. "Spero di non averti spaventata."

Ellet si fermò sotto una *Pachira quinata*, a qualche decina di metri dalla sua caverna e gli rivolse un sorriso rassicurante. "No, certo che no. Nient'affatto. Ma, Zaron..." Ellet esitò.

"Che cosa c'è?"

"Hai pensato di fare di questa ragazza la tua charl?"

L'espressione di Zaron doveva aver rispecchiato lo shock che lo immobilizzava, così Ellet insistette. "So che non sono affari miei, ma sembra che questa Emily significhi qualcosa per te. Se non diventerà la tua charl, *morirà*. Forse non domani o la prossima settimana, ma tra qualche decennio. Hai pensato a questo?"

Zaron non ci aveva pensato—perché quello avrebbe significato prendere in considerazione oscure tentazioni e promesse infrante. Era stato così concentrato sul presente, sul desiderio di godersi ogni momento rimasto con Emily, che aveva scacciato tutti i pensieri sul futuro e sul freddo e doloroso senso di vuoto che l'avrebbe attanagliato all'indomani della partenza della ragazza. Sarebbe sopravvissuto, si era detto. Il fatto che un'umana lo facesse sentire così vivo era un buon segno. Significava che stava guarendo, che il dolore che lo aveva consumato per otto anni era finalmente diminuito. Non era andato oltre con le riflessioni, ma ecco Ellet a far riaffiorare le paure e i sogni che aveva cercato di tenere lontano.

Nel tono che riusciva a gestire, Zaron disse: "Non posso fare di lei la mia charl. Le ho promesso che questa sarebbe stata solo una situazione temporanea, Ellet. Non posso tenerla—"

"Puoi." Lo sguardo color nocciola di Ellet era fermo. "Puoi fare tutto quello che vuoi, e lo sai."

Quelle parole furono come un pugno nello stomaco per Zaron. Aveva ragione. Chi lo avrebbe fermato, se avesse deciso di tenere Emily più a lungo? Al Consiglio non importava del destino di una ragazza umana, e la legge umana non avrebbe potuto far niente contro di lui. Avrebbe potuto tenerla in casa sua—e nel suo letto — finché avesse voluto.

"No" disse Zaron con voce roca. Era una negazione del suo contorto desiderio, così come delle parole di Ellet. "Non posso farle questo. Non quando le ho promesso che l'avrei lasciata andare."

Ellet lo guardò in silenzio per un istante; poi, curvò le labbra per un sorriso. "Sapevo che eri uno dei buoni. Questa tua ragazza è più fortunata di quanto immagini." Si voltò, come se volesse continuare a camminare, poi si rigirò per tornare a guardalo. "Zaron..." La sua voce era dolce. "Hai pensato di chiederle semplicemente di restare?"

Zaron la fissò. "Vuoi dire per sempre? Come charl?"

Ellet annuì.

"No" disse Zaron lentamente. "Non proprio." Lo

voleva? Era pronto per un passo così grande? Un conto era tenere Emily con lui per qualche altra settimane o pochi mesi—forse addirittura anni—ma una charl sarebbe stata per tutta la vita. Inoltre, avrebbe significato ammettere a se stesso quanto Emily fosse importante per lui—e rendersi nuovamente vulnerabile. Più vulnerabile che con Larita, perché Emily era umana, con tutte le debolezze e le fragilità della sua specie. E se Zaron l'avesse presa come charl e poi persa, come aveva perso la moglie? Un corpo umano era così fragile, così delicato...

Doveva essere rimasto paralizzato nei suoi pensieri per troppo tempo, perché Ellet disse dolcemente: "Va bene. Naturalmente dipende da te. Sono certa che tu sappia cosa stai facendo."

"Sì." Zaron si scosse da quella strana paralisi. "Ci penserò. Grazie per essere venuta a trovarmi. È stato bello rivederti."

"È stato un piacere." Ellet gli rivolse un sorriso caldo. "Abbi cura di te, Zaron, e buona fortuna."

Si voltò e scomparve tra gli alberi, e Zaron tornò in casa sua, con la mente piena di possibilità e il petto dolorante a causa di un mix di emozioni che non riusciva a riconoscere.

CAPITOLO TRENTA

Emily era sdraiata sul letto, con gli occhi che le facevano male, mentre fissava il soffitto. Aveva sentito bene? La razza di Zaron beveva sangue?

Vampiri extraterrestri. Sembrava ridicolo, come qualcosa di simile a un film di fantascienza degli anni Cinquanta. Se qualcuno le avesse parlato di questo un mese fa, avrebbe riso a crepapelle. Ma i Krinar erano reali e i loro tratti—immortalità biologica, velocità sovrumana e forza estrema—erano qualcosa che la gente per secoli aveva attribuito a creature della notte. Poteva essere così? I Krinar erano la fonte di tutte quelle leggende?

Emily aveva dovuto far appello a tutta la sua forza di volontà per non tradire se stessa, per sorridere e stringere la mano di Ellet come se fosse tutto normale. Per comportarsi come se fosse semplicemente curiosa degli umani che vivevano su Krina, anziché interrogarsi inorridita sulla possibilità di fattorie del sangue sul pianeta di Zaron.

Ellet aveva chiesto a Zaron se l'avesse rifatto—facendo riferimenti al fatto che l'alieno aveva bevuto il sangue di Emily. Questo significava che il suo carceriere l'aveva fatto almeno una volta. Era stato quando lei aveva perso la memoria? Non voleva saltare alle conclusioni, ma poteva essere così. Aveva pensato che la sua confusione mentale fosse stata il risultato "naturale" della loro unione, che non l'aveva drogata in alcun modo, ma lui aveva promesso che non sarebbe più successo—il che significava che tra loro era avvenuto qualcosa al di fuori del sesso normale. Quella promessa doveva essere stata ciò di cui aveva riferito ad Ellet.

Alzandosi, Emily entrò nel bagno e si spruzzò dell'acqua calda sul viso. Avrebbe voluto che fosse fredda, ma l'intelligente tecnologia Krinar non era abbastanza intelligente da leggerle nel pensiero. Il lavandino continuava a inviare acqua tiepida, anche se quello non era ciò che Emily stava cercando. Aveva bisogno di schiarirsi le idee e di scacciare le emozioni conflittuali che la affliggevano.

Aveva bisogno di pensare a cosa fare come passo successivo.

Tornando in camera sua, Emily si sedette sul letto, fissando la parete da cui Zaron sarebbe arrivato. A quanto pareva, aveva due possibilità: poteva parlare con lui dei suoi sospetti oppure rimanere zitta e continuare a fingere di non aver sentito niente.

Ciascuna delle due possibilità aveva i propri pro e contro, ma la prima era quella col maggior potenziale di rischio. Se Emily non aveva frainteso—se la gente di Zaron beveva davvero il sangue, e aveva cercato di nasconderglielo—forse non l'avrebbe lasciata andare come aveva promesso. Infatti, Emily ricordò con una sensazione di malessere che quando aveva tentato di interrogare Zaron circa la sua perdita di memoria, le aveva espressamente detto che non poteva rivelarle ciò che avrebbe voluto sapere senza violare il mandato. Doveva essere quello il motivo della sua chiusura: i Krinar dovevano sapere che gli umani non sarebbero stati a proprio agio con i vampiri, una volta giunti sul loro pianeta.

L'imminente invasione era l'equivalente di un branco di lupi che si insediava in un gallinaio.

"Emily?" La parete si dissolse davanti a lei, e Zaron entrò, con un evidente cipiglio sul viso splendidamente inumano. "Stai bene?"

Il cuore di Emily iniziò a battere forte, quando saltò in piedi. "Che cosa c'è?" Sapeva? Si era accorto che aveva origliato?

"Mi dispiace per prima." Muovendosi con la solita grazia, Zaron attraversò la stanza per unirsi a lei sul letto, e questa volta non c'erano dubbi nella mente di Emily.

Il suo passo era quello di un predatore, elegante e minaccioso.

"Non volevo comportarmi in quel modo" continuò, ed Emily si rese conto che aveva dimenticato il suo strano comportamento, con tutti i pensieri occupati dall'involontaria rivelazione.

Con un bel sorriso, l'umana riuscì a dire: "Non preoccuparti. Non è successo nulla di grave."

Aveva i palmi sudati, con il cuore che le batteva freneticamente nel petto, e si chiese se Zaron potesse sentirlo... se potesse sentire l'odore della paura. Emily era abbastanza certa che i Krinar non avessero bisogno di uccidere gli umani per berne il sangue—perlomeno, Zaron non aveva avuto bisogno di ucciderla quella volta—ma la sola idea che aveva fatto quello era sufficiente a trasformarle le viscere in poltiglia.

Un vampiro. L'uomo con cui aveva trascorso le ultime due settimane era un vampiro.

Emily avrebbe dovuto essere terrorizzata, disgustata, ma mentre lo fissava tutto quello che provava era l'oscuro calore familiare che le provocava la pelle d'oca e la lasciava senza fiato. Temeva che lui sapesse che l'aveva sentito, ed era terrorizzata dal fatto che avrebbe potuto trattenerla per non infrangere il mandato, ma non aveva paura di *lui*. Sapeva che Zaron non le avrebbe mai fatto davvero del male—lo sentiva con ogni fibra del suo essere—e quando vide il calore nei suoi occhi neri, l'ansia che le gonfiava le vene si trasformò in qualcos'altro... qualcosa di altrettanto inquietante.

Si leccò le labbra, con la bocca improvvisamente secca, e gli occhi di Zaron seguirono quel movimento, con la mascella tesa e il potente torace che si espanse per un profondo respiro.

"Emily..." Pronunciò quel nome con una rude espressione sulle labbra quando le si avvicinò, facendola avvicinare al bordo del letto. "Angioletto, ho troppo bisogno di te, cazzo."

"Zaron, io—" Non sapeva che cosa avrebbe voluto dire, ma non importava perché era già su di lei, prendendole la bocca in un bacio profondo e appassionato. Le afferrò i polsi, allungandole le braccia sopra la testa e adagiandola sul letto, ed Emily sentì il calore dentro di lei trasformarsi in una fiamma ardente. Era spesso così con lei—selvaggio, dominante—eppure, anche in quei momenti, faceva attenzione a dosare la forza, evitando di farle del male. La eccitava, quella ferocia controllata, e il suo sesso si bagnava, con i capezzoli che si stringevano fino a diventare punti doloranti. Gemendogli nella bocca, si inarcò contro il suo corpo potente, disperata dalla voglia di alleviare il dolore pulsante tra le gambe, e sentì il rigonfiamento nei jeans di Zaron.

Vampiro. Quella parola le risuonava nella mente, portando con sé un freddo inquietante, ma non era sufficiente a sopprimere il fuoco che liquefaceva il suo intimo. Voleva Zaron, aveva bisogno di lui in modo che potesse dimenticare tutto, tranne l'oscuro piacere vertiginoso del suo tocco. Non le importava di niente in quel momento, tranne che di lui, di quello sconosciuto che le aveva salvato la vita e che l'aveva privata della libertà, che nelle ultime due settimane era diventato così importante per lei. Il modo in cui la faceva sentire era terrificante ed eccitante al tempo stesso, come se stesse scalando una scogliera con solo una sottile corda di sicurezza.

Tenendo i polsi di Emily imprigionati nella sua grande mano, Zaron fece scivolare l'altra lungo il suo corpo, scavando sotto la gonna per toccarle la dolce e dolorante zona tra le cosce. I suoi occhi erano neri come la pece, quando alzò la testa, sostenendo il suo sguardo e separandole le pieghe con dita esperte, cercando il fascio di nervi all'interno. Emily ansimò, con l'intimo ancora più stretto, quando le premette sul clitoride, dolcemente in un primo momento, poi con una pressione più rude e crudele. E nel frattempo, il suo corpo muscoloso la teneva inchiodata al letto, facendola sentire inerme e fragile, debole dal bisogno.

"Zaron." Non sapeva se avesse mormorato il suo nome o se lo avesse sospirato, ma le narici dell'extraterrestre si spalancarono, con lo sguardo carico di un'intensità predatrice. C'era qualcosa nei suoi occhi che non aveva mai visto prima, qualcosa che la spaventava, nonostante l'eccitazione che la attraversava.

"Emily, angioletto..." La sua voce era un sussurro oscuro e duro, mentre la teneva ferma, con le dita ancora concentrate sul clitoride. C'era desiderio nel suo sguardo, comprese lei, e qualcos'altro, qualcosa che non riusciva a decifrare. "Non andartene domani" le sussurrò, guardandola. "Voglio che tu rimanga."

Quelle parole la colpirono come un martello. Emily si bloccò, incapace di respirare, incapace di fare altro che non fosse fissarlo, scioccata e muta. Che cosa intendeva dire Zaron? Sapeva? Il panico che l'attraversava spazzò via l'eccitazione, lasciando il posto alla paura.

"Ma me l'avevi promesso" riuscì a sussurrare nonostante le labbra intorpidite. "Avevi promesso che mi avresti lasciata andare."

La strana emozione nello sguardo di Zaron svanì, sostituita da un freddo e duro scintillio, e la sua bocca si ridusse a una linea minacciosa. Era come guardare un uomo trasformarsi in una scultura di granito—una scultura che sprigionava rabbia.

"Bene" disse lui con voce dura. "Benissimo. Domani partirai. Ma fino a quel momento sarai mia, e ti mostrerò esattamente che cosa significa."

CAPITOLO TRENTUNO

ZARON SAPEVA CHE ERA SBAGLIATO PROVARE UNA RABBIA così forte per il rifiuto di Emily, ma non riusciva a fermare la vulcanica furia che gli bruciava nel petto mentre la guardava, scorgendo la paura nei suoi occhi azzurro-verdi. Il dolore del rifiuto lo affliggeva troppo, intensificandosi al punto tale da sentirsi come se stesse sanguinando per un migliaio di tagli.

Tanto valeva che avesse offerto ad Emily un veleno invece del suo cuore.

Un altro giorno, in circostanze diverse, forse sarebbe stato più razionale al riguardo, avrebbe potuto tener conto del fatto che si conoscevano solo da un paio di settimane. Ma le astronavi sarebbero arrivate l'indomani, e la consapevolezza che Zaron stava per perderla, che se ne sarebbe andata lasciandolo solo con l'agonizzante vuoto degli ultimi otto anni, era come un acido su una ferita aperta. Tutto ciò a cui riusciva a pensare era che Emily non lo desiderava, non provava il desiderio che lo tormentava e che lo faceva anelare a qualcosa che pensava non avrebbe mai più voluto.

Averla sotto di lui, con la mano sepolta tra le sue cosce umide, non faceva che peggiorare le cose. Poteva sentire la scivolosità tra le sue pieghe, il caldo liquido che palesava il suo desiderio, aumentando la furia dell'alieno. Il corpo di Emily lo voleva, lo accoglieva con piacere, ma il cuore e la mente gli erano preclusi. Non aveva senso, ma Zaron si sentiva usato, tradito, in qualche modo—un sentimento aggravato dalla lussuria che gli pompava violentemente nelle vene.

Se tutto quello che Emily voleva da lui era il sesso, avrebbe ottenuto proprio quello.

Sollevandosi, Zaron sfruttò la presa sui polsi di Emily per tirarla su con lui, poi la fece girare sullo stomaco e le liberò i polsi. Lei ansimò, spingendo i palmi sul materasso come se volesse spingersi su da sola, ma lui le stava già strappando il vestito e mettendo un cuscino sotto i fianchi per sollevarle il sedere morbido e sodo. Lo ossessionava, quel sedere, proprio come ogni altra parte del corpo di Emily, ma non l'aveva ancora avuto, proprio come non le aveva ancora fatto le mille e una cose sporche che moriva dalla voglia di farle. Aveva proceduto lentamente, non volendo sopraffare la ragazza umana, e questo era stato un errore.

L'indomani se ne sarebbe andata, e Zaron non aveva nemmeno cominciato a soddisfare la sua fame.

Appoggiandosi su di lei, abbassò la testa fin quando le sue labbra non sfiorarono l'orecchio di Emily. I suoi capelli biondi gli facevano il solletico al volto e il suo profumo dolce era così inebriante che il suo cazzo fece quasi un buco nei jeans. "Ti sto per scopare" disse con voce dura e roca che riconobbe a stento come sua. "Oggi mi darai tutto, angioletto."

Lei emise un suono soffocato—un segno di accordo? Una protesta?—ma quando Zaron si allungò tra le sue gambe, lei era bollente e bagnata, pronta per lui. Spinse due dita dentro di lei, penetrandole la carne setosa, e gli si strinsero le palle a quel gemito ansimante, per il modo in cui il suo corpo si era stretto attorno alle sue dita, succhiandole in profondità. Stava tremando sotto di lui, con la pelle nuda calda e madida di sudore, e Zaron capì che era sul punto di venire, che tra un attimo sarebbe stata sua.

Mia. Quella parola gli frullava per la testa, portando con sé quel desiderio intenso e oscuro. La fame fisica ne era solo una parte; il resto era un mix di sconfitta e sofferenza, e qualcosa di così luminoso e incandescente da compensare tutto il dolore. Zaron non voleva nominare quel qualcosa, nemmeno tra sé e sé, ma lo sentiva come una cosa vivente dentro di lui, che ronzava e pulsava ad ogni battito martellante del suo cuore.

No. Smettila. Quella era solo una scopata, si disse Zaron. Chiaramente si era trattenuto troppo; era per questo che non riusciva ad immaginare di lasciar andare Emily, era per questo che si sentiva così vuoto al pensiero dei giorni a venire. Aveva bisogno di togliersela dalla mente, di fare tutto il possibile per sbarazzarsi di quel desiderio contorto e impossibile.

Pompando lentamente le dita dentro e fuori dall'umido calore di Emily, Zaron usò l'altra mano per tirare giù la cerniera dei suoi jeans. Il cazzo si liberò, così duro e gonfio che si piegò fino all'addome. Ritirando le dita, Zaron le fece scivolare lungo la sua asta per umidificarlo. Il profumo di Emily, caldo e dolcemente femminile, lo inebriava, così allineò il palpitante pene sulla sua apertura e spinse lentamente, invece di immergersi fino in fondo. In quella posizione, con le gambe chiuse, era più stretta intorno a lui, e sapeva che avrebbe potuto farle male se non fosse stato attento. Ma poi lei gemette, inarcando la schiena per prenderlo più in profondità, e lui non riuscì a controllarsi. Con un ringhio basso e gutturale, Zaron le fece scivolare la mano sotto il ventre per trovare il clitoride e, premendo su di esso, spinse fino in fondo.

Emily gridò, chiudendo le mani a pugno nelle lenzuola, e la sentì rabbrividire sotto di lui, con i muscoli interni che gli strinsero il cazzo. "Zaron..." Il suo nome era una preghiera senza fiato sulle sue labbra. "Oh mio Dio, Zaron..."

Capì il momento preciso in cui avvenne, sentì gli spasmi del suo rilascio, e digrignò i denti per evitare che venisse anche lui. Raggiungendo i capelli di Emily, avvolse i biondissimi fili di seta intorno al pugno, costringendola a piegare la testa. Poi, sostenendosi su un gomito, le spinse le dita dell'altra mano—le dita che erano appena state dentro di lei—nella bocca. Le sue labbra e la lingua erano straordinarie sulla sua pelle, la bocca liscia e calda come le pareti della sua figa, e le spinse le dita più in profondità, ricoprendole di saliva prima di abbassare la mano sul suo culo.

"Hai mai fatto questo?" le chiese, sfruttando la presa sui suoi capelli per spingerle il viso sul materasso. Le dita ricoperte di saliva le scivolavano tra le natiche sode ora, trovando l'anello stretto del muscolo, e la sentì irrigidirsi dallo shock quando le toccò la piccola apertura. "Qualcuno ti ha mai scopata qui?"

"No." Lei ansimò mentre lui applicò un po' di pressione, spingendo la punta del dito dentro di lei. "Io... Io non l'ho mai—"

"Bene. Allora questo sarà mio e solo mio." La soddisfazione che Zaron provò a quel pensiero era indescrivibile. Il suo cazzo si gonfiò e si indurì dentro la figa di Emily, fin quando non fu sul punto di scoppiare, ma con una grande forza di volontà, trattenne il crescente piacere. Un comando sussurrato alla sua casa su Krina, e un lubrificante speciale apparve nella sua mano, facilitando l'ingresso del dito nel sedere stretto della ragazza.

"Rilassati" sussurrò, quando Emily sussultò e irrigidì le natiche, combattendo l'intrusione. La sua figa si strinse attorno al cazzo, massaggiandolo involontariamente, e Zaron gemette quando il suo dito toccò il cazzo nella sottile parete interna che separava gli orifizi dell'umana. "Ti abituerai subito."

Lei ansimò nel materasso, con la pelle zuppa di sudore, ma lui sentì il bagnato calore dentro di Emily intensificarsi, rivestendogli il cazzo con ulteriore umidità. Pochi secondi dopo, gran parte della tensione dell'umana si allentò, con i muscoli che si rilassarono leggermente, e Zaron si chinò e le baciò l'orecchio, dicendo: "Così, angioletto. Proprio così..." Le sue parole rassicuranti furono accompagnate dal secondo dito premuto nell'apertura. Emily si irrigidì nuovamente, ma riuscì a prendere la punta del secondo dito dentro di sé, e il resto scivolò facilmente, aiutato dal lubrificante.

"Tutto bene?" mormorò lui, sentendola tremare, e lei sembrò impiegare una vita prima di muovere la testa per un piccolo cenno.

"Che brava ragazza." Zaron la baciò un'altra volta e si mise seduto. Combattendo per riacquistare il controllo, cominciò a muoversi, spingendo dentro di lei sia con il cazzo che con le dita. Emily gemette, con quel verso dolorosamente erotico che lo fece quasi bruciare. Dovette davvero sforzarsi per rimanere delicato, per mantenere i movimenti lenti e controllati in modo da non farle male. Man mano che continuava a muoversi, tuttavia, una parte della rigidità della ragazza si allentò, e i suoi gemiti aumentarono, con la figa stretta per un calore caldo.

Gemendo, Zaron le afferrò il fianco con la mano libera e cominciò a spingere più forte, con le dita dentro di lei che si muovevano al ritmo del suo cazzo. Si sentiva come un vulcano sul punto di esplodere, e sapeva che non avrebbe resistito più di qualche secondo.

Con un flebile grido, Emily raggiunse l'apice, stringendo i muscoli interni intorno a lui come una morsa bagnata e morbida. Zaron sentì gli spasmi che le facevano contrarre il corpo, sentì i gemiti ansanti e poi lo raggiunse, raggiunse l'orgasmo che gli mandò in estasi le terminazioni nervose. La sua vista diventò sfocata mentre un'enorme ondata di piacere lo attraversava, stordendolo, e il suo seme si riversò, con il cazzo che scivolò dentro di lei in modo incontrollabile.

Respirando pesantemente, Zaron si staccò da Emily e le tolse le dita dall'apertura posteriore. Poi si alzò, prendendola in braccio, e la portò nella doccia. Sembrava stupita, a malapena in grado di sorreggersi, quando la mise in piedi all'interno della cabina doccia, quindi la prese nuovamente in braccio, tenendola sul petto, mentre la tecnologia intelligente ripuliva entrambi.

Avrebbe concesso ad Emily pochi minuti per riprendersi, e poi sarebbe cominciato il secondo round.

———

Avvolta tra le braccia di Zaron, Emily si sentì schiacciata e sopraffatta. Il suo corpo palpitava in zone che non avrebbe mai immaginato, e i suoi muscoli sembravano di cotone. Il mix di estasi e dolore che aveva appena sperimentato era troppo da metabolizzare in combinazione con tutto il resto.

L'avrebbe lasciata andare l'indomani.

Emily avrebbe dovuto sentirsi sollevata, ma una forte pressione si insinuò nel suo petto, comprimendone la cassa toracica e facendole stringere lo stomaco. Zaron le aveva chiesto di restare invece di minacciarla di tenerla prigioniera? Era per questo che era sembrato così arrabbiato quando le aveva ricordato la sua promessa? Per un paio di momenti, aveva temuto che l'avrebbe punita con il sesso, ma era stato delicato —beh, delicato come avrebbe potuto essere un uomo che l'aveva penetrata davanti e dietro. La sua apertura posteriore ancora le bruciava per le dita dell'alieno, ma qualcosa di quella strana e sconosciuta pienezza, di quella sensazione di essere completamente e totalmente presa, aveva reso il suo orgasmo infinitamente più intenso.

Quando furono entrambi puliti e asciutti, Zaron la riportò nella camera da letto. Emily si aspettava che la mettesse giù e se ne andasse, ma la sistemò sul letto e la coprì con il corpo. Sostenendosi sui gomiti, le incorniciò il viso con i grandi palmi, e prima che lei avesse la possibilità di dire qualcosa, la baciò.

Il suo respiro era dolce e sapeva di menta dopo la pulizia, ma quel bacio non aveva niente di dolce. Era rude e appassionato, affamato come se non si fosse appena svuotato dentro di lei. Emily sentì subito il calore nella profondità del proprio intimo e l'impulso dell'eccitazione nelle vene. Con il corpo muscoloso di Zaron sopra di lei, era avvolta in una bolla di oscura sensualità, e non esisteva nulla al di fuori di quel bacio: nessuna invasione, nessuna paura, nessun domani.

Tutto sembrava svanire, tranne l'uomo che le divorava la bocca e il disperato bisogno che le scaldava il sangue.

Le due ore successive furono un mix di sesso, della sua bocca, delle dita e del cazzo su di lei. La scopò come se fosse l'ultima volta che avrebbe fatto sesso, e lei venne più volte, gridando il suo nome. E quando Emily pensò di non poterne più, Zaron si versò il lubrificante sul cazzo, la piegò in due mettendole le gambe sulle sue spalle, ed entrò nel suo sedere, centimetro dopo centimetro. Faceva male e bruciava—il suo cazzo era molto più grosso rispetto alle dita—ma era troppo sfinita dopo tutto quel sesso per poter protestare. Tutto quello che poteva fare era rimanere sdraiata lì, impotente, cercando di respirare nonostante quella pienezza, ma quando il peggior dolore pungente cominciò ad attenuarsi, l'oscuro piacere riaffiorò, aiutato dalle sue dita esperte che le accarezzavano le pieghe gonfie.

"Vieni per me" le sussurrò, pizzicando il clitoride, mentre spinse più in profondità nel suo sedere, ed Emily fece esattamente quello, con il corpo fremente dall'estasi.

Non sapeva se avesse dormito poi, o se fosse semplicemente svenuta, ma quando si riprese, era pulita, e Zaron era seduto sul bordo del letto con un vassoio pieno di frutti di bosco e noci tostate.

"Mangia" ordinò, avvicinandole una fragola alla bocca, ed Emily la morse con fare obbediente, ancora troppo stanca e stravolta per fare altrimenti. I muscoli le facevano male in zone in cui non sapeva di averne, e il suo sesso era così sensibile che il più lieve sfregamento le provocava dolore al clitoride. Tuttavia, quando Zaron finì di nutrirla e si avvicinò nuovamente, lei reagì, con il corpo condizionato dallo sconvolgente piacere che quel tocco le provocava sempre.

Fecero di nuovo l'amore, questa volta rilassatamente, e quando Emily si ritrovò tra le braccia di Zaron, a pezzi e sfinita, sentì un dolore stringerle il petto. Erano ancora le prime ore del pomeriggio, ma la mattina seguente incombeva come una nube scura, con il solo pensiero che la riempiva di timore. Dopo ciò che aveva saputo sulla specie di Zaron, era terrorizzata dalla futura invasione, ma era ancora più spaventata all'idea di come si sarebbe sentita lontana da Zaron... sapendo che non l'avrebbe più abbracciata.

E se fosse rimasta? Quel pensiero era un sussurro insidioso nella sua mente, oscuro e tentatore. Le aveva detto che voleva che rimanesse. Era vero? E se sì, per quanto tempo? Sicuramente si sarebbe stancato di lei prima o poi—se non ora, allora quando il suo corpo umano avrebbe iniziato a mostrare i segni dell'invecchiamento. E poi c'era il problema di bere il sangue e il fatto che il suo popolo stava per impossessarsi della Terra con intenzioni misteriose—e forse sinistre.

Sindrome di Stoccolma. Emily sapeva che cosa fosse, aveva anche scritto un articolo al riguardo durante il corso di Psicologia al college. Zaron non era violento, ma l'aveva tenuta in casa contro la sua volontà. Era molto probabile che la dinamica prigioniera-carceriere le avesse distorto il pensiero, amplificando l'attrazione fisica fino a trasformarla in una malsana dipendenza. Da quando Emily si era svegliata nella casa di Zaron, aveva dovuto contare su di lui per tutto: cibo, acqua, passeggiate... addirittura piacere e comfort. Ora come ora, era un dio nel suo mondo, un governatore con un potere assoluto. La controllava completamente. Come poteva prendere una decisione razionale e lucida in quelle condizioni? Come poteva fidarsi, rinunciando a tutto per stare con un extraterrestre la cui specie avrebbe potuto danneggiare la sua?

Non poteva. Non poteva proprio.

Il dolore la trafisse, forte come un coltello, ma Emily sapeva di dover essere forte. Non poteva fare diversamente. Eppure, non poté fare a meno di provare un bruciore negli occhi, quando sollevò la testa dalla spalla di Zaron per incrociare il suo sguardo luccicante.

"Voglio che tu lo faccia" gli disse, con voce tremante dallo sforzo di trattenere le lacrime. "Quella cosa che hai fatto la seconda volta in cui abbiamo fatto sesso. Quello che hai promesso non avresti fatto. Voglio che tu mi scopi e mi faccia dimenticare."

Il corpo di Zaron sembrava essersi trasformato in pietra, con gli occhi simili a pozzanghere nere sul volto perfettamente scolpito. "Sei sicura?" La sua voce era bassa e profonda. "Ne sei sicura, angioletto?"

Emily annuì, spaventata ma decisa. Era dolorante ed esausta, ma non poteva continuare a soffrire in quel modo fino all'indomani. E una parte di lei voleva sperimentarla di nuovo, quella strana beatitudine, quella totale perdita di identità. Voleva che Zaron bevesse il suo sangue in modo da poter vedere come fosse e al tempo stesso dimenticare le preoccupazioni.

"Fallo" ripeté, e guardò la sua mascella serrata. L'extraterrestre si mosse, e nel giro di mezzo secondo, Emily si ritrovò di schiena, con il grosso corpo di Zaron che la inchiodava al materasso. Le infilò una mano tra i capelli, mentre abbassò la testa, sfiorandole il collo con le labbra, e poi Emily lo sentì: quel dolore pungente e affilato.

Era il suo morso, si rese conto, e poi non riuscì a pensare più a nulla, con tutti i sensi annullati dall'estasi esplosiva che le esplose nelle vene.

CAPITOLO TRENTADUE

ZARON GUARDÒ EMILY AGITARSI, GIRANDOSI PER ESPORRE i suoi seni rotondi e la parte superiore del ventre elegante. La sua pallida pelle era perfettamente liscia, con i capezzoli rosa e morbidi. Era bellissima, questa sua ragazza umana, e la desiderava con una bramosia che gli toglieva il fiato. La notte scorsa non aveva aiutato; anzi, aveva peggiorato le cose. Aveva ancora il sapore di lei sulla lingua, dolce e vitale, e la consapevolezza che non l'avrebbe mai riavuta gli faceva male quanto una puntura di *Chironex fleckeri*.

Emily non voleva rimanere. Doveva accettarlo, nonostante la vocina tentatrice dentro di lui gli sussurrasse di poterla tenere, che nessuno avrebbe interferito. Avrebbe potuto farne la sua charl, e alla fine lei l'avrebbe accettato, forse l'avrebbe addirittura apprezzato col tempo.

No. Zaron soppresse quella vocina. Aveva promesso ad Emily la libertà, e doveva mantenere quella promessa. Non l'avrebbe sopportato se lei l'avesse odiato; per quanto avesse bisogno di lei, non voleva che fosse indifesa e risentita.

Sollevando la mano, le accarezzò delicatamente la linea della mascella. "Svegliati, angioletto. È giunto il momento di andare, se non vuoi perdere il volo."

Emily aprì gli occhi e sbatté le palpebre, fissandolo. "Che cosa?"

"Devi vestirti e mangiare, poi possiamo andare" disse Zaron. Pur volendo mantenere un tono allegro, le parole gli uscirono tese e dure. "Non vorrai che il tuo aereo parta senza di te."

"Il mio aereo?" Alzandosi, Emily tirò la coperta al petto e lo guardò, scioccata. "Che cosa intendi?"

"Ti ho comprato un biglietto aereo per sostituire quello inutilizzato" spiegò Zaron. "Ora devo portarti all'aeroporto."

"Oh. Grazie. È davvero gentile da parte tua." Saltò giù dal letto, con quelle curve che gli fecero venire l'acquolina in bocca, mentre camminava nuda sul pavimento. "Torno subito."

Scomparve nel bagno, e un attimo dopo, Zaron sentì la doccia aprirsi. La tentazione di unirsi a lei era forte, ma resistette all'impulso. Se avesse toccato nuovamente Emily, ci sarebbe stata una grossa probabilità che lei non avrebbe preso quel volo.

Quando uscì dalla doccia, ancora nuda, le porse una pila di vestiti e la guardò sollevare le sopracciglia. "Questi sono miei" disse, guardandolo incredula. "Dove hai trovato i miei vestiti?"

"Li ho presi insieme agli altri tuoi averi dall'albergo in cui alloggiavi" disse Zaron, facendo del proprio meglio per mantenere lo sguardo sul suo viso. "Sapevo che avresti avuto bisogno del passaporto e di tutto il resto." Era andato lì il giorno dopo il risveglio della ragazza, quando aveva deciso di tenerla fino all'arrivo delle astronavi.

"E hai tenuto la mia roba per tutto questo tempo?" Emily strinse gli occhi. "Perché me l'hai tenuta nascosta?"

"Non avevi bisogno di nessuna di queste cose qui" disse, ignorando il modo in cui la bocca della ragazza si contrasse alla sua risposta. "Ti ho portato delle scarpe e dei vestiti migliori e più comodi."

In realtà, Zaron non sapeva come mai avesse tenuto le cose di Emily per sé. Non aveva portato molto per quel viaggio—solo uno zaino con l'essenziale—e non ci aveva riflettuto più di tanto. Aveva semplicemente recuperato lo zaino dall'albergo di Emily e l'aveva nascosto. Gli abiti che aveva fabbricato per lei erano superiori a quelli umani, così primitivi, e gli aveva fatto piacere vederla passeggiare con gli abiti che aveva creato per lei.

I movimenti di Emily erano rigidi e scattanti mentre si vestiva, ma non disse nulla—il che era intelligente da parte sua, pensò Zaron. Vista la rabbia che gli ribolliva nel petto, non ci sarebbe voluto molto per iniziare una discussione.

Quando Emily finì di vestirsi, le porse un frullato di

frutta che la sua casa aveva preparato, e disse: "Andiamo."

Prendendole lo zaino, la condusse fuori dalla casa.

———

CON LA MENTE IN SUBBUGLIO, EMILY SEGUÌ ZARON fuori, sorseggiando il frullato senza degustarlo. I suoi abiti normali—un paio di pantaloncini, una maglietta e le scarpe da ginnastica Nike—sembravano stranamente pesanti e scomodi, come se appartenessero a qualcun altro. Il suo corpo, però, non era più dolorante, senza alcuna traccia dei residui della maratona sessuale del giorno prima. Zaron doveva averla guarita nel sonno.

La scorsa notte e il resto del giorno prima erano confusi nella mente di Emily, un groviglio di immagini e sensazioni ricordate a stento. Tutto ciò che ricordava era un piacere che sembrava troppo intenso per essere puramente sessuale. Le ricordava la volta in cui aveva accidentalmente provato una droga durante il college. Era come se fosse tutto potenziato, con un'estasi incredibilmente acuta. Era dovuto al morso o aveva usato qualche droga aliena come afrodisiaco? Voleva chiederglielo, ma non osò infrangere la sua conoscenza di quel tratto Krinar—non quando era così vicina alla libertà.

"Come faccio ad arrivare all'aeroporto?" chiese allora, quando Zaron cominciò a camminare verso il lago. Il sole era già alto nel cielo. Emily doveva aver dormito molto, e l'aria era umida. "Non dobbiamo camminare fin lì, no?"

"No, certo che no." La risposta dell'extraterrestre era pungente. "Ho un veicolo qui vicino."

"Oh." Aveva un veicolo nella giungla? "Dove?"

"Vedrai."

Continuarono a camminare in silenzio. Quando Emily finì il frullato, la tazza si dissolse nella sua mano, spaventandola. Voleva chiedergli spiegazioni, ma quando guardò Zaron e notò la sua espressione rabbuiata, decise di non farlo. Il suo carceriere—presto il suo *ex* carceriere—non era di buon umore.

Presto, la maglietta di Emily si attaccò alla sua schiena sudata. L'umidità era tale da renderle difficile respirare. Sarebbe piovuto quel pomeriggio, lo sentiva, e si chiese se ciò avrebbe ritardato il suo volo. O forse l'avrebbe fatto l'invasione aliena, pensò, e non poté fare a meno di ridere per quanto tutto quello fosse ridicolo.

"Che cosa c'è di tanto divertente?" Zaron la guardò storto.

"Le tue astronavi sono già arrivate e si sono messe in contatto?" chiese, invece di spiegare.

Zaron scosse la testa. "Succederà tra un paio d'ore."

"E mi stai già lasciando andare?" Emily non riuscì a non lasciar trasparire il sarcasmo nella voce. "E se parlassi prima di allora?"

La mascella di Zaron si piegò, ma non disse nulla, ed Emily fece un sospiro di sollievo, quando lui continuò a camminare. Perché aveva provato a provocarlo? Sapeva che era già al limite. Qualche parte contorta di lei sperava di farlo arrabbiare abbastanza da costringerla a rimanere?

Scacciando quel pensiero, Emily seguì Zaron nella folta foresta. Poco dopo, lui svoltò in direzione ovest e si diresse verso un sentiero fangoso che attraversava un groviglio di alberi e cespugli. Camminarono così per quello che sembrò un miglio, fin quando non entrarono in una radura.

Lì, mezzo nascosto sotto la chioma degli alberi, c'era un incredibile camioncino.

"Prenderemo quello per il resto del tragitto" disse Zaron, tirando fuori un mazzo di chiavi dalla tasca, ed Emily lo guardò a bocca aperta, mentre aprì la portiera del camioncino, gettò lo zaino dentro e si sistemò sul sedile del conducente.

"Tu guidi questo?" gli chiese con stupore, e lui la guardò, perplesso.

"Certo che guido. Altrimenti, come mi sposterei sul tuo pianeta? Non siamo ancora autorizzati a utilizzare i nostri mezzi volanti."

"Già." Emily salì sul camioncino—ci si arrampicò proprio, in quanto il gradino era troppo alto per lei—e si sistemò. "Non ti immaginavo in una veste simile." Non immaginava proprio che il suo carceriere alieno guidasse, ma in tal caso avrebbe pensato a qualcosa di elegante e futuristico, come una Tesla.

"Mi dispiace deluderti." L'espressione di Zaron era indecifrabile, quando avviò il veicolo. "Avevo bisogno di qualcosa di robusto per questo terreno."

"Capito" disse Emily, quando il veicolo cominciò a

muoversi sulla parete apparentemente impenetrabile di erba alta e cespugli bassi. Fu grata per la cintura di sicurezza, quando raggiunsero un fossato e lo superarono. "Capisco cosa intendi."

Si aspettava che avrebbero continuato in quel modo per un po', ma pochi minuti dopo raggiunsero un sentiero dissestato, e, a parte un'occasionale pozzanghera, il resto del tragitto procedette senza imprevisti. Zaron non parlava, e nemmeno Emily. Le spalle dell'alieno erano tese mentre guidava, con le nocche bianche sul volante. Emily aveva la sensazione che al minimo gesto o parola fuori luogo da parte sua lui non avrebbe esitato a tornare indietro. Lo sentiva nella tensione elettrica tra di loro e nel silenzio che aleggiava, pesante come l'aria esterna.

Mordendosi la lingua per non parlare, Emily distolse lo sguardo, guardando ciecamente fuori dal finestrino. Non poteva essere debole proprio ora. Aveva una vita a casa, una vita che non ruotava intorno a un bellissimo extraterrestre, una vita per la quale aveva lavorato tanto. Evidentemente non stava pensando lucidamente; altrimenti, non sarebbe stata tentata di cedere a quella follia.

Sembrava che il tragitto fosse infinito, ma, quando Emily guardò l'orologio del cruscotto, notò che erano passate solo due ore da quando erano saliti sul camioncino.

"Stiamo andando all'aeroporto di Liberia?" chiese Emily, mentre entrarono in città, e Zaron annuì.

"È quello con i voli internazionali più vicino. Ti ho

acquistato un volo diretto per l'aeroporto John F. Kennedy."

"Grazie." Emily non sapeva cos'altro dire. Per essere qualcuno che non voleva che se ne andasse, Zaron era incredibilmente premuroso. "Lo apprezzo molto."

Non rispose, e pochi minuti dopo raggiunsero la zona della partenze. Zaron parcheggiò il camioncino accanto al marciapiede e saltò giù, girando intorno alla macchina per aprire la portiera di Emily. Stava per saltare giù, ma la prese e la portò a terra, con la stretta sulla sua vita incredibilmente forte, ma delicata.

"Uhm, grazie" mormorò la ragazza, quando la liberò e fece un passo indietro. Il suo tocco l'aveva scossa, con il calore dei palmi dell'alieno che le era penetrato nel tessuto della maglietta, e il cuore le martellò nella cassa toracica, quando Zaron raggiunse il camioncino e tirò fuori lo zaino, porgendoglielo.

"Il tuo passaporto è nella tasca esterna, come il tuo portafoglio" le disse, con espressione ancora accigliata. "La carta d'imbarco è all'interno del passaporto."

Emily annuì. Voleva ringraziarlo ancora, ma aveva un grosso nodo in gola, e sapeva che se avesse cercato di parlare, avrebbe iniziato a piangere. Con la coda dell'occhio, notò che le persone intorno li stavano fissando—più che altro stavano fissando Zaron. Donne di ogni età erano affascinate dall'uomo alto e scuro, che sembrava aver preso vita dalle loro fantasie. Qualcuna di loro ne avvertiva la diversità, si chiese Emily stupidamente, o erano tutte troppo accecate dalla sua straordinaria bellezza maschile?

Gli occhi di Zaron erano concentrati sul viso dell'umana, e per un attimo quest'ultima pensò che le avrebbe nuovamente chiesto di restare. Questa volta, Emily non sapeva se avrebbe rifiutato. Ora che la sua partenza non era più ipotetica, riusciva a malapena a respirare a causa del dolore schiacciante. L'aria umida sembrava sopraffarla da tutte le parti, facendola sentire come se fosse rinchiusa in un piccolo armadio. Non era ancora salita sull'aereo, e già sentiva la mancanza del suo carceriere, soffrendo nel peggiore dei modi.

Ma non le chiese di restare. "Addio, Emily" le disse, e prima che lei potesse riordinare i pensieri, Zaron salì sul camioncino e se ne andò.

———

EMILY NON SAPEVA COME AVESSE FATTO A SUPERARE I controlli di sicurezza e a salire sull'aereo. Le lacrime che le rigavano il viso erano accecanti, e le sembrava di soffocare, con quella travolgente e angosciante sensazione di perdita. Continuava a ripetersi tutte le ragioni per cui quella era stata la decisione giusta, ma non importava.

Non riusciva a scacciare il dolore.

"Va tutto bene, señorita?" le aveva chiesto una guardia preoccupata durante i controlli di sicurezza, e lei aveva mormorato qualcosa sulla separazione da un ragazzo. L'uomo le aveva rivolto un sorriso carico di comprensione e l'aveva accompagnata, ed Emily aveva barcollato, raggiungendo in qualche modo il sedile dell'aereo su cui era seduta in quel momento, ascoltando le comunicazioni del pilota prima della partenza.

Il suo biglietto era per un posto accanto al finestrino in business-class—un altro premuroso pensiero da parte di Zaron. In circostanze normali, ad Emily avrebbe fatto molto piacere, ma era troppo sconvolta per apprezzare il pasto gourmet e l'alcol gratuito. Nonostante gli sforzi, non riusciva a fermare le lacrime che le uscivano, e il volo di cinque ore sembrò durare un'eternità. L'unica cosa che riuscì a fare fu ricaricare il telefono, nella speranza che avrebbe funzionato una volta tornata a casa.

Infine, atterrarono al JFK.

Il primo indizio di qualcosa di strano furono le frenetiche folle all'interno del terminal. L'aeroporto di New York, sempre affollato, era pieno zeppo di gente, con i passeggeri frustrati che occupavano tutti i sedili disponibili dei gate ed erano allineati lungo le pareti. Ciascun banco dell'assistenza clienti aveva file di centinaia di persone, e i dipendenti della compagnia aerea dietro quei banchi sembravano esausti e sopraffatti.

"Che cosa sta succedendo?" chiese Emily a un uomo dall'aspetto abbastanza calmo accanto a un chiosco.

"Non hai sentito?" le chiese. "La FAA (Amministrazione Aviazione Federale) ha appena annullato tutti i voli. Non hanno detto perché, ma il Presidente terrà una conferenza stampa questa sera."

CAPITOLO TRENTATRÉ

IL TEMPO D'ATTESA PER UN TAXI ERA DI QUASI DUE ORE, così Emily prese la metropolitana, poi il treno per raggiungere la città. La folla sulla metropolitana era in preda al panico; nessuno sapeva che cosa avrebbe riguardato il prossimo annuncio, ma quasi tutti pensavano che avesse a che fare con una grave minaccia terroristica. Altrimenti, perché la FAA avrebbe annullato tutti i voli?

Emily conosceva la risposta reale, ma tenne la bocca chiusa e cercò di ignorare le conversazioni intorno a lei. I newyorkesi erano creature solitarie, poco intente a interagire con gli sconosciuti, ma la paura generata da quegli eventi insoliti sembrava abbattere quelle barriere. Tutti parlavano con tutti, dando voce alle proprie idee sul fatto che fosse lo Stato islamico, Al-Queda o qualcos'altro.

Quando Emily scese alla sua fermata di Times

Square, le faceva male la testa, e si sentiva nauseata per un mix di jet lag e fame. Era stata troppo sconvolta per poter mangiare sull'aereo, ed erano passate molte ore da quando aveva bevuto il frullato a colazione. Non che mangiare le avrebbe attenuato l'ansia che le stava provocando un buco nello stomaco.

L'invasione era in atto. Era reale. Prima di scendere da quell'aereo, una parte di Emily aveva scioccamente sperato che qualcosa avrebbe impedito ai Krinar di attuare il loro piano, che, per qualche ragione, avrebbero cambiato idea. Ma naturalmente non lo fecero. Si erano rivelati, e il governo americano aveva reagito annullando tutti i voli.

E non solo il governo americano, si rese conto, vedendo i titoli che scorrevano sugli schermi giganti di Times Square. I voli erano stati annullati in tutta Europa e in Asia. Emily pensò che fosse così perché in quel modo le linee civili non avrebbero interferito con le manovre aeree militari, qualora quelle fossero state necessarie.

Rabbrividendo a quel pensiero, Emily passò tra la folla di Times Square e si affrettò verso l'appartamento di Amber, a circa cinque isolati dal suo monolocale a Midtown West. Dopo aver ricaricato il telefono sull'aereo, aveva un paio di barre di ricezione, ma ogni volta che provava a chiamare Amber, non ci riusciva. Sospettava che le reti dei cellulari fossero in tilt; tutti stavano cercando di chiamare tutti per fare ipotesi sulla misteriosa minaccia che aveva bloccato il traffico aereo. Sperava che Amber fosse in casa; erano le otto di sera della domenica, ed Amber solitamente doveva svegliarsi presto il lunedì per il suo lavoro part-time al bar.

Il monolocale di Amber si trovava sulla 10th Avenue, al quarto piano di un edificio che non era stato ristrutturato dagli anni Ottanta. L'edificio aveva aspetto e odore terribili, ma l'affitto era basso—almeno per gli standard di Manhattan—e Amber poteva permetterselo col suo reddito di cassiera/scrittrice freelance.

Sentendosi completamente esausta, Emily salì le quattro rampe di scale e suonò il campanello.

"Emily! Grazie a Dio!" esclamò Amber, andando incontro ad Emily e avvolgendola in un caloroso abbraccio, non appena la porta si aprì. "Ero così preoccupata per te!"

"Sto bene" disse Emily, sorridendo all'amica—che, come al solito, indossava un vestito sporco di vernice e aveva delle macchie anche nei capelli rossi. Amber era un'aspirante artista oltre ad essere una scrittrice, e trascorreva tutto il tempo libero a lavorare ai suoi dipinti. "Mi dispiace tanto per il ritardo. Non avevo intenzione di lascarti George per tutto questo tempo. Come sta?"

"Il tuo gatto sta benissimo—anzi, è un vero gentiluomo" rispose Amber, facendo entrare Emily nell'appartamento. "Non è stato un problema tenerlo. Ma dimmi, che cos'è successo? Saresti dovuta tornare due settimane fa; poi, ho ricevuto quella misteriosa e-mail da parte tua, e poi niente."

"Sì, per quanto riguarda quello..." Emily poggiò lo zaino sul pavimento. "Possiamo guardare il telegiornale? Penso che possa essere più facile da spiegare, dopo che il Presidente avrà fatto il suo discorso."

"Che cosa?" Amber la guardò, confusa. "Quale discorso?"

"Non hai sentito niente, eh?" Non era raro che Amber evitasse il telefono e il computer, quando era tutta presa dall'ispirazione artistica.

"Ho dipinto per tutto il fine settimana" disse Amber, confermando l'ipotesi di Emily. "Perché? È successo qualcosa?"

"Diciamo di sì. Vieni, accendiamo la TV."

Non appena entrarono nel salotto, una palla di pelo grigia attraversò il pavimento, miagolando a gran voce. Ridendo, Emily si chinò e prese il gatto, che cominciò a farle le fusa non appena fu tra le sue braccia.

"Gli sei mancata tanto" disse Amber, prendendo il telecomando per accendere la TV. "Ha mangiato appena i primi due giorni, fissava la finestra e —oh, cazzo!"

Il notiziario stava mostrando viaggiatori sfiniti negli aeroporti di tutto il mondo, con persone sdraiate a terra, sedute e in piedi in tutti i terminal. Le file per i taxi all'esterno sembravano allungarsi per chilometri, e gli ingorghi del traffico intorno ai principali aeroporti erano terribili.

"Sì, è così anche al JFK. Ce l'ho fatta appena prima che annullassero i voli" disse Emily. Sedendosi sul divano, cullò George e lo strinse più forte al petto, godendo del comfort di quel corpicino caldo e peloso.

Il conduttore del TG stava riferendo della situazione e ipotizzando sul contenuto della prossima conferenza stampa del Presidente. Ciò che sconvolgeva davvero tutti era che non solo il Presidente avrebbe parlato alle nove. Anche tutti i leader mondiali si sarebbero rivolti ai loro cittadini a quell'ora.

"Che cosa sta succedendo?" Le lentiggini sul pallido viso di Amber si notarono chiaramente, quando si girò per guardare Emily. "Ne sai qualcosa?"

"Guardiamo" disse Emily, mentre le telecamere mostrarono le immagini della Casa Bianca, dove il Presidente degli Stati Uniti stava per entrare nella sala conferenze. Fermandosi davanti a un alto leggio, guardò dritto nella telecamera, ed Emily notò delle linee di tensione incise sul suo volto normalmente stoico.

"Buonasera" disse, ed Emily ne ammirò la compostezza. Nonostante tutto, la sua voce era calma e rassicurante. "Sono sicuro che molti di voi si staranno chiedendo che cosa ci sia dietro gli eventi straordinari di oggi, quindi andrò dritto al punto. Oggi, la NASA ha rilevato un oggetto insolito nell'orbita della Terra. Poco dopo, noi—insieme a molte altre nazioni sviluppate— siamo stati contattati da una specie extraterrestre umanoide che si chiama Krinar. A quanto pare, hanno seminato la vita sulla Terra miliardi di anni fa inviandoci il DNA da Krina, il loro pianeta. Successivamente, hanno guidato la nostra evoluzione con l'obiettivo di sviluppare una specie che fosse simile alla loro. Siamo *noi* quella specie, e hanno ritenuto che questo fosse il momento giusto per entrare in contatto con noi. Il loro ambasciatore mi ha assicurato che, anche se intendono stabilire alcuni insediamenti sul nostro pianeta, sono interessati alla convivenza pacifica, non alla guerra."

Si fermò per riprendere fiato, e la sala esplose di domande, con i giornalisti che cercavano di urlare l'uno più dell'altro.

"Come fa ad essere sicuro che tutto questo sia vero e che non sia solo una bufala?" urlò una donna bionda.

"Come sono fisicamente? Dov'è il loro pianeta?" gridò un uomo alto e quasi calvo.

"L'oggetto nella nostra orbita è la loro astronave? Come hanno fatto ad avvicinarsi senza essere visti?"

"Come hanno fatto ad arrivare qui? Viaggiano più veloce della luce?"

"Che genere di tecnologia hanno? Che genere di armi?"

"Che cosa vogliono realmente? Come facciamo ad essere certi che le loro intenzioni siano pacifiche?"

"Perché vogliono stabilirsi qui? Stanno cercando di colonizzarci?"

La raffica di domande continuò per un minuto, finché il Presidente alzò la mano, con il palmo rivolto verso l'esterno.

"Silenzio, per favore" disse con quella voce

rassicurante—la voce che lo aveva aiutato tanto durante la campagna elettorale e la successiva presidenza. I giornalisti si calmarono immediatamente, con il frenetico ruggito nella stanza che lasciò il posto a un inquietante ronzio.

"Ora" disse il Presidente "farò del mio meglio per rispondere ad alcune delle vostre domande. La NASA ha confermato che l'oggetto nella nostra orbita è una delle loro astronavi. Ce ne sono delle altre più vicine nel nostro sistema solare. A questo punto, siamo certi che *non* si tratti di una bufala. Il loro ambasciatore ci ha detto che Krina si trova in un'altra galassia. Quindi, i Krinar devono avere i mezzi per viaggiare più velocemente della luce. La loro tecnologia sembra essere molto più avanzata della nostra, e pensiamo che lo siano anche le loro armi. Tuttavia, dato che non abbiamo motivo di credere che le loro intenzioni siano ostili, non dovremmo preoccuparci. Per quanto riguarda l'aspetto fisico, sono come gli umani. La foto dell'ambasciatore Krinar verrà distribuita ai canali di informazione subito dopo la conferenza stampa. Questo è tutto ciò che sappiamo al momento; man mano che scopriremo di più, diffonderemo le informazioni. Nel frattempo, vi esorto tutti a stare tranquilli e ad andare avanti con le vostre vite il più normalmente possibile. Questo è un grande punto di svolta nella nostra storia. Cerchiamo di assicurarci che sia uno di quelli che ricorderemo con orgoglio. Grazie a tutti, e buonanotte."

La sala esplose di nuovo, ma il Presidente stava già

uscendo, circondato dal proprio entourage. Non appena lasciò la sala, l'immagine sullo schermo televisivo si divise in otto per mostrare simili conferenze stampa che si stavano svolgendo in tutto il mondo, e il conduttore—che sembrava tanto sconvolto quanto dovevano sentirsi gli spettatori—cominciò a riassumere il discorso del Presidente.

Emily si lasciò sfuggire il respiro che aveva trattenuto e poggiò a terra George, che le stava ancora facendo le fusa sul grembo. Si sentiva stranamente sollevata. Fino a quel momento, una parte di lei aveva temuto che Zaron avesse solo cercato di tranquillizzarla con la promessa di un insediamento pacifico. Ma le aveva detto la verità—o almeno la stessa verità che i Krinar avevano comunicato ai leader delle nazioni sviluppate. Le vere intenzioni dei visitatori erano ancora da vedere, soprattutto alla luce delle loro segrete tendenze di bevitori di sangue, ma Emily si sentiva meglio.

Accanto a lei, Amber guardava il notiziario con un'espressione di sbalordita incredulità.

"Alieni?" Si voltò per guardare Emily. "Stanno scherzando, vero? È uno scherzo di Halloween anticipato?"

"Non credo" rispose Emily. Amber era la sua migliore amica—erano state inseparabili fin dal primo anno di università—ma per qualche ragione, Emily era riluttante a parlarle di Zaron. Voleva pensare che fosse perché era sfinita a causa del viaggio, ma nel profondo, sapeva la verità.

Non voleva parlare alla sua migliore amica della cattività perché si sentiva a pezzi e inconsolabile, distrutta dalla consapevolezza che non avrebbe mai più rivisto Zaron. Ripercorrere tutta la storia sarebbe stato come strappare i punti da una ferita ancora sanguinante, ed Emily non era sicura di poterlo sopportare—non ancora, almeno.

"Oh, andiamo. Alieni?" Amber saltò in piedi e cominciò a camminare avanti e indietro. "Alieni del cazzo? Impossibile, assurdo. Dev'essere uno scherzo— o forse sono confusi, e sono davvero i nordcoreani o i cinesi che stanno testando qualche nuova arma. O forse è uno di quei gruppi di attivisti. Forse sono entrati nei computer della NASA e stanno facendo credere che si tratti degli alieni. O forse..." Continuò, formulando alternative sempre più creative, mentre Emily accarezzava George e la ascoltava, troppo stanca e sconsolata per fare altro.

Infine, dopo quella che sembrò una mezz'ora, Amber si accorse che Emily non condivideva il suo shock e l'incredulità.

"Non sembri sorpresa" disse, con le sopracciglia rosse sollevate, quando si fermò davanti ad Emily. "Perché? Hai saputo qualcosa mentre eri via?"

"Io..." Per quanto Emily non volesse parlare del suo viaggio, non voleva mentire. "Più o meno" ammise, accarezzando il soffice manto di George.

"Più o meno? Che cosa significa?"

Emily fece un sospiro. Avrebbe dovuto immaginare l'insistenza di Amber. Con lo sguardo spesso sognante e lo stile bohémien, l'amica di Emily sembrava un'artista stralunata, ma era sveglia come un detective. Non era mai una buona idea sottovalutare Amber—soprattutto perché conosceva benissimo Emily.

"Possiamo parlarne domani?" chiese Emily, pur immaginando la futilità di quella richiesta. "Sono davvero stanca dopo il viaggio, e—"

"Che cosa? No, certo che no! Scompari nella Costa Rica per due settimane; poi torni e c'è un'invasione aliena di cui non sembri sorpresa." Amber si sedette e piegò le braccia sul petto. "Sputa il rospo. Subito. Non hai un lavoro, quindi potrai dormire domani."

"Ok, va bene." Era valsa la pena di provare. Facendo un respiro profondo, Emily si lanciò nella storia, cominciando dalla caduta nella giungla. Amber ascoltava scioccata e a bocca aperta, con gli occhi color nocciola fissi sul volto di Emily. Quando Emily giunse alla parte in cui aveva conosciuto Zaron per la prima volta, la televisione iniziò a trasmettere le foto appena rilasciate dell'ambasciatore Krinar—un uomo alto e scuro, bello come il suo carceriere. Secondo i funzionari governativi, aveva detto di chiamarsi Arus.

Amber rivolse l'attenzione alla TV. "Porca puttana" sbottò, fissando le fotografie sullo schermo. "Il tuo Zaron somigliava a questo Arus?"

Emily annuì. "Abbastanza." Il viso di Zaron era un po' più magro, con le labbra più carnose e sensuali di quelle dell'ambasciatore, ma la perfetta simmetria della sua struttura ossea e la pelle liscia e abbronzata erano uguali. "Ho conosciuto anche una donna Krinar, e anche lei aveva la carnagione scura."

"Hai conosciuto *due* alieni?" Amber dimenticò la trasmissione, tornando a concentrarsi su Emily. "Oh mio Dio, dimmi di più!"

Accarezzando George dietro le orecchie, Emily continuò con la sua storia. Raccontò ad Amber di come Zaron l'aveva trattenuta per diciassette giorni e di quanto fosse intelligente tutta la loro tecnologia. Descrisse il suo aspetto fisico e la forza straordinaria, riferendole dettagliatamente alcune delle loro conversazioni su Krina, toccando anche l'argomento della tragica perdita della compagna di Zaron. L'unica cosa di cui non riusciva a parlare era di quanto si fosse affezionata al suo carceriere in quei diciassette giorni, ma, a quanto pareva, non c'era bisogno di farlo.

"L'hai scopato, vero?" chiese Amber, quando Emily si fermò per riprendere fiato. La sua voce era piatta. "Hai fatto sesso con quell'alieno."

Emily sentì uno strano calore insinuarsi nel collo. Per nascondere il disagio, sollevò George sul petto e lo strinse a sé. "Perché dici questo?" le chiese, sperando di non sembrare imbarazzata come si sentiva.

Amber girò la testa di lato. "Perché non sono un'idiota, ecco perché. Il modo in cui ne parli, il modo in cui ti *brillano* gli occhi mentre lo descrivi... Non ti ho mai vista così, nemmeno quando sei uscita con Jason per la prima volta. Sei una bella ragazza, e se questi Krinar sono così simili agli umani come li descrivi, non è difficile immaginare che due persone attraenti—beh, una umana e l'altra non proprio umana—abbiano fatto sesso stando vicine."

Emily non disse niente, così Amber si allungò e le prese George, mettendo il gatto sul proprio grembo. "Sai che non smetterò di insistere su questo, quindi dimmi. Hai dormito con questo Zaron?"

George emise un miagolio di insoddisfazione e saltò giù dal grembo di Amber. Distratta, Emily si chinò per riprendere il gatto, ma lui scappò verso la cucina, con la coda alzata, apparentemente scontento degli umani.

"Emily..." Il tono di Amber celava una nota di avvertimento.

"Va bene, va bene." Era difficile resistere a un'Amber determinata in circostanze normali, ma quando Emily era esausta e con il cuore a pezzi era del tutto impossibile. "Sì, abbiamo dormito insieme, e prima che tu lo chieda, sì, ha la stessa dotazione di un maschio umano. Contenta ora?" Nonostante il tentativo di mantenere la compostezza, la voce di Emily sembrava fragile, come se fosse sull'orlo di piangere.

"Emily, tesoro, non è per questo che te l'ho chiesto." Amber era accigliata ora. "Voglio dire, sì, sono curiosa, naturalmente, ma te l'ho chiesto perché sono preoccupata per te. Nessuno sa niente di questi visitatori, e quest'uomo—questo *alieno* che ti ha tenuta prigioniera—ti ha guarita con la loro tecnologia, e poi hai avuto una relazione sessuale con lui. Ti rendi conto di quanto tutto questo sia folle e pericoloso, vero? Perlomeno, dovresti farti visitare da un medico o—"

"No." Emily saltò in piedi, inorridita. "Questa è l'ultima cosa di cui ho bisogno. Vorrebbero studiarmi e —no. No e basta."

"Ma—"

"No. Scordatelo. Amber..." Emily le rivolse un'occhiata implorante. "Non puoi raccontare a nessuno quello che ti ho appena detto, ok? Non voglio che la gente sappia cosa mi è successo."

"Beh, ovviamente, non correrò a dirlo ai media." Amber si alzò in piedi. Era più bassa rispetto ad Emily di qualche centimetro e più magra, ma la sua personalità vulcanica la faceva sembrare più grande. "Per chi mi hai presa? Per una completa idiota?"

"No, certo che no." Emily si passò una mano tra i capelli. "Ma non voglio che *qualcuno* lo venga a sapere, nemmeno i tuoi genitori o tua sorella. Puoi fare questo per me?" Quando Amber esitò, aggiunse: "Per favore. È davvero importante."

"Ok." Amber si lasciò sfuggire un sonoro sospiro. "Non lo dirò a nessuno. Ma mi prometti una cosa?" I suoi occhi color nocciola assunsero un'espressione seria. "Fatti visitare da un medico, solo per un normale controllo. Non devi dire niente se non vuoi, ma almeno, in questo modo, saprai se stai bene—fisicamente, voglio dire."

"Amber..." sospirò Emily. "Se avesse voluto farmi del male, non mi avrebbe guarita. Sto benissimo—anzi, non sono mai stata meglio."

"Forse non ti avrà fatto del male, ma se avessi contratto qualche malattia che potrebbe farti ammalare in seguito o infettare gli altri?" chiese Amber, ed Emily si rese conto che la sua amica stava mantenendo intenzionalmente una certa distanza. "Gli europei spazzarono via i nativi americani con le loro malattie. Anche se i Krinar non avessero intenzione di ucciderci, i loro germi potrebbero farlo. I nostri sistemi immunitari non sono attrezzati per fronteggiare l'influenza extraterrestre, lo sai."

Emily la fissò, scioccata da quel pensiero. Poi, il suo cervello cominciò a riflettere, e scosse la testa. "No" disse. "È una preoccupazione valida, ma non credo che il popolo di Zaron sarebbe venuto qui, se ci fosse stato il pericolo di infettarci. Hanno visitato la Terra e hanno camminato in mezzo a noi per migliaia di anni. Se avessimo potuto prendere qualcosa da loro, sarebbe già successo. Credo che la loro tecnologia medica sia tale da impedire che ciò accada."

"Ok, potrebbe essere vero" ammise Amber, sembrando leggermente sollevata. "Ma sono ancora preoccupata per te, Emily. Stai davvero bene? Voglio dire, dopo quella caduta e tutto il resto..."

"Sì, certo." Emily si sforzò di sorridere. "Sono solo stanca per il viaggio. Penso che sia meglio che io prenda George e vada a casa. Si sta facendo tardi, e devo fermarmi in un negozio di alimentari a comprare la colazione per domani."

"Sei sicura? Puoi sistemarti qui. Ho quella poltrona—"

"Che cosa?" Emily rise. "No, grazie. Posso

camminare per cinque isolati, fino a casa mia. Non sono *così* stanca."

"Va bene" disse Amber. "Ma chiamami quando arrivi a casa, ok?"

"Lo farò—se ci riesco." Emily entrò in cucina, con Amber che la seguiva. Trovò George sul davanzale della finestra, con la coda frusciante mentre fissava la strada sottostante. Emily prese il gatto e lo portò in salotto per metterlo nel trasportino. Poi, afferrò lo zaino e si diresse verso la porta.

"Emily, aspetta" disse Amber, quando Emily stava per uscire dall'appartamento.

Emily si voltò per guardarla. "Che cosa c'è?"

"Pensi che..." la voce di Amber si affievolì. "Pensi che sia vero quello che hanno detto al telegiornale sulle loro intenzioni? È gente tranquilla?"

Emily si bloccò. Quando aveva descritto Zaron alla sua amica, aveva intenzionalmente evitato di menzionare i loro tratti predatori e il possibile vampirismo dei Krinar. Non c'era bisogno di spaventare Amber, quando tutto ciò che aveva erano dei sospetti. Inoltre, anche se i Krinar bevevano sangue umano, ciò non significava che volessero distruggere l'umanità—perlomeno, Emily sperava di no.

"Penso che quello che hanno detto al telegiornale sia vero" disse un attimo dopo. "Se non altro, coincide con quello che mi ha detto Zaron. Se mentono, sono compatti, ma non vedo perché dovrebbero ingannarci. Non so molto sulle loro armi, ma a giudicare da tutto quello che ho visto nella casa di Zaron, non credo che potremmo fare molto, se decidessero di distruggerci. E se così fosse, non vedo che senso avrebbe tutta questa farsa con l'ambasciatore." A meno che non l'abbiano fatto per far star calmi gli umani, mentre creano le fattorie del sangue—ma Emily tenne quella possibilità per sé.

"Giusto, ha senso" disse Amber, anche se sembrava di nuovo pallida. "Ma credi che, in quel caso, riusciremmo a lasciare la città? Forse potremmo andare dai miei genitori nel Connecticut. Nei film, colpiscono sempre prima le grandi città, e noi siamo proprio qui, al centro di Manhattan."

Emily si morse il labbro. Come poteva rassicurare Amber, quando si sentiva così a disagio? "Guarda, se sei preoccupata" disse "forse dovresti andare. Sono sicura che ai tuoi genitori farebbe piacere rivederti."

Amber si accigliò. "E tu?"

"Me la caverò" rispose Emily. "Sono appena tornata, e non ho voglia di ripartire. Il traffico dev'essere pazzesco. Inoltre, se i Krinar decidessero di occupare Manhattan, ci sarebbero grossi problemi."

"Va bene, come vuoi" disse Amber. "Cercherò di raggiungere i miei genitori e vedrò come stanno. Fammi sapere se cambi idea e vuoi venire a casa da me."

"Lo farò" disse Emily. "Andrà tutto bene, comunque. Come ha detto il Presidente, dobbiamo solo mantenere la calma e andrà tutto bene."

Stringendo il trasportino di George, aprì la porta e uscì.

———

NON ANDAVA TUTTO BENE, PERÒ, REALIZZÒ EMILY NON appena uscì dall'appartamento di Amber. Il panico per le strade era tangibile, con i pedoni e i ciclisti che attraversavano freneticamente, mentre le automobili si fermavano a pochi centimetri l'una dall'altra. I conducenti suonavano il clacson e imprecavano, e alcuni poliziotti dall'aspetto scioccato soffiavano nei fischietti nel futile tentativo di liberare la congestione. Il solito rumore della città era amplificato di dieci volte, e la testa di Emily martellava dal dolore, mentre si faceva strada tra i marciapiedi affollati.

"Solo un altro isolato" disse a George, i cui contrariati miagolii si aggiungevano a quella confusione. "Siamo quasi a casa."

Finalmente, raggiunse il suo edificio. Come quello di Amber, era vecchio e cadente, senza ascensore. Sebbene Emily fosse riuscita ad acquistare un monolocale in uno degli ultimi palazzoni, aveva cercato di risparmiare e di investire il denaro per il pensionamento—un obiettivo che sembrava ridicolo in quel momento.

Almeno, il suo monolocale era al secondo piano, non al quarto.

"Ecco, George" canticchiò, quando entrò nell'appartamento. Mettendo giù lo zaino, aprì il trasportino e lasciò uscire il gatto. "Casa dolce casa."

Agitando la coda, George si allontanò per esaminare il suo territorio, ed Emily si lasciò cadere sulla soffice poltrona dello studio che era l'equivalente di un divano. Si sentiva talmente sfinita che riusciva a malapena a pensare, ma sapeva che avrebbe dovuto comprare del cibo per l'indomani. Sforzandosi per alzarsi, afferrò le chiavi e il portafoglio dallo zaino, li infilò nella tasca posteriore dei pantaloncini e si diresse verso il piccolo negozio di alimentari nell'isolato accanto.

Il proprietario stava chiudendo, quando lei arrivò.

"Aspetti, per favore" lo supplicò Emily, afferrando la maniglia della porta, proprio mentre lui stava cominciando a tirar giù la serranda di metallo. "Per favore, devo comprare solo poche cose. Farò in fretta, glielo giuro."

L'uomo con i capelli bianchi esitò un attimo, poi sollevò la serranda e sbloccò la porta di vetro. "Va bene, ma fa' in fretta" disse con aria burbera, aprendo la porta. "Devo tornare a casa nel Queens, ed è un casino là fuori."

"Grazie!" Emily stava già correndo lungo il corridoio con un cestino, gettando dentro tutto il necessario, più il cibo per George. Impiegò meno di cinque minuti per prendere tutto, ma, quando svuotò il cestino sul bancone della cassa, il proprietario del negozio sembrò impaziente.

"Ho detto di fare in fretta" mormorò, battendo tutti gli acquisti.

Scacciando la stanchezza, Emily gli rivolse il sorriso più brillante. "Grazie mille. Lo apprezzo molto. Le auguro un buon ritorno a casa!"

Afferrando gli acquisti, si affrettò a uscire dal negozio, ma prima di poter superare il primo isolato qualcosa di grosso sbatté contro di lei, facendola cadere e rovesciando tutte le buste. Atterrò sulle mani e le ginocchia, con l'asfalto duro che le graffiò la pelle dei palmi, mentre scivolò in avanti, e un attimo dopo sentì qualcosa nella tasca posteriore.

"Ehi!" gridò, saltando in piedi e girandosi, ma il ragazzo stava già correndo via, con il suo portafoglio stretto in mano.

"Fermati!" Emily cominciò a inseguire il ladro, ma era già scomparso tra la folla, e nessuno le prestò attenzione, nemmeno i poliziotti alle prese con i fischietti.

Tremando, Emily si fermò e tornò indietro per raccogliere gli acquisti. I pedoni avevano già calpestato una parte del cibo, così cercò di recuperare il possibile, rimettendo la roba nelle buste con mani tremanti. Fortunatamente, non aveva comprato nulla nei vasetti di vetro, per cui la maggior parte dei prodotti era sopravvissuta. Tuttavia, si sentiva come se potesse andare in frantumi da un momento all'altro. Aveva i palmi graffiati e sanguinanti, e il cuore le batteva in gola, con l'eccesso di adrenalina unito al mal di testa che la tormentava.

Non sapeva come avesse fatto a raggiungere l'appartamento, ma in qualche modo si ritrovò davanti alla porta, con le chiavi in mano. Si chiese vagamente come avessero fatto a rimanerle in tasca, ma le aveva e quello era tutto ciò che importava.

Entrando, Emily chiuse la porta, si lavò le mani insanguinate, sistemò i prodotti alimentari e versò il cibo del gatto nella ciotola di George. Lo tenne in braccio finché non entrò nella doccia, ma non appena sentì l'acqua calda sulla pelle, tutta la forza residua l'abbandonò.

Lasciandosi cadere a terra, Emily avvolse le braccia intorno alle ginocchia e pianse.

CAPITOLO TRENTAQUATTRO

"Buonasera, gente. Il nostro show di stasera segna la ricorrenza di sette settimane del K-Day e, cosa abbastanza sorprendente, non siamo ancora stati annientati" disse il presentatore dello spettacolo televisivo della tarda notte, mentre Emily fissava lo schermo. "Per tutti coloro che hanno vissuto sotto una roccia, sette settimane fa, i Krinar—o K, come sono conosciuti colloquialmente—sono arrivati e hanno sconvolto il nostro mondo. Per celebrare questa occasione importante, oggi abbiamo un ospite speciale, il Dr. Edmonds, che è qui per parlarci delle ultime teorie sulla biologia dei visitatori."

"Grazie, James" disse l'ospite, raddrizzando le spalle, mentre la telecamera lo inquadrò da vicino. "Sono lieto di essere qui, e sono felice di vedere che molti di voi sono rimasti in città e sono venuti qui oggi. Siete tutti molto coraggiosi—o molto stupidi."

Il pubblico si mise a ridere e applaudì.

"Ora" continuò Edmonds "come tutti sapete, si sospetta che i Krinar abbiano una durata di vita notevolmente più lunga, oltre a una maggiore velocità e forza. James, se non ti dispiace mandare quel video..."

L'immagine sullo schermo cambiò per mostrare la registrazione ripresa con uno smartphone di un combattimento caratterizzato da bagliori di arma da fuoco ed esplosioni. Senza rallentare la registrazione, era impossibile capire cosa stesse succedendo, ma Emily, come tutti gli altri spettatori nel pubblico, già sapeva di cosa trattasse quel video.

La registrazione mostrava un vicolo buio di Riyadh, in cui una banda di trentatré sauditi, armati di granate e fucili di assalto, aveva attaccato una piccola delegazione Krinar due settimane prima. Erano riusciti a ferire sei K disarmati, e a quel punto la situazione era diventata drammatica. Le ferite non avevano impedito ai visitatori di fare a pezzi i sauditi—letteralmente in alcuni casi. La velocità con cui si erano mossi e la loro incredibile forza—un K aveva lanciato in aria due uomini di novanta chili, uno per ogni mano—così come la pura brutalità della lotta, avevano scioccato la popolazione umana.

Come Emily aveva percepito durante il periodo trascorso con Zaron, i K avevano una terrificante inclinazione verso la violenza.

Il video l'aveva fatta sentire male quando l'aveva visto per la prima volta. L'esodo dalle grandi città—la migrazione inversa che era iniziata con il K-Day—era accelerato nelle ultime due settimane, con gli ingorghi del traffico che minacciavano di soffocare nuovamente gli spostamenti. Per qualche motivo, la gente pensava di essere più sicura nelle piccole città e nelle zone rurali, e fuggiva dalle città, nonostante l'ONU avesse annunciato il Trattato di Coesistenza il mese prima.

"Oh, per favore" aveva sbuffato Amber, quando Emily le aveva parlato via Skype dopo l'annuncio. Aveva lasciato la città il giorno dopo il ritorno di Emily e stava con i genitori nel Connecticut. "Sanno tutti che il trattato è solo una copertura. L'ONU ha dovuto mettere la coda tra le gambe e sottomettersi. Hai sentito quello che stanno dicendo sulle armi nucleari, vero?"

"Sì, certo" aveva detto Emily. Su Internet girava la voce che la Cina avesse cercato di lanciare un razzo che trasportava un'arma nucleare su una delle astronavi dei Krinar, e che gli alieni avessero risposto annientando tutto l'arsenale nucleare della Terra. Nessuno sapeva se ciò fosse vero—i funzionari governativi negavano tutto—ma ogni due giorni una fonte anonima faceva saltare fuori nuovi dettagli, e la storia assumeva risvolti diversi.

Per i teorici della cospirazione quelle erano giornate campali.

"Quindi sì, non hanno più armi, e hanno ceduto" aveva continuato Amber, disgustata. "Vigliacchi."

"Beh, che altro avrebbero dovuto fare? Entrare in guerra contro i K?" aveva chiesto Emily, ma Amber non aveva voluto sentire ragioni. Era più facile credere all'idea che i governanti fossero dei vigliacchi piuttosto che accettare la spaventosa verità che i Krinar fossero così tecnologicamente superiori che qualsiasi resistenza militare sarebbe stata inutile.

Non che la gente non tentasse di resistere a livello individuale. La brutale lotta con i sauditi fu una delle tante sconfitte che si verificavano in tutto il mondo quando le persone entravano in contatto con gli invasori. Nessuno era contento che gli alieni stessero pianificando di costruire le loro colonie sulla Terra per qualche fine sconosciuto, e molti gruppi erano assolutamente ostili. Le sommosse contro gli invasori continuavano a scoppiare in diverse parti del mondo e, con ciascuna di queste, gli umani scoprivano quanto fossero veramente pericolosi e violenti i Krinar. Sebbene le intenzioni dei visitatori fossero presumibilmente pacifiche, il numero delle morti attribuite ai Krinar si aggirava intorno al centinaio, e non c'era alcun segnale che la violenza sarebbe cessata presto.

La situazione era ulteriormente esacerbata dal panico che continuava ad aumentare tra la popolazione man mano che diverse storie, alcune vere, alcune false, cominciavano a circolare in rete. La voce più recente—che Emily sospettava fosse vera—era che i Krinar stavano progettando di chiudere le grandi aziende e di costringere i produttori di carne e latticini a passare alla frutta e alla verdura. A causa di quella voce, molti avevano iniziato a far scorte di prodotti animali, e i prezzi di pollo, carne bovina e latte erano schizzati alle stelle, portando ad una maggiore incetta di prodotti e ad un'incidenza ancora maggiore di saccheggi.

E quello era il problema più grande di tutti: l'incapacità dei governi di controllare e sorvegliare i cittadini in preda al panico. Lo scippo ad Emily durante il K-Day era stato solo l'inizio di un'ondata di crimini senza precedenti che avevano sconvolto città e paesi in tutto il mondo. New York, che aveva perso più della metà della popolazione, ormai era diventata così pericolosa che Emily non usciva più di casa dopo il tramonto. Tuttavia, non era niente in confronto a luoghi come Mosca, Pechino e Johannesburg. Era ancora possibile acquistare prodotti alimentari a Manhattan, e la maggior parte delle imprese locali, tra cui le banche e le società dei media, continuavano a funzionare, mentre quelle altre città erano ormai in preda al caos. Alcuni commentatori avevano definito le settimane in seguito all'arrivo dei K "il Grande Panico," e quel nome era rimasto.

Non era la fine del mondo come alcuni avevano predetto, ma in alcune città era molto simile.

Mentre la grande maggioranza della popolazione era ossessionata dagli invasori, Emily ascoltava le notizie con un disinteresse che rasentava la depressione. Sapeva che avrebbe dovuto importarle, e talvolta pensava di rivolgersi alle autorità con le poche conoscenze extra che aveva, ma la maggior parte dei giorni si sentiva troppo apatica per fare qualcosa di più che alzarsi dal letto, prendersi cura di George e preparare un paio di domande di lavoro. Non che qualcuno stesse assumendo in quel clima. Le azioni, le obbligazioni e altri titoli erano crollati subito dopo il K-Day, e ogni nuova storia sugli invasori faceva oscillare i mercati terribilmente, con una conseguente volatilità che superava di gran lunga i peggiori mesi della Grande Recessione. Miliardi di dollari in fondi investiti erano andati persi nelle vendite dettate dalla paura, ed Emily stessa conosceva personalmente almeno dieci hedge fund che erano crollati nelle ultime settimane, incapaci di sostenere le pesanti perdite. Non c'era rifugio da nessuna parte, nemmeno nelle obbligazioni governative con rating AAA—di solito l'investimento più sicuro. Non sapendo se gli Stati Uniti sarebbero esistiti il mese seguente, non importava che qualcosa fosse sostenuta dalla piena fiducia e dal credito del governo statunitense.

Lo stesso portfolio degli investimenti di Emily, già decimato dalla recessione, era ormai tristemente al minimo e i suoi risparmi si stavano riducendo a un ritmo preoccupante. O almeno, era un ritmo che avrebbe spaventato la vecchia Emily, quella che non si sentiva così vuota dentro. La Emily che era tornata dalla Costa Rica non riusciva a trovare la forza per preoccuparsene—già solo esistere le toglieva tutte le energie.

Il suo desiderio nei confronti di Zaron era come una ferita che rifiutava di rimarginarsi. Qualunque cosa facesse, era consapevole del fatto che le mancava —il suo sorriso, la risata, il tocco... addirittura l'intensità predatrice che a volte l'aveva spaventata. Le orribili storie dei notiziari avrebbero dovuto farglielo odiare—farle odiare tutti i Krinar—ma tutto ciò a cui riusciva a pensare era il modo in cui l'aveva tenuta la notte e come si era sentita più vicina a lui che a qualunque altro uomo.

Una volta aveva provato a uscire. Due colleghe di lavoro erano rimaste in città, ed erano andate in giro per locali il fine settimana prima che l'ondata di criminalità peggiorasse. Emily aveva riso e flirtato con gli uomini interessati a lei, ma l'avevano lasciata tutti indifferente, ed era tornata a casa da sola, sentendosi ancora più vuota di prima.

Se avesse potuto entrare in una macchina del tempo e tornare al momento in cui Zaron le aveva chiesto di restare, Emily avrebbe preso una decisione diversa. Forse i suoi sentimenti per Zaron erano il risultato della prigionia, ma questo non li rendeva meno reali. Lasciarlo non era stata una mossa razionale; Emily se ne rendeva conto ora. Tutti i suoi pretesti erano stati un tentativo di giustificare qualcosa di irrazionale, di sopprimere e ignorare la paura che l'aveva accompagnata dopo la morte dei genitori.

Aveva avuto così tanta paura che Zaron l'avrebbe lasciata che lo aveva respinto—proprio come aveva fatto con Jason.

Gemendo, Emily spense la TV e si alzò per camminare avanti e indietro nel piccolo monolocale. Anche se era uscita per comprare un po' di cibo solo poche ore prima, stava cominciando a sentirsi in gabbia e claustrofobica. Voleva andare a fare una corsa, a fare qualcosa per scacciare la depressione che le succhiava via la vita, ma era troppo pericoloso uscire a quell'ora della notte. A rendere le cose peggiori era il fatto che uscire le ricordava quanto aveva apprezzato la natura lussureggiante della Costa Rica durante le passeggiate con Zaron nella giungla.

Quanto si erano divertiti *insieme*.

Un dolore acuto le perforò il petto a quei ricordi, e delle lacrime amare le punsero gli occhi. Per combattere l'impulso di piangere, Emily tirò fuori il tappetino da yoga e cominciò a fare degli esercizi. Non era l'equivalente di una corsa all'aperto, ma era meglio di niente—ed era sicuramente meglio di un altro pianto sotto la doccia. Avrebbe potuto superarlo; l'*avrebbe* superato.

Era una sopravvissuta, ed era determinata.

Durante il ventisettesimo esercizio, le venne un'idea. Non c'era modo di contattare Zaron—non le aveva lasciato un'e-mail, un numero di telefono o qualsiasi altra cosa usassero i Krinar—ma ricordava la posizione approssimativa della sua casa. Poteva farlo? Poteva mettere da parte l'orgoglio e pregarlo di riaccoglierla? Sì, c'era il rischio che non l'avrebbe voluta, che nel frattempo avesse trovato un'altra, e sì, sarebbero trascorsi solo pochi anni prima che Emily avesse cominciato a invecchiare, ma pochi anni non erano meglio di niente?

Non era meglio provare la felicità, anche se solo per un breve periodo di tempo, piuttosto che vivere provando solo quella solitudine sfiancante?

Improvvisamente energizzata, Emily saltò sul tappetino e corse verso il computer. Il traffico aereo civile era stato ripristinato e, sebbene il prezzo dei biglietti aerei si fosse triplicato a causa della domanda esorbitante, non c'era nulla che impedisse ad Emily di utilizzare i soldi rimasti per acquistare un biglietto di sola andata per la Costa Rica.

Al diavolo la paura e l'orgoglio. Sarebbe saltata su quella macchina del tempo e avrebbe cercato di riparare al suo errore.

Stava inserendo i dettagli di pagamento sul sito web della United Airlines, quando suonò il campanello. Perplessa, Emily si avvicinò alla porta per guardare dallo spioncino, e il cuore le volò nella gola.

C'erano due uomini con le uniformi dall'altra parte della porta. Uno era di altezza media e magro, mentre l'altro era quasi largo quanto era alto.

"Sì?" gridò Emily senza aprire. Aveva i palmi sudati, e lo stomaco stretto a causa di un triste presentimento. "Come posso aiutarvi?"

"Signorina Ross, sono l'Agente Wolfe, e questo è l'Agente Janson" disse l'uomo magro, mostrando un distintivo ufficiale. "Siamo del Dipartimento della Sicurezza Nazionale. Se non le dispiace, vorremmo parlarle di una telefonata che lei ha fatto all'ambasciata degli Stati Uniti in Costa Rica alcuni giorni prima del K-Day."

CAPITOLO TRENTACINQUE

Le piante *shari* si adattavano bene al suolo della Costa Rica. Le radici erano spesse e sane, e la scansione mostrava che nel giro di pochi mesi avrebbero fiorito e dato i frutti. In generale, sembrava che Zaron avesse scelto bene la collocazione di quel Centro. Il clima era piacevole e il suolo accogliente. Come Zaron aveva sperato, all'arrivo, il Consiglio aveva deciso di utilizzare quel Centro come base primaria delle operazioni. Lo chiamarono Lenkarda, che significava "un inizio trionfante." Inoltre, elogiarono Zaron e la sua squadra per la collocazione degli altri Centri. Questo avrebbe dovuto far piacere a Zaron, ma tutto ciò che provava era una sorta di vuota indifferenza—lo stesso intorpidimento che lo aveva colpito fin dalla partenza di Emily.

Lasciando l'area agricola del Centro in via di sviluppo, ritornò a casa sua. Pur muovendosi alla sua velocità naturale, impiegò più di un'ora per tornare a casa, ma a Zaron non importava. Avrebbe potuto trasferirsi più vicino a Lenkarda, ma gli piaceva l'isolamento. Stare insieme ad altri Krinar era scomodo, quasi doloroso certi giorni. Nelle rare occasioni in cui l'intorpidimento recedeva si sentiva esposto, come un albero spogliato della corteccia protettiva, e l'interazione con la gente sembrava far peggiorare le cose.

Perdere Emily era stato devastante come aveva temuto.

Entrando in casa, Zaron fece una doccia ed entrò nella stanza di Emily. Il suo profumo era ancora lì, nelle lenzuola che aveva proibito alla casa di cambiare. Si gettò lì sopra e respirò, chiudendo gli occhi e immaginando che lei fosse ancora con lui, che se si fosse allungato, l'avrebbe toccata... abbracciata.

Ma naturalmente non poteva. Non perché era lontana—un paio di migliaia di chilometri non significavano nulla per un Krinar—ma perché le aveva fatto una promessa.

"Puoi riprendertela, lo sai" gli aveva detto Ellet la settimana prima, tentandolo nuovamente. "Dovrai solo andare a New York e riportarla indietro. Chissà? Forse sarebbe felice di rivederti. Sai com'è la situazione in quelle città umane. Vuoi davvero che viva lì?"

Zaron si era arrabbiato con la collega, dicendole di farsi gli affari suoi, ma un simile pensiero gli era balenato nella mente diverse volte—anzi, ogni notte. Emily gli mancava così tanto che a volte pensava che sarebbe impazzito dall'intensità del desiderio. In qualche modo, era ancora peggio di quando era morta Larita. Allora, non aveva avuto altra scelta che accettare che la compagna fosse andata, che l'aveva persa per sempre, ma con Emily, la consapevolezza che avrebbe potuto riaverla lo tormentava, facendogli dimenticare tutti i principi e le promesse che aveva fatto.

Avrebbe potuto riaverla—tutto ciò che avrebbe dovuto fare era andare contro i suoi desideri e privarla della libertà.

Scacciando quel pensiero, Zaron chiuse gli occhi e cercò di addormentarsi. Purtroppo, non ci riuscì. Si rigirò per un'ora prima di rinunciarci. Alzandosi, toccò il computer da polso e disse: "Mostramela."

Davanti a lui apparve un'immagine tridimensionale dell'appartamento di Emily. Il giorno dopo la sua partenza, Zaron aveva avuto accesso alla telecamera sul portatile della ragazza, dicendosi che, data la reazione degli umani per l'arrivo dei Krinar, doveva accertarsi che Emily fosse tornata a casa sana e salva. Era sotto la sua responsabilità; dopotutto, era stato lui il motivo per cui non era potuta tornare a New York prima.

Con suo sollievo, quella sera era nel suo appartamento, a guardare la TV con un felino grigio accovacciato sul grembo. Era il suo gatto George, aveva realizzato Zaron, studiando avidamente quell'immagine. Qualche minuto dopo, si era sforzato di spegnere la registrazione, dicendosi che avrebbe dovuto lasciarla in pace, ma il giorno successivo aveva riacceso la telecamera e guardato Emily mangiare un panino, mentre leggeva un libro. Il giorno dopo, era uscita, e lui era entrato nel panico, preoccupato che le fosse successo qualcosa, ma un'ora dopo era tornata a casa e lui si era calmato. Avrebbe smesso, si era detto, ma il computer continuava ad attirarlo, e, di tanto in tanto, accendeva il portatile e la osservava mentre dormiva, mangiava, giocava con il gatto o cercava lavoro sul suo Internet umano. Era una terribile invasione della sua privacy, lo sapeva, ma non poteva farne a meno.

Vederla in quelle registrazioni era l'unica cosa in grado di far felice Zaron quei giorni.

Così, ora studiava avidamente l'immagine davanti a lui, cercando indizi che Emily fosse in casa. A volte era in bagno, e non la vedeva subito, ma dopo pochi minuti tornava sempre nella camera principale. L'intero appartamento di Emily era quella stanza, quindi, se fosse stata in casa, Zaron l'avrebbe rivista presto.

Ma non la vedeva. C'era solo il suo gatto, seduto sul pavimento a leccarsi la zampa, prima di passarla sul muso peloso. Zaron dovette ammettere che le bizzarrie dell'animale erano affascinanti e, se fosse stato un altro giorno, si sarebbe goduto lo spettacolo, ma l'assenza di Emily lo faceva sentire a disagio. Era già tardi—e nelle ultime settimane Emily aveva smesso di uscire di sera, probabilmente a causa del crescente tasso di criminalità nella sua città. Allora, dove poteva essere? Che cosa stava facendo?

Aspettò circa un'ora e mezzo, con il disagio che

cresceva attimo dopo attimo, ma l'umana non tornava a casa.

Zaron controllò l'orario. Era passata la mezzanotte a New York. Emily non sarebbe mai uscita così tardi. Doveva sapere che era pericoloso per una giovane donna andare in giro per la città quei giorni.

A meno che... a meno che non fosse da sola.

Tutto all'interno di Zaron sussultò a quel pensiero, con la furia simile a una lingua di fuoco nelle vene. Sapeva che Emily avrebbe trovato un compagno—era troppo intelligente e bella per non trovarlo—ma c'era una bella differenza tra sapere qualcosa e vederlo con i proprio occhi. Emily, la *sua* Emily, forse era con un altro uomo in quel momento, e Zaron non riusciva a sopportarlo. La immaginò dormire tra le braccia di un uomo, e strinse i pungi, preso dall'impulso di uccidere quell'umano, di farlo a pezzi con le proprie mani. Non importava che Zaron avesse lasciato andare Emily; l'antico istinto territoriale in lui insisteva che era sua—che sarebbe *sempre* stata sua.

La sua rabbia era così forte che non si rese conto di aver dato l'ordine al computer. Fu solo quando i messaggi e le e-mail di Emily apparvero sull'immagine tridimensionale davanti a lui che Zaron capì quanto si stesse comportando in maniera folle. Eppure, non riusciva a fermarsi. Lesse tutte le sue recenti conversazioni, cercando indizi su dove potesse essere e con chi, ma con grande delusione, non trovò nulla— nessun incontro concordato, nemmeno un accenno di flirt.

La gelosia di Zaron lasciò il posto alla preoccupazione.

"Localizza il suo cellulare" disse bruscamente, e il computer obbedì, inviando un segnale ai satelliti umani per la triangolazione con la rete GPS.

Ma non c'era alcun segnale—perlomeno, nessuno che il suo computer riuscisse a rilevare.

Accigliato, Zaron riprovò. Più volte.

Niente.

Era come se il telefono di Emily fosse svanito nel nulla.

"Accedi al suo portatile" ordinò Zaron al computer. "Cerca nella cronologia del suo browser."

E fu lì, nel browser di Emily, che Zaron lo vide: un ordine compilato parzialmente per un biglietto aereo di sola andata diretto in Costa Rica.

Il suo cuore cessò di battere per un secondo, poi riprese a funzionare, martellandogli nel torace.

Emily stava tornando.

Stava tornando da lui.

Per un attimo, quell'emozione fu quasi accecante, ma poi Zaron realizzò che Emily non aveva completato l'ordine.

Se n'era andata prima di acquistare il biglietto, e non riusciva a capire dove fosse e cosa le fosse successo.

CAPITOLO TRENTASEI

"VI HO GIÀ DETTO TUTTO QUELLO CHE SO" DISSE EMILY, non riuscendo a contenere la frustrazione. La stavano interrogando in quella piccola stanza soffocante da ore, e cominciava a sentire le pareti chiudersi intorno a lei. Cercò di gestire la claustrofobia facendo dei respiri profondi, ma nulla sembrava aiutare. A rendere le cose ancora peggiori era il fatto che si sentiva così stanca che dovette impiegare tutta la sua energia solo per rimanere sulla sedia in metallo duro. Che ora era? Le due del mattino? Le tre? Non c'erano orologi sulla parete, e le avevano tolto il cellulare. Aveva sempre pensato che i dipendenti del governo lavorassero dalle nove alle cinque, ma chiaramente non era quello il caso della Sicurezza Nazionale—o almeno di quel particolare ramo.

Emily aveva il forte sospetto che gli agenti che erano venuti a casa sua non fossero dei banali poliziotti di frontiera.

"Non ci ha detto niente, Signorina Ross" disse l'Agente Wolfe, col volto inespressivo. "È caduta, è stata salvata da un Krinar che poi l'ha tenuta prigioniera per due settimane e mezzo, ed è tornata a casa il K-Day. Si aspetta che crediamo che questa sia tutta la storia?"

"*È* tutta la storia" disse Emily, sfinita. "Sì, sapevo che ci sarebbe stata l'invasione—ecco perché ho chiamato l'ambasciata—ma non so altro. Non so nient'altro sui loro piani. Non sono in contatto con Zaron. Non appena mi ha lasciata andare, sono tornata a casa. Non so niente delle loro armi, e vi ho già descritto quello che ho visto della loro tecnologia—che non era molto, perché era tutto all'interno di una casa residenziale."

"Tuttavia, questo Zaron le ha ridato la vita con la tecnologia medica che aveva dentro quella casa" disse l'Agente Janson, con il doppio mento che tremava parola dopo parola. "Le ha guarito la colonna vertebrale spezzata, ha detto?"

"Sì." Emily si pentì di quella rivelazione, ma, quando avevano iniziato a farle le domande, si era sentita troppo intimorita per pensare a una menzogna plausibile. Non appena aveva aperto la porta, l'avevano portata al piano di sotto, sbattuta in una macchina nera per poi portarla in quel magazzino del Queens—o piuttosto, nella struttura nel seminterrato di quel magazzino. Emily aveva avuto appena il tempo di afferrare il portafoglio, le chiavi, e il telefono—oggetti che le avevano confiscato prima di metterla in quella stanza e di riempirla di domande come se fosse una terrorista.

Almeno, aveva avuto l'accortezza di non rivelare nulla sulla natura sessuale del suo rapporto con Zaron e dei suoi sospetti sul fatto che i Krinar fossero una specie vampiresca. Quell'ultima omissione era dovuta al fatto che non era ancora sicura di aver ragione, e che temeva le conseguenze di ciò che sarebbe accaduto, se quelle voci avessero cominciato a circolare. Il panico per le strade e gli attacchi della guerriglia ai Krinar sarebbero peggiorati? Sarebbe scoppiata una vera e propria guerra?

Non lo avrebbe sopportato, se in qualche modo fosse stata la responsabile di un'ulteriore violenza. Questa invasione "pacifica" era già fin troppo sanguinosa.

"Signorina Ross..." disse l'Agente Wolfe. "Non ci sta aiutando con la sua evasività. È ovvio che ne sa più di quanto ci stia dicendo. Ha passato due settimane e mezzo con uno di *loro*. Deve raccontarci tutto quello che ha visto e sentito—ogni dettaglio, a prescindere che sia piccolo o grande. Potrebbe pensare che sia insignificante, ma ci aiuterà a delineare un quadro più completo del nemico."

"Il nemico? Pensavo che fossimo in pace" disse Emily, troppo stanca per nascondere il sarcasmo. "Non è così secondo il Trattato di Coesistenza?"

Janson incrociò le braccia, poggiandole sul suo stomaco montagnoso. "Non sia ingenua, Signorina Ross. I Krinar non sono nostri amici, né lo saranno mai, fin quando non ne sapremo di più. Perché sono qui? Che cosa vogliono da noi? Non lo sappiamo, e non lo sapremo finché non si degneranno di dircelo. Ma lei potrebbe sapere qualcosa, e se è così, è suo dovere di cittadina americana—di cittadina *umana*—informarci."

"Non so più di quanto non vi abbia già detto" disse Emily per la quindicesima volta. Le pareti sembravano più vicine secondo dopo secondo, e diventava sempre più difficile respirare. Se non l'avessero lasciata uscire da quella stanza al più presto, sarebbe impazzita. "Sapete tutta la storia."

"No" disse Wolfe. "Non è così. Ma se preferisce non parlare con noi stasera, va bene. Continueremo domani. Nel frattempo, cercheremo di ottenere delle risposte in qualche altro modo." Si alzò e si rivolse all'altro agente. "Janson, per favore, porta la Signorina Ross al Dipartimento di Analisi Cliniche. Vediamo se questa guarigione aliena ha lasciato qualche traccia."

"Aspettate, no. Non potete farlo "disse Emily, tirandosi indietro, quando Janson si alzò e le si avvicinò. Il cuore le batteva così velocemente che aveva la sensazione di essere malata. "Non lo permetterò. Voglio un avvocato."

Ma Janson le avvolse le spesse dita intorno al braccio e la tirò su. "Andiamo" disse, con il palmo umido e sudato sulla sua pelle. "È giunto il momento di saperne di più sulla sua esperienza."

CAPITOLO TRENTASETTE

"VUOI CHE TROVI UNA RAGAZZA UMANA?" KORUM aggrottò le sopracciglia, stringendo gli occhi insolitamente dorati. Il Consigliere sembrava perplesso e al tempo stesso dispiaciuto dalla richiesta di Zaron. "Perché?"

"Perché è mia, e la rivoglio" rispose Zaron. Non c'era tempo per fingere che la sua richiesta fosse qualcosa di diverso da un favore personale. Non riusciva a liberarsi dalla sensazione che qualcosa fosse terribilmente sbagliato. Ogni secondo in cui non riusciva a individuare Emily sembrava un'ora, con la paura dentro di lui che cresceva incontrollabilmente. "L'ho salvata quando l'ho trovata ferita, ed è stata un po' di tempo con me" spiegò. "Tuttavia, ho commesso l'errore di lasciarla tornare a New York e le è accaduto qualcosa. Non riesco a trovarla da nessuna parte."

Il cipiglio di Korum si approfondì. "Allora, come ti aspetti che io la trovi?"

"Attraverso i nanociti nel suo corpo" disse Zaron. Quell'idea gli era venuta in mattinata e aveva immediatamente chiesto un incontro personale con il Consigliere. "Ho saputo che la tua azienda ha progettato il dispositivo jansha che ho utilizzato per guarirla. Non ho il codice per attivare la funzione di rilevamento sui nanociti, ma so che esiste quella funzionalità. Non è vero?"

"Sì" confermò Korum. "Ogni nanocita ha una firma unica che può essere rilevata. Ma dovrei vedere lo jansha per capire quale specifico lotto di nanociti è stato usato su di lei."

"Ecco." Zaron tese la mano e aprì il palmo per mostrargli il piccolo dispositivo di guarigione a forma di tubo. "Ho pensato che ne avresti avuto bisogno."

"Va bene" disse Korum, prendendo il dispositivo da Zaron. "Lo esaminerò per te. Potrebbe volerci qualche giorno, quindi—"

"No" lo interruppe Zaron bruscamente, con i muscoli tesi dalla furia. "Non posso aspettare qualche giorno."

"Scusa?" Lo sguardo di Korum si indurì.

"È importante" disse Zaron, sforzandosi di moderare il tono. Non poteva permettersi di inimicarsi l'unica persona che avrebbe potuto aiutarlo. "*Lei* è importante."

"Più importante delle mie funzioni nel Consiglio e dei progetti su cui sto lavorando?" Le narici di Korum si spalancarono. "Capisco che tu rivoglia il tuo cucciolo umano, ma—"

"È la mia charl." Zaron sostenne il gelido sguardo di Korum, rifiutandosi di distoglierlo. Era meglio non far arrabbiare il notoriamente spietato Consigliere, ma non c'era niente che Zaron non avrebbe fatto per riavere Emily.

Avrebbe sfidato Korum nell'Arena, se fosse stato necessario.

"La tua charl?" Parte della fredda collera lasciò la voce di Korum. "Come Delia per Arus?"

"Sì." Zaron non voleva spiegare che Emily non era ancora la sua charl. Lo sarebbe diventata non appena l'avrebbe trovata; lo aveva deciso la scorsa notte. Aveva deciso di tornare da lui—aveva quasi acquistato il biglietto—ma anche se aveva ancora delle riserve sull'appartenere a lui, Zaron gliele avrebbe fatte superare.

Una volta riavuta Emily, non l'avrebbe mai più lasciata andare.

"Capisco." Un accenno di divertimento comparve nello sguardo di Korum. "Non mi ero reso conto che tu e Arus aveste così tante cose in comune. Non capirò mai che cosa ci sia di tanto speciale nell'avere una charl, ma se vuoi un'umana, credo che sia una tua scelta."

Zaron fece del proprio meglio per nascondere il sollievo. "Allora, mi aiuterai? Oggi?"

"Sì, lo farò" rispose Korum. "Torna tra due ore. Dovrei averla localizzata per quell'ora."

———

LE DUE ORE TRASCORSERO A UN RITMO GLACIALE. PER distrarsi, Zaron andò al lago e nuotò nello specchio d'acqua, poi corse per venti miglia nella giungla. Pur non avendo dormito per tutta la notte, si sentiva iperattivo, con il corpo scosso da una violenta energia.

Se avesse incontrato qualche combattente della guerriglia umana, sarebbero stati nei guai.

Ma Zaron non incontrò nessuno, ed esattamente due ore dopo quella conversazione, tornò nella sala riunioni del Consiglio di Lenkarda.

Korum lo stava aspettando davanti a un'immagine tridimensionale.

"È lì dentro" disse senza preliminari, indicando il magazzino cadente di una strada piena di immondizia. "È un edificio situato in una zona industriale semi-abbandonata del Queens, un quartiere di New York. Ho fatto qualche ricerca per te. A quanto pare, l'edificio è di proprietà del governo degli Stati Uniti. Hanno usato diverse società di comodo per nasconderlo, il che mi fa pensare che non sia una delle loro ubicazioni ufficiali."

"Un edificio governativo?" Zaron aggrottò la fronte vedendo quell'immagine. "Perché è lì dentro?"

"Non lo so" rispose Korum. "Forse ha deciso di parlare con loro di te, di rivelare che cos'ha scoperto durante il periodo passato con te. Per quanto tempo l'hai tenuta?"

"Circa due settimane e mezzo. Ma ha visto solo la nostra tecnologia domestica basilare, quindi dubito che possa rivelare qualcosa di utile."

"Non avresti dovuto mostrarle neanche quella" lo rimproverò Korum, e l'immagine scomparì. "Il mandato di non divulgazione non è più in vigore, ma siamo ancora vincolati dal mandato di non interferenza. Non possiamo dare o mostrare nulla che possa alterare il corso del loro naturale sviluppo tecnologico. In generale, è un problema che il governo l'abbia presa. I nanociti sono inattivi, ma li ha ancora nel corpo, e quella non è una tecnologia che condivideremo con gli umani troppo presto."

"Non preoccuparti. Non sarà un problema per molto tempo" disse Zaron. "La farò tornare." Dubitava che gli umani avessero una tecnologia sufficientemente avanzata per fare qualcosa con i nanociti, ma non si oppose.

Sapeva dove si trovava Emily, e questo era tutto ciò che importava.

Korum gli rivolse un'occhiataccia. "Sai che non puoi presentarti lì e trascinarla via. Potrebbero avere misure di sicurezza non evidenti dall'esterno. Se quella è davvero una struttura governativa, potresti provocare un grande incidente interplanetario, se facessi irruzione e ti dovessi ferire."

"Allora, che cosa suggerisci?" domandò Zaron, sopprimendo l'impazienza. Ora che sapeva dov'era Emily, non vedeva l'ora di raggiungerla.

"Arus può inviare una richiesta per te tramite i canali diplomatici" disse Korum. "Probabilmente ci vorrà un po' di tempo, ma—"

"No." Il rifiuto di Zaron fu istintivo, un sentimento

intestino nato dalla necessità di riavere Emily in quell'istante, ma quando vide l'espressione di Korum capì che avrebbe dovuto fornire una spiegazione ragionevole. "Se chiederemo di lei, penseranno che sia importante" disse. "Potrebbero negare di averla o ritardare il suo ritorno per farle altre domande. Sarebbe molto più facile se andassi lì da solo e la recuperassi. Se irrompessi lì dentro come un ladro umano, non saprebbero mai che era coinvolto un Krinar, quindi—"

"No." Stavolta fu Korum a interromperlo. "Non è questo il modo di affrontare il problema. Se questa tua Emily ha raccontato tutto, potrebbero aspettarsi che andiamo da lei. Non puoi andare lì disarmato e impreparato. Se davvero non puoi aspettare, ti aiuterò. Ho un paio di progetti che non vedo l'ora di provare."

Il Consigliere spiegò il piano, con gli occhi dorati che brillavano e, mentre parlava, Zaron sentì il nodo della tensione nel petto cominciare ad allentarsi.

In un modo o nell'altro, avrebbe riavuto Emily.

Era giunto il momento che il suo angioletto tornasse a casa.

CAPITOLO TRENTOTTO

Con il cuore che le batteva a un ritmo erratico, Emily fissò l'infermiera dai capelli bianchi che si stava preparando per infilarle un altro ago nel braccio. L'anziana donna aveva un volto gentile che le ricordava l'attrice Betty White, ma finora aveva ignorato tutte le richieste di Emily, affinché si fermasse e la lasciasse chiamare un avvocato.

Il primo ciclo di test era consistito nel prelievo di diverse fiale del sangue di Emily, lastre di ogni parte del corpo, una TAC e una RM. Poi, avevano lasciato Emily svenuta per alcune ore su un duro letto in una piccola stanza grigia, e si era svegliata con la sensazione di soffocare. Aveva avuto bisogno di aria fresca, ne aveva avuto così tanto bisogno che si era sentita come se stesse morendo, ma invece di lasciarla uscire, le avevano dato un sedativo per calmarla. Per un po', aveva provato una sensazione di torpore, come se fosse stata drogata, sognando che Zaron venisse a salvarla, ma il farmaco aveva cominciato a smettere di far effetto e la claustrofobia era riaffiorata, insieme alla nausea dovuta al sedativo e a una sensazione di stomaco vuoto. Emily aveva rigettato il caffè e le ciambelle che le avevano dato mezz'ora prima, e la fame aveva intensificato il mal di testa che le faceva pulsare le tempie.

"No, per favore" la pregò Emily nuovamente, quando la donna simile a Betty White si avvicinò con la siringa. Si sentiva la lingua spessa e ingombrante nella bocca asciutta. "La prego. Sono una cittadina americana. Non ho fatto nulla di male."

L'infermiera la ignorò, con il volto gentile che assunse lineamenti stoici. Emily cercò di allontanare il braccio dalla siringa, ma una manetta attorno al polso lo teneva bloccato. Due infermieri l'avevano fissata a una sedia di metallo, dopo che aveva cercato di resistere alla seconda serie di test, e le limitazioni avevano peggiorato la sua claustrofobia, facendole battere il cuore troppo velocemente. Era legata come se fosse in un manicomio, impossibilitata ad alzarsi o allontanarsi. Emily non era mai stata un'amante degli aghi, al punto da evitare i vaccini antiinfluenzali, ma non poteva evitare quello.

Era prigioniera, e non c'era via di fuga.

L'infermiera strinse il braccio di Emily per tenerlo fermo, e l'ago affondò nella sua pelle, penetrandole la vena all'interno del gomito.

"Basta" gemette Emily, con la bile che le salì in gola,

mentre il sangue scorreva nel flaconcino attaccato alla siringa. "Sto per vomitare."

Tenendo la siringa ferma con una mano, l'infermiera raggiunse un vassoio di plastica lì vicino. "Ecco" disse, spingendo il vassoio vuoto sotto il mento di Emily. "Può vomitare qui dentro, se ne ha bisogno."

Emily tremava, con la pelle scossa da sudori freddi, ma riuscì a non vomitare. Vedendo che il vassoio non era necessario, l'infermiera lo ripose. Rimuovendo l'ago dal braccio di Emily, mise un batuffolo di cotone sul foro e applicò un cerotto.

"Tutto finito per ora" disse. "Si sieda e si rilassi. L'Agente Wolfe e l'Agente Janson saranno qui a breve."

Uscì dalla stanza senza sbloccare le manette di Emily, e due minuti dopo Wolfe e Janson entrarono nella stanza. Nessun agente batté ciglio vedendo Emily legata ad una sedia, e lei capì che per loro non era una persona.

Era il nemico, e avrebbero fatto di tutto per distruggerla.

"Toglietemi queste manette, per favore" disse. Dovette far appello a tutta la propria forza per mantenere la voce ferma. Aveva la vertigini, e le sembrava che tutto l'ossigeno fosse uscito dalla stanza. "Non vi aggredirò."

Wolfe le rivolse un sorrisetto. "Sono certo che non lo farà, ma le infermiere potrebbero aver bisogno di eseguire qualche altro test, quindi è meglio che le tenga per ora. Sono sicuro che lei capisca."

"No, non capisco" disse Emily, incapace di

contenere la rabbia e la disperazione. "Non ho commesso alcun crimine, ma anche se l'avessi fatto in questo Paese ci sono i processi. Se intendete trattenermi in questo modo, pretendo di vedere un avvocato, e—"

"Signorina Ross, per favore." Janson si sedette su una sedia davanti a lei, con i polpacci carnosi che gli tremarono per quel movimento. "Lei è una giovane donna intelligente. Sono sicuro che sappia che la Legge Antiterrorismo ci concede ampi margini di libertà in caso di minacce alla sicurezza nazionale. Saprà anche che i Krinar rappresentano la più grande minaccia che abbiamo mai affrontato. Dato che si rifiuta di collaborare—"

"Sto collaborando!"

"—non abbiamo altra scelta che trattenerla qui" continuò Janson, come se Emily non avesse parlato. "I test preliminari hanno confermato che è stata effettivamente guarita da una tecnologia molto più avanzata di quelle che conosciamo. Le sue cure odontoiatriche, ad esempio..." Continuò, indicando tutto quello che avevano scoperto finora, ma Emily non stava più ascoltando.

Un ronzio—qualcosa che somigliava al lontano ronzio di un alveare—aveva attirato la sua attenzione.

Improvvisamente, le luci tremolarono e si spensero, e il ronzio si intensificò.

"Cazzo" disse Wolfe, tirando fuori il telefono e utilizzandolo come una torcia elettrica. "Janson, va tutto bene?"

Ma Janson non gli stava prestando attenzione. Non parlava e teneva il telefono sopra la testa, proiettando la luce verso il soffitto.

"Cos'è quello?" chiese Wolfe, piegando la testa all'indietro, ed Emily seguì il suo sguardo.

Il soffitto sembrava scintillare—no, si stava *sciogliendo*.

Wolfe saltò in piedi, tirando fuori la pistola, ma era troppo tardi.

Una grossa area del soffitto si disintegrò, con lo spesso strato di calcestruzzo che evaporò come se fosse fatto di fumo. La luce del sole attraversò l'apertura, accecando Emily per un attimo, ma poi la vide.

La figura alta e con le spalle larghe di un uomo sul bordo dell'apertura.

La luminosa luce solare proveniente dall'alto gli oscurava il viso, ma la grazia felina con cui si muoveva era inconfondibile.

Stupefatta, Emily fissò Zaron, e una calda sensazione di benessere la attraversò.

Il suo carceriere alieno era venuto a salvarla.

La rivoleva.

"Fermo!" gridò Janson, sollevando la pistola, ma Zaron stava già saltando nella stanza.

L'assordante *bang-bang-bang* dei colpi di pistola riempì l'aria, ed Emily smise di respirare, con il cuore in preda a un gelido terrore. Sapeva che i Krinar erano veloci e forti, ma ciò non significava che non potessero essere feriti o uccisi. Se a Zaron fosse accaduto qualcosa... Prima che quella paura potesse soffocarla, vide che era atterrato in piedi, illeso.

I secondi che seguirono furono sfocati. Zaron si mosse come un tornado mortale. In quello che sembrò un batter d'occhio, entrambi gli agenti si ritrovarono sul pavimento, urlanti dal dolore, ed Emily guardò in uno stato di shock paralizzante, mentre Zaron sollevò Janson per la gola, tenendolo con una mano, come se l'uomo di centotrenta chili non pesasse niente. Il braccio destro di Janson era appeso a un angolo sul suo fianco, ma la mano sinistra era aggrappata alle dita di Zaron in un terrore frenetico, con i piedi che sbattevano in aria dalla disperazione.

Zaron stava letteralmente soffocando l'agente a morte.

"Fermati!" gridò Emily, spaventata. "Zaron, per favore, smettila!"

Il suo amante si bloccò, e lei vide un brivido attraversargli il potente corpo. Il viso dell'alieno era girato, quindi tutto quello che la ragazza poteva vedere era la linea tesa della sua mascella, ma percepiva la rabbia appena trattenuta. La violenza era nell'aria, oscura e tossica, ed Emily capì che se non avesse fatto qualcosa Zaron avrebbe ucciso quei due uomini.

Come i K in quei video, li avrebbe fatti a pezzi.

"Zaron, per favore." Mettendo da parte il panico, Emily addolcì la voce, rendendola delicatamente persuasiva. "Mettilo giù."

I tentativi di dimenarsi di Janson si stavano già

indebolendo, scalciando con meno forza, e per un momento Emily pensò che Zaron non l'avrebbe ascoltata. Ma poi allentò la presa e l'agente cadde sul pavimento, ansimando vistosamente per prendere aria. Wolfe era sdraiato accanto a lui, a frignare, con entrambe le braccia piegate ad angoli innaturali.

La nausea ebbe di nuovo la meglio su Emily, ma si sforzò di guardare Zaron, che calpestò un Janson ormai sottomesso e si avvicinò a lei, con gli occhi neri che bruciavano per qualcosa di oscuro e spaventoso.

"Ti hanno fatto del male." La sua voce era carica di rabbia quando si fermò davanti a lei, e la ragazza capì che le stava guardando i segni degli aghi e i lividi sulle braccia. "Quei bastardi ti hanno fatto del male." Stava tremando dalla furia, con le grandi mani instabili, mentre le tolse le manette e l'aiutò ad alzarsi in piedi.

"Mi hanno solo prelevato un po' di sangue" disse Emily, ma Zaron si stava già piegando per sollevarla tra le braccia. Nonostante la rabbia, la presa su di lei era delicata, dosando la sua forza inumana mentre la stringeva al petto.

Sopraffatta dal calore e da quel profumo familiare, Emily cominciò a tremare. Avvolgendogli le braccia intorno al collo, seppellì il volto nella sua spalla, cercando di trattenere le lacrime che le bruciavano gli occhi. Si sentiva euforica e sconvolta, con la gioia di rivedere Zaron in lotta con l'orrore per quello che aveva fatto.

Dopo circa due mesi di agonizzante nostalgia, stava

di nuovo con l'uomo che amava—un predatore extraterrestre che aveva quasi ucciso due esseri umani.

"Tieniti forte" disse Zaron, ed Emily sentì i muscoli dell'alieno stringersi. Istintivamente, rafforzò la presa sul suo collo, e poi volarono—o così sembrò per un attimo. Prima che potesse metabolizzare ciò che stava accadendo, raggiunsero il primo piano della struttura, sostenendosi sulla parte intatta del soffitto.

Zaron era saltato dal piano terra stringendola, si rese conto Emily vagamente. Qualsiasi altro giorno, si sarebbe meravigliata per quella prodezza atletica, ma non era quello che attirava la sua attenzione in quel momento.

Ovunque intorno a lei c'erano corpi—corpi umani. Alti e bassi, grassi e magri, armati e disarmati giacevano sul pavimento in pose strane, con i visi illuminati dalla luce del sole che attraversava il tetto ora inesistente.

"Sono..." Emily non riusciva nemmeno a pronunciare la parola. Rabbrividendo, diede dei colpetti sul petto di Zaron. "Zaron, sono—"

"Stanno dormendo" disse Zaron, stringendola più forte. "Li ho messi k.o. per evitare vittime."

Emily appoggiò la testa sulla sua spalla e si lasciò sfuggire un sospiro affannato, con una sensazione di sollievo che l'attraversò come uno tsunami. Non sapeva se avrebbe potuto vivere con quel peso, se il Krinar che amava si fosse rivelato un assassino di massa.

"Dove mi stai portando?" chiese, mentre lui calpestò un paio di corpi, portandola tra le braccia.

"Vedrai" disse Zaron, e lei sentì i muscoli dell'alieno contrarsi per un altro salto sovrumano.

Atterrarono sulla parte rimanente del tetto, ed Emily sentì la calda brezza estiva sulla pelle. I suoi polmoni si espansero, cercando di mandare giù aria, e la tensione claustrofobica che le stringeva il torace si attenuò, scacciando i rimanenti dubbi.

Finalmente era tornata con Zaron.

Era venuto per lei.

"Come hai fatto a trovarmi?" gli chiese, piegando la testa all'indietro per incrociare il suo sguardo, e il cuore cominciò a batterle più forte, notando lo sguardo nei suoi occhi.

Zaron la stava fissando con una possessività senza compromessi, con una brama così intensa che le trasformò le viscere in poltiglia.

"I nanociti utilizzati per guarirti" le disse, ed Emily impiegò un attimo a rendersi conto che aveva risposto alla domanda. "Sono riuscito a rintracciarli."

"Oh." Il disagio si insinuò nella sua voce, ma prima che potesse interrogare Zaron ulteriormente, lui si voltò a sinistra, stringendola, e lei vide qualcosa di strano.

Sul tetto rimanente del magazzino c'era una capsula sferica fatta di qualche strano materiale color avorio. Aveva solo pochi metri di diametro e non aveva finestre o porte visibili.

"Quello è—"

"Il nostro modo per tornare a casa, sì" disse Zaron, camminando in quella direzione. Mentre si avvicinava, la parete della capsula si dissolse, creando un ingresso per loro.

Entrando, Zaron appoggiò con cautela Emily su una panca fluttuante—una delle due all'interno della capsula. Immediatamente, la panca si conformò al corpo della ragazza, modellandosi in base alla sua schiena e alla curva del sedere. Il comfort era straordinario, e per la prima volta Emily capì quanto le fosse mancata l'intuitiva tecnologia Krinar.

"Voleremo da qualche parte?" gli chiese, guardandosi intorno. Le pareti della capsula erano trasparenti dall'interno, dandole l'illusione di essere seduta su una bolla di vetro gigante. Questo avrebbe dovuto spaventarla, ma la faceva sentire leggera e libera. Non si sentiva confinata tra quelle pareti trasparenti, anche se era più prigioniera ora di quanto non fosse stata in quel sotterraneo. Zaron non l'avrebbe mai più lasciata andare—Emily lo sapeva con una certezza che trascendeva qualsiasi razionalità—ma quella consapevolezza non la spaventava.

Non avrebbe mai più voluto vivere senza di lui.

"Torneremo in Costa Rica" rispose Zaron, sedendosi sull'altra panca. "C'è un nuovo insediamento Krinar chiamato Lenkarda. Non è lontano da casa mia —che ora è anche casa tua."

"E il mio gatto?" C'erano altre mille domande che probabilmente Emily avrebbe dovuto fare prima, ma la preoccupazione per George era in primo piano nella sua mente.

"Andremo a prenderlo" disse Zaron, senza alcun

accenno di esitazione o sorpresa, ed Emily capì che avrebbe dovuto aspettarselo.

La sua intuizione era giusta: non l'avrebbe più lasciata andare.

"E il mio appartamento?" domandò Emily, passando finalmente alle domande logiche. L'adrenalina che le scorreva nelle vene per quel violento salvataggio stava svanendo, e stava ricominciando a sentirsi sopraffatta. "E le mie cose? Di cosa vivrò, se—"

"Emily." Zaron ruotò sulla panca per guardarla. Prendendole la mano tra i sui grandi palmi, disse piano: "Non dovrai preoccuparti di niente, angioletto. Mi prenderò cura di tutto."

Emily lo fissò, confusa. Nessuno si era occupato di qualcosa per lei dopo la morte dei suoi genitori. "Ma—"

"Shh" mormorò lui, sollevando la mano per accarezzarle la guancia, ed Emily vide che la possessività nel suo sguardo aveva lasciato il posto alla tenerezza, con il desiderio affievolito da qualcosa di morbido e caldo. "Non devi temere, angioletto. Non sei più sola."

Lei sospirò, con gli occhi bagnati da lacrime improvvise. "Zaron..."

"Parleremo meglio quando saremo a casa" le disse, e lei annuì, troppo sconvolta dalle emozioni per discutere.

Con una leggera spinta, la capsula si sollevò, levandosi in aria. Emily trattenne il fiato mentre sorvolarono New York, coprendo la distanza dal Queens a Manhattan in meno di un minuto.

Quell'accelerazione così rapida avrebbe dovuto provocarle la nausea, ma non sentì alcun fastidio causato dalla velocità. Il viaggio era tranquillo, come se stessero andando a cinque chilometri l'ora.

Atterrarono sul tetto del suo edificio, e Zaron saltò fuori dalla capsula non appena apparve l'apertura della parete. "Resta qui. Torno subito" le disse, e prima che Emily potesse obiettare, scomparve dietro un comignolo.

Emily uscì dalla capsula e cominciò a seguirlo, ma prima che potesse fare più di una dozzina di passi, Zaron tornò, con uno sconvolto George tra le braccia. Vedendola, il gatto si lasciò sfuggire un forte miagolio, ed Emily lo prese da Zaron, ridendo, mentre il gatto la graffiò per esprimere l'indignazione per essere stato preso da uno sconosciuto.

"Che ne dici della sua lettiera?" chiese Emily, guardando Zaron, quando George si sistemò tra le sue braccia e cominciò a farle le fusa. "Il suo cibo, i giocattoli, e—"

"Mi occuperò di tutto ciò di cui il tuo animale domestico ha bisogno" disse Zaron, posandole la mano sulla schiena per riportarla verso la capsula. "Dobbiamo andare ora. Credo che le vostre autorità aeree ci abbiano scoperto."

Emily sentì il rumore lontano degli elicotteri e il sibilo delle sirene. Gli agenti della struttura del Queens avevano riferito dell'attacco di Zaron? Quella sarebbe stata considerata una violazione del trattato? Emily voleva chiederglielo, ma Zaron la stava già conducendo verso la capsula per poi sigillarne l'ingresso. La ragazza ebbe appena il tempo di sedersi sulla panca con George sul grembo, quando la capsula si sollevò, sorvolando rapidamente la città.

Le nuvole sotto di loro erano sfocate, e George miagolò, afferrando la gamba di Emily per il disagio. Lo accarezzò per calmarlo, immaginando come dovesse essere spaventoso tutto ciò per un gatto che non si era mai allontanato da Manhattan. Anche per lei, volare in una bolla di vetro a quella folle velocità era assolutamente surreale.

"Quanto impiegheremo ad arrivare?" gli chiese, e Zaron curvò le labbra dal divertimento.

"Siamo arrivati" disse lui, ed Emily si rese conto che la capsula stava già planando sulle verdi chiome della foresta pluviale, avendo percorso la distanza da New York alla Costa Rica in pochi minuti.

Atterrarono in una radura accanto alla piccola montagna in cui si trovava la casa di Zaron. Emily ebbe la strana sensazione di essere tornata a casa. Aveva trascorso lì meno di tre settimane, ma l'aria fresca e umida e la vegetazione lussureggiante la attiravano, facendola sentire viva come le affollate strade di New York non avrebbero mai potuto fare.

Uscendo dalla capsula, tenne George sul petto e seguì Zaron nella grotta nascosta, dove aveva costruito la sua casa.

All'interno, era rimasto tutto come l'aveva lasciato, dai mobili fluttuanti alle pareti in avorio. L'apertura della parete si chiuse dietro Zaron, bloccandoli in casa, ed Emily si chinò per mettere George sul pavimento. Il gatto sembrò insicuro per un attimo, ma poi il suo noto coraggio riaffiorò e iniziò ad esplorare la nuova casa.

Raddrizzandosi, Emily guardò Zaron, con il battito del cuore accelerato per l'eccitazione nervosa. Zaron aveva gli occhi socchiusi mentre la guardava, col suo bel volto teso e i lineamenti duri.

Era tutto lì. Non avevano nessun posto dove andare, nessun altro posto dove stare.

Erano solo loro due e la tensione che vibrava nell'aria, con un'attrazione reciproca così potente che Emily sentì una corrente elettrica sulla pelle.

"Zaron..." Non sapeva se si fosse avvicinata a lui, o se si fosse mosso prima lui, ma non importava perché in qualche modo finì tra le sue braccia, con la bocca divorata dalla fame insistente dell'alieno, che le passò le mani su tutto il corpo. Il suo sapore, il suo profumo, il suo tocco—era tutto ciò che aveva sognato in quelle sette settimane e di più, con la realtà più nitida e più intensa di quanto ricordasse. Zaron le infilò la lingua tra le labbra, prendendole la bocca con una passione sfrenata, e sentì la durezza della sua erezione, mentre la sollevò contro di lui, aprendole le cosce per sbattere il bacino contro il suo sesso dolorante. I jeans e i pantaloni da yoga li dividevano, ma era come se fossero stati nudi. Emily si sentiva in fiamme, con ciascun movimento dei fianchi dell'extraterrestre che inviava frammenti di frizzante piacere al suo corpo. I suoi capezzoli eretti soffrivano all'interno del reggiseno, e il clitoride era gonfio e sensibile, con la biancheria intima bagnata per un desiderio pulsante.

Gemendo nella bocca di Zaron, Emily si aggrappò con i pugni ai suoi capelli folti e setosi, e cercò di avvicinarsi ancora di più, avendo ancora più bisogno di lui. Vagamente, si rese conto di alcuni rumori di vestiti strappati; poi, entrambe le magliette furono sul pavimento, e i suoi seni nudi vennero pressati sul suo petto, con il sollievo quasi orgasmico del contatto pelle-contro-pelle. Tuttavia, indossavano ancora i pantaloni, ed Emily non riusciva a sopportarlo. Qualsiasi barriera tra loro era troppo. Come se l'avesse percepito, Zaron la mise in piedi, lasciandola scivolare lungo il suo corpo muscoloso, e subito dopo l'umana si ritrovò con i pantaloncini da yoga e la biancheria intima intorno alle caviglie.

Lanciò le scarpe e uscì dai pantaloncini, e Zaron la fece girare e la piegò, posizionandola carponi sul pavimento. Emily lo sentì abbassarsi la cerniera, e poi fu dietro e sopra di lei, con un avambraccio muscoloso sotto i fianchi per tenerla ferma, mentre le stringeva i capelli con l'altra mano. La sua presa era dura e possessiva, con il respiro duro e pesante sul collo di Emily, e la ragazza contrasse i muscoli per un istintivo disagio, sentendo la punta liscia e larga del suo cazzo sulle pieghe. Era molto più grande di lei, molto più forte. Anche se fosse stato umano, sarebbe stata impotente nel suo abbraccio.

"Sei mia" le ringhiò nell'orecchio, facendola tremare. "Questa bella fighetta rosa è tutta mia. Tu sei tutta mia. Ti scoperò fino a farti dimenticare come si sta senza avermi dentro di te, angioletto... fin quando non vorrai più lasciarmi."

Quella promessa spaventava ed emozionava Emily al tempo stesso, ma prima che lei potesse rispondere, spinse dentro di lei, con quel cazzo grosso che affondò in lei con una sola spinta dura. L'aria le uscì dai polmoni, con i delicati tessuti interni tremanti per lo shock della sua entrata. Era bagnata, ma si sentiva dilatata e sopraffatta, con il corpo non più abituato alle sue dimensioni. Eppure il calore dentro di lei era rimasto, con il piacere in lotta con il disagio dovuto a quella rude invasione.

"Zaron, per favore..." Non sapeva per quale motivo lo stesse implorando, ma lui sembrava saperlo, perché spostò il braccio sotto i suoi fianchi e le poggiò le dita sul sesso, allargandole le pieghe per trovare il dolorante clitoride. Inesorabilmente, trovò il punto più sensibile e il disagio di Emily svanì, con il respiro accelerato e la colonna vertebrale che si contrasse, mentre lui cominciò a spingere con una velocità costante, con ogni potente spinta del cazzo che le spingeva il clitoride contro quelle abili dita.

"Mia" sospirò, passando i denti sulla pelle sensibile del suo collo, e la tensione di Emily si raccolse in una spirale incredibilmente stretta, con il calore che si trasformò in un fuoco ardente. Per un attimo, non riuscì a respirare, non riuscì a vedere, e poi l'orgasmo esplose in lei, con un piacere oscuro e incandescente, sconvolgente per la sua intensità. Sembrò durare per sempre, con le continue spinte del cazzo di Zaron che si intensificarono, prolungando quelle sensazioni. Il sudore scivolò lungo la schiena di Emily, e arricciò le dita dei piedi, mentre Zaron continuava a scoparla, e proprio quando quella sconcertante estasi cominciò ad attenuarsi, le pizzicò il clitoride palpitante con le dita, facendole raggiungere il secondo orgasmo.

Le ondate di piacere erano così travolgenti che Emily fu colta alla sprovvista, quando Zaron spinse in profondità dentro di lei con un gemito selvaggio, e lei sentì il suo cazzo stringersi e sobbalzare all'interno. I movimenti dell'alieno le provocarono scosse in tutto il corpo, e lei gemette, con i muscoli interni che si strinsero, mentre il seme di Zaron la riempì di spruzzi caldi.

Esausta, cercò di affondare sul pavimento, ma Zaron non glielo permise. Tirandola su, la portò a fare la doccia e le lavò ogni parte del corpo, con il tocco sorprendentemente dolce sulla sua carne sensibile.

———

PULITA E CON L'ABITO ROSA CHE ZARON LE AVEVA DATO, Emily aveva appena l'energia a sufficienza per stare in piedi davanti al tavolo della cucina, mentre Zaron ordinò alla sua casa di preparare un pasto per lei. Ci vollero solo un paio di minuti per avere il cibo, e lei lo addentò non appena apparve, vorace come se non avesse mangiato da settimane.

"Come facevi a sapere che avevo fame?" gli chiese,

dopo aver divorato la maggior parte dell'insalata e un grande piatto di delizioso stufato. Era una domanda stupida, ma non riusciva a chiedergli cose importanti, come il motivo per cui Zaron fosse tornato da lei e che cosa volesse. Il cibo le aveva dato un po' di energia, ma il corpo continuava a palpitare per il possesso dell'alieno, e avvampò, quando George si accasciò sul suo grembo e le annusò l'inguine prima di emettere un forte miagolio. Emily capì che il gatto aveva sentito l'odore di Zaron su di lei, e non era sicuro che gli piacesse.

"Il tuo stomaco stava borbottando prima" rispose Zaron, osservando le bizzarrie di George dall'altra parte del tavolo. Come lei, indossava dei vestiti puliti— un paio di jeans e una maglietta bianca—ed era incredibilmente sexy seduto lì, con gli occhi scuri che la scrutavano con possessiva intensità. "Non ti hanno fatto mangiare, vero?"

"Mi hanno dato un po' di cibo in mattinata, ma l'ho vomitato" confessò Emily. "I farmaci che mi hanno somministrato mi hanno fatto venire la nausea."

Zaron strinse la mascella. "Non avresti dovuto impedirmi di ucciderli."

Il battito del cuore di Emily accelerò e si chinò per poggiare George sul pavimento. "Zaron..." Si raddrizzò per guardarlo. "Che cos'è esattamente la tua gente?"

"Cosa intendi dire?" Si accigliò.

"Tu..." Non riusciva a dirlo. "Sei una specie di vampiro?"

Zaron aguzzò lo sguardo. "Che cosa te lo fa pensare?"

"Ti ho sentito parlare con Ellet" ammise Emily, spingendo il piatto da una parte. "E poi..." Si mordicchiò il labbro. "Beh, sono abbastanza sicura che quello che mi hai fatto la notte prima di partire non fosse sesso normale."

"Lo sapevi, e hai voluto che lo facessi lo stesso?"

"Che cosa sei esattamente?" insistette Emily, frustrata. "Ho ragione sul fatto che bevete il sangue?"

Zaron piegò le braccia davanti al petto e si appoggiò allo schienale. "Sì... e no." I suoi occhi brillavano come gemme scure. "Il sangue umano contiene un'emoglobina di cui un tempo avevano bisogno per sopravvivere, ma abbiamo modificato il nostro patrimonio genetico; per cui, non ne abbiamo più bisogno—almeno biologicamente. Tuttavia, permane una fame psicologica, e in assenza di una necessità biologica, tendiamo a diventarne dipendenti—un piacere con una natura quasi sessuale."

La bocca di Emily si asciugò. "Tu... ti ecciti col mio sangue?"

"Sì—ma solo se lo bevo durante il sesso. Quindi, non preoccuparti, angioletto. Non ti morderò a caso—anche se, se lo facessi, sono sicuro che lo troveresti piacevole. La nostra saliva ha un effetto droga sulla nostra preda; ecco perché ti è piaciuto, quando ho prelevato il tuo sangue quelle due volte."

La nostra preda. Un brivido percorse la spina dorsale di Emily, e dovette lottare per non sobbalzare. Un conto era averne il sospetto, ma sentire la conferma di Zaron in modo così casuale...

"Non capisco" disse lei, confusa. "Com'è possibile che il sangue umano contenga un'emoglobina di cui la tua specie ha bisogno? Avremmo dovuto evolverci insieme a voi, ma hai detto che i Krinar sono molto più antichi rispetto alla mia razza. A meno che..." Respirò forte. "A meno che non abbiate avuto una specie paragonabile a quella umana sul vostro pianeta, e avete manipolato il nostro DNA in modo che fossimo come loro?"

"Molto bene" disse Zaron, confermando quell'ipotesi. "Saresti una straordinaria biologa. Sì, è esattamente così. Su Krina c'era una specie di primati chiamata lonar, che i miei antenati cacciavano. Il loro sangue conteneva l'emoglobina di cui avevamo bisogno. Purtroppo, erano creature deboli e fragili, con bassi tassi di natalità e una breve durata di vita, e quando una peste per poco non li spazzò via, capimmo di aver bisogno di un'alternativa. Gli umani—o meglio, i vostri antenati primati—sarebbero stati quell'alternativa. Alla fine, non abbiamo avuto bisogno di loro; quando i primati della Terra si evolvettero abbastanza da avere l'emoglobina, ormai avevamo trovato dei sostituti di sangue sintetico e avevamo alterato i nostri geni per sbarazzarci della nostra dipendenza."

"Allora, perché avete continuato a manipolare la nostra evoluzione?" chiese Emily, confusa. "L'avete fatto, vero? Altrimenti, perché gli umani sarebbero così simili a voi?"

Zaron annuì. "Sì, hai ragione. Non avendo più bisogno del vostro sangue, l'intento del nostro esperimento cambiò. I nostri scienziati decisero di scoprire se fosse stato possibile creare una specie simile ai Krinar, indagando sull'evoluzione di una specie di primati della Terra."

"La specie che divenne l'*Homo sapiens* dell'epoca?"

"Sì, esattamente." Sembrava soddisfatto che Emily avesse capito, e lei si chiese se ciò significasse che era sorpreso dalla sua intelligenza. Poi, le passò per la testa un pensiero orribile.

E se Zaron l'avesse considerata come una scimmia insolitamente intelligente o un esperimento genetico?

I suoi polmoni cessarono di funzionare, e le vennero dei crampi allo stomaco per un terribile momento, ma poi ricordò che Zaron le aveva raccontato della sua compagna, che non voleva che Emily se ne andasse, ma che aveva rispettato i suoi desideri.

No. Ricominciò a respirare. Quella preoccupazione era infondata. A prescindere da come i Krinar considerassero la sua specie, Zaron non vedeva Emily come un animale da laboratorio—di questo era certa.

Come se avesse percepito la direzione dei suoi pensieri, Zaron si chinò in avanti e le prese la mano. "Emily... ascoltami, angioletto." La sua voce era dolce, ma l'intensità nel suo sguardo era inconfondibile. "So che quello che sono—quello che è la mia gente—è ancora una novità per te, e che a volte deve sembrare spaventoso. Ma non hai nulla di cui temere, credimi. Mi prenderò cura di te. Ti darò tutto quello di cui hai bisogno, e farò tutto quanto in mio potere per assicurarmi che tu sia felice e al sicuro." I suoi occhi brillarono pericolosamente, quando aggiunse: "Nessuno ti farà più del male."

Emily si lasciò sfuggire un sospiro trattenuto. "Zaron..." Aveva un nodo crescente nella gola. "Perché sei venuto a prendermi?"

"Perché sei mia" rispose, stringendole le dita con la mano. "Perché sei stata mia fin dal momento in cui ti ho vista su quelle rocce, a pezzi ma aggrappata alla vita con tutte le tue forze. Non lo sapevo allora, ma quando ti ho salvata—quando ti ho ridato la vita—tu l'hai ridata a me, Emily."

Il nodo nella sua gola si espanse e gli occhi le cominciarono a bruciare, quando Zaron si alzò e si avvicinò al tavolo fluttuante, sfruttando la presa sulla mano di Emily per tirarla su e spingerla contro il suo petto. Guardandola, le prese entrambe le mani nel palmo, portandole al petto, e la cruda vulnerabilità della sua espressione le trafisse il cuore.

"Dopo aver perso Larita, ho vissuto nelle tenebre" disse piano. "Esistevo in un mondo così brutto e grigio che dovevo davvero sforzarmi per alzarmi ogni mattina. C'erano giorni in cui credevo di non farcela e notti in cui..." La sua gola forte si mosse, quando deglutì. "In cui *non* volevo farcela."

"Oh, Zaron." Emily si sentì come se le avessero aperto il petto in due. "Mi dispiace tanto—"

"No, no farlo." La strinse delicatamente, con le dita forti e calde intorno ai palmi. "Tu non capisci, angioletto. Non ti sto dicendo queste cose per suscitare la tua pietà. Voglio solo che tu capisca."

"Che capisca cosa?" sussurrò Emily, sbattendo le palpebre per cancellare il velo di lacrime dagli occhi. Il cuore le batteva con un ritmo veloce e irregolare, con il caldo bagliore nello sguardo di Zaron che le bloccava il respiro in gola.

"Che capisca perché ti amo" le disse. "Perché ti voglio con me ogni giorno per il resto della mia vita. Mi hai ridato quello che pensavo che non avrei mai riavuto, e non posso sopportare di perderlo, Emily. Non posso sopportare di perdere *te*. Ti ho lasciata andare perché ti avevo fatto una promessa, ma non posso più farlo. Ho bisogno di te, angioletto. Ho bisogno di averti qui con me per sempre."

"Tu—"la voce di Emily si incrinò, con le lacrime che le rigarono le guance. "Mi hai, Zaron. Sono qui. Ti amo, e sarò tua fin quando lo vorrai. Mi dispiace. Mi dispiace tanto essermene andata. Pensavo di doverlo fare—mi dicevo che era la cosa razionale da fare—ma si è trattato solo di una scelta dettata dalla paura. Non volevo che mi lasciassi, così me ne sono andata prima io, e—"

"E non ti ho impedito di farlo, perché avevo *paura*" disse Zaron, stringendole le mani. "Avevo paura di perderti come avevo perso Larita, così non ho provato a spiegare, a farti capire che cos'avrei potuto darti." La bocca dell'alieno si contorse amaramente, quando le lasciò andare le mani e abbassò le braccia lungo i fianchi. "Avrei dovuto ignorare il mandato e dirti la verità, ma, come un codardo, sono rimasto zitto e ho lasciato che te ne andassi dalla mia vita."

"Di cosa stai parlando?" sussurrò Emily, confusa. Si sentiva privata del suo tatto, persa come una bambina abbandonata. "Mi hai chiesto di restare. Che cosa c'entra il mandato in tutto questo?"

"Non c'entra—in realtà." L'auto-recriminazione gli strinse la gola. "È stata una scusa per tutto il tempo. Pensavo di non poterti dire tutto, perché se avessi rifiutato di rimanere con me avrei infranto il mandato. Ma era solo la mia paura a parlare, niente di più." Respirò. "Mi dispiace, angioletto. La verità è che ti ho lasciata andare via, perché mi sono innamorato di te e non potevo sopportare il pensiero di perderti un giorno... che uno stupido incidente potesse toglierti la vita."

"Oh, Zaron..." Emily non poteva continuare ad ascoltare. Avvicinandosi, gli strinse i grandi palmi nelle mani e li portò al petto, imitando la sua precedente presa su di lei. Le lacrime la stavano nuovamente soffocando, con la gioia agrodolce della sua confessione che le faceva male alla gola. "Mi *perderai*; è inevitabile" gli disse con voce roca. "Ma questo non significa che non possiamo stare insieme fino a quel momento... non significa che non possiamo amarci fino ad allora. Anche qualche anno è meglio di—"

"No, angioletto." Con grande sorpresa di Emily, gli angoli della bocca di Zaron si sollevarono formando un debole sorriso. "Ancora non lo sai." Togliendo delicatamente le mani dalla sua stretta, le afferrò le spalle, con un tocco caldo e teneramente possessivo. "Non si tratta di qualche anno, vedi—non quando sarai tutta per me."

"Che cosa?" Emily lo fissò. Sicuramente non poteva voler dire...

"C'è un altro tipo di nanociti—uno molto più avanzato e complesso di quello che ho usato per guarirti" disse Zaron, con gli occhi che brillavano. "Questi nanociti sono stati progettati per riparare i danni cellulari e del DNA, purché siano impiantati all'interno di un corpo umano vivente."

Emily aprì la bocca, poi la richiuse. Scuotendo la testa, fece un passo indietro, ruotando i gomiti in un cerchio per spezzare la presa di Zaron sulle sue spalle. "Riparare i danni del DNA? Tu..." Riusciva a malapena a parlare. "Stai parlando di immortalità biologica."

"Sì." Le si avvicinò e le prese il polso, impedendole di indietreggiare. "Vedi, angioletto, non sarà per qualche anno, non se sei la mia charl."

"Che cosa?" Le stava girando la testa.

"Charl" ripeté lui. "È così che chiamiamo gli umani che integriamo pienamente nella nostra società. L'etichetta però è irrilevante. Quello che conta è ciò che ti può dare: l'accesso a quei nanociti e una vita libera dalle devastazioni della malattia e dall'invecchiamento—una vita che può andare avanti per millenni al mio fianco."

"Oh mio Dio, Zaron..." Ciò che le stava dicendo era assolutamente incredibile, ma se fosse stato vero... "La tua gente può concederci l'immortalità?"

Scosse la testa. "Non a tutti, no. Solo a coloro che rivendichiamo come charl—come te."

"Ma se avete questa tecnologia—"

"Emily." Le lasciò andare il polso per prenderle il volto tra i palmi. Guardandola, le asciugò le lacrime dalle guance con i pollici, e disse dolcemente: "Ascoltami, angioletto. Capisco come deve sembrarti, ma non posso fare niente alla razza umana nel suo complesso. È una decisione del Consiglio e degli Anziani. Forse un giorno condivideranno questa tecnologia con la tua specie, ma fino ad allora possiamo dare questi nanociti solo ai nostri charl. Posso darli solo a te."

Guardandolo, Emily gli avvolse le dita intorno ai polsi. Le sue ossa erano spesse e robuste, forti come l'uomo stesso. Non sapeva cosa pensare, come metabolizzare ciò che le aveva detto. Doveva essere egoisticamente felice che Zaron le avrebbe dato quel dono incredibile o sconvolta che i Krinar lo stessero tenendo nascosto al resto della popolazione della Terra? Quante vite avrebbero potuto essere salvate con la tecnologia Krinar? Quanta sofferenza sarebbe stata evitata? Il cuore le doleva, immaginando tutti i malati e i moribondi in tutto il mondo, e si rese conto che non sarebbe stata una di loro.

Non sarebbe mai più stata una di loro, perché apparteneva a Zaron.

Invece dei pochi anni che prevedeva insieme a lui, sarebbero stati insieme un'eternità.

"Non piangere, angioletto" sussurrò, ed Emily si rese conto che le lacrime le stavano di nuovo rigando il volto, con le mani tremanti mentre gli stringeva i polsi. Piegando la testa, le asciugò le lacrime dalle guance con dei baci, ma continuavano a uscire, con quell'ondata di emozioni impossibile da controllare. La gioia di Emily era mista al senso di colpa, con la felicità contaminata dalla consapevolezza che sarebbe stata una delle poche privilegiate, che le sue amiche sarebbero invecchiate e morte, mentre lei sarebbe rimasta la stessa, con l'uomo che amava.

Cercò di smettere di piangere, di staccarsi dai baci rassicuranti di Zaron, ma quelle labbra la catturarono, e l'oscuro calore che bruciava tra loro si accese nuovamente, indebolendole le ginocchia e trasformandole i pensieri in poltiglia. Un gemito le vibrò in gola, e il bacio di Zaron si fece selvaggiamente insistente, con la lingua che le invase la bocca, tenendola contro un muro e inchiodandole i polsi sopra la testa con una mano, mentre l'altra armeggiava con la cerniera dei suoi jeans, liberando il cazzo eretto. Continuando a baciarla, le liberò i polsi e abbassò le mani per afferrarle le cosce e sollevarla dal suolo. Sopraffatta, Emily si aggrappò alle sue spalle. Non indossava mutandine, e la spessa corona dell'asta di

Zaron spinse sul suo sesso nudo, alimentando il calore pulsante dentro di lei.

"Zaron" gemette, piegando la testa all'indietro, mentre le strofinava le labbra sulla mascella, lasciandole la pelle calda e umida, e poi lei li sentì: quei denti affilati sulla delicata pelle della gola.

"Mia" ringhiò, attaccando la bocca alla ferita, e il mondo di Emily venne spazzato via, consumato dall'estasi che sopraffece entrambi.

CAPITOLO TRENTANOVE

Fu solo la mattina successiva, quando Emily si svegliò accanto a Zaron, che ebbe la possibilità di riflettere su tutto.

Era disteso sul fianco a guardarla quando lei aprì gli occhi, e il possessivo calore nel suo sguardo la riempì di un confuso mix di gioia e disagio.

Apparteneva a Zaron, ora. Per sempre. Non l'aveva detto esplicitamente, ma lei sapeva che non l'avrebbe lasciata andare, nemmeno se l'avesse implorato, e non solo perché aveva infranto il mandato rivelandole tutte le capacità della tecnologia medica dei Krinar.

L'avrebbe tenuta perché aveva bisogno di lei—e perché sapeva che anche lei aveva bisogno di lui.

"Buongiorno, angioletto" mormorò, togliendole una ciocca di capelli dal viso, e la pelle di Emily andò in fiamme, al ricordo di quello che era avvenuto il giorno prima. Le aveva nuovamente prelevato il sangue, e il sesso che era seguito era stato straordinario. Ricordava di più rispetto alle prime due volte—forse perché il suo corpo si stava abituando a qualunque cosa quella saliva le provocasse—e il ricordo le inviò un'ondata di calore liquido al sesso. Zaron era stato insaziabile, prendendola in ogni modo possibile, e lei aveva goduto di tutto quello, con il corpo che bramava ogni cosa sporca e perversa che le aveva fatto.

"Hai fame?" le chiese, ed Emily annuì, scacciando quelle immagini dalla mente.

"Torno subito" gli disse e saltò giù dal letto, ignorando il desiderio negli occhi di Zaron, che la seguiva mentre camminava nuda per andare al bagno.

Quando tornò qualche minuto dopo, trovò Zaron vestito in modo insolito: una maglietta senza maniche color avorio e un paio di pantaloncini bianchi lunghi fino al ginocchio. La semplicità di quegli abiti ne evidenziava il fisico potente, con quel morbido tessuto che gli metteva in risalto i muscoli in un modo che le faceva venire l'acquolina in bocca. Era splendido, con il colore chiaro dell'indumento che evidenziava la profonda tonalità della sua pelle abbronzata, ed Emily respirò quando le si avvicinò, con la bocca piegata in un sorriso sensuale.

"Questi sono abiti Krinar" le spiegò, continuando a fissarla. "Ecco, ne ho preparati alcuni anche per te."

Le porse un vestito color pesca con le bretelline sottili e un profondo spacco sulla schiena. Emily lo indossò, meravigliandosi per come le stesse perfettamente. Il materiale leggerissimo era simile agli abiti che le aveva dato in precedenza, ma lo stile era diverso. Il corpetto del vestito nascondeva e mostrava, risaltando la forma dei suoi seni senza far intravedere i capezzoli, e la gonna le svolazzava intorno alle gambe, fermandosi circa cinque centimetri sopra le ginocchia.

"È bello" gli disse, mentre Zaron gridò un ordine in Krinar e una delle pareti si trasformò in uno specchio, mostrando ad Emily il suo riflesso. "Grazie."

"Prego." Le si avvicinò, appoggiandole le mani sulle spalle, e un tremore le attraversò la spina dorsale, quando sentì il calore dei suoi palmi sulla pelle nuda. Il riflesso nello specchio evidenziava le loro differenze. Dietro di lei, Zaron la superava di una ventina di centimetri ed era spiccatamente mascolino, con le spalle muscolose larghe il doppio rispetto alla sua esile costituzione. Sebbene Emily non si fosse mai considerata particolarmente piccola, sembrava minuscola accanto a lui, con la carnagione pallida e i capelli biondi che rendevano il colorito scuro dell'alieno ancora più esotico.

Per la prima volta, la colpì il fatto che sarebbe stata un'estranea tra la gente di Zaron. No, non un'estranea —un'aliena, un membro di una specie completamente diversa.

Con lo stomaco stretto dall'ansia, Emily si voltò per affrontare il suo amante. "Zaron..." La sua voce era instabile. "Dove vivremo?"

"Per l'anno prossimo, qui, vicino Lenkarda" disse, sorridendole. "Poi, quando non ci sarà più bisogno di me per il processo di insediamento, potremo decidere la nostra futura casa insieme. Possiamo restare qui o andare su Krina. Oppure, possiamo vivere in una delle vostre città se lo desideri, anche se preferirei le prime due opzioni."

"Verresti a New York con me?" chiese Emily, sorpresa. Dato l'atteggiamento spaventato e ostile della gente nei confronti dei K, l'idea di Zaron di unirsi a lei a Manhattan non le era mai passata per la mente.

"Se le cose si sistemano, sì. Altrimenti, non sarebbe sicuro per te."

"Per me?" Emily aggrottò la fronte. "Non credo che quegli agenti mi darebbero di nuovo la caccia. Ero preoccupata per te, con tutti i disordini nelle strade, e—"

"Oh, so badare a me stesso" disse, agitando la mano con fare sprezzante. "E no, non credo che il tuo governo si metterà nuovamente nei guai con te, ma questo non significa che qualche stupido gruppo di resistenza umana non lo farà."

"Oh." Non aveva riflettuto su quell'aspetto della situazione, ma Zaron aveva ragione. Se qualcuno avesse saputo della relazione di Emily con Zaron, sarebbe diventata un bersaglio per le persone ostili ai K. L'avrebbero etichettata come traditrice—e non sarebbero stati da biasimare completamente, pensò con un senso di colpa.

Dormiva con il nemico—un nemico che aveva intenzione di offrirle un dono inimmaginabile.

"Non preoccuparti" disse Zaron, interpretando in modo errato lo sgomento sul viso della ragazza. Sollevando la mano, le accarezzò delicatamente la guancia. "Nessuno ti farà del male, angioletto. Te lo prometto."

"Lo so." Emily gli coprì la mano con la sua, stringendo il palmo sulla guancia. Il calore le riempì il petto per il malcelato amore che brillava nel suo sguardo. "Lo so, Zaron."

Il sorriso dell'alieno riapparve, più luminoso che mai. "Bene. Ora, vieni, mangiamo—e cerchiamo il tuo gatto."

———

TROVARONO GEORGE DISTESO SU UNO DEI DIVANI fluttuanti nel salotto. Sembrava piuttosto soddisfatto di stare lì, e quando Emily chiese a Zaron notizie sul cibo del gatto, le disse che aveva ordinato alla casa di assicurarsi che il felino venisse nutrito regolarmente e che gli venisse fornita una sistemazione appropriata per il bagno.

"Una sistemazione per il bagno?" domandò Emily, divertita, e Zaron spiegò che la casa aveva creato un angolo speciale in cui il gatto potesse fare i propri bisogni. Emily insistette di vederlo, così Zaron la condusse in una stanza in cui non era mai stata prima —una con un pavimento fatto interamente di sabbia.

"Zaron, è enorme" disse, guardandosi attorno, sbalordita. "La tua casa ha costruito questa stanza solo per George?"

Zaron annuì. "Voglio che anche George sia felice qui" disse con grande serietà, e si chinò per prendere il gatto, che li aveva seguiti nella stanza. "Più tardi, lo porterò a caccia di topi e uccelli. La sua specie ne ha bisogno."

Emily rimase a bocca aperta. "Porterai il mio gatto a cacciare? Nella giungla?"

"Sì, ma non preoccuparti." Zaron teneva George sul petto, ignorando i tentativi del gatto di saltare fuori dalle sue braccia. "Sono abbastanza veloce da assicurarmi che non scappi, né si faccia male in alcun modo. So che il tuo animaletto è una creatura addomesticata."

Ed era vero. Mentre facevano colazione, Zaron tenne George in grembo, lasciando che il gatto si abituasse a lui, e dopo qualche forte miagolio e un tentativo di graffio, il gatto si calmò, lasciando che Zaron gli accarezzasse il manto e lo grattasse dietro le orecchie. Finito il pasto, George era tutto preso a fargli le fusa.

Sembrava che nemmeno i gatti fossero immuni alla vigorosa tenerezza del suo amante.

Dopo il pasto, andarono a fare una passeggiata—senza il gatto, visto che Emily sicuramente *non* sarebbe stata abbastanza veloce da prenderlo, se fosse scappato—e gli parlò dell'altro problema che l'affliggeva da quella mattina.

"Zaron... posso dire alle mie amiche dove sono e con chi?" gli chiese, mentre passarono sotto un albero di Guanacaste sulla strada verso il lago. "Amber potrebbe preoccuparsi, se non riesce a contattarmi, e le altre probabilmente comincerebbero a farsi domande sulla mia assenza dopo un po'."

Zaron la guardò. "Puoi dire loro che sei con me in Costa Rica. Ma non dovrai rivelare niente sui nanociti e su quasi tutto ciò che vedrai e scoprirai d'ora in avanti."

Emily deglutì. "Capisco." La sua vita sarebbe stata drasticamente diversa da quelle delle sue amiche; era già così, in realtà. Grazie a Zaron, era sopravvissuta alla caduta dal ponte, ma la sua vecchia vita era finita su quelle rocce. Ancora prima che tornasse a riprenderla, era diversa, cambiata in modo irreversibile dall'esperienza di aver conosciuto e di essersi innamorata di un uomo così straordinario che non avrebbe mai immaginato potesse esistere.

Non c'era da stupirsi che si fosse sentita come uno zombie durante quelle sette settimane a New York. Aveva cercato di resuscitare la vecchia Emily, anziché accettare la persona che era diventata.

Camminarono in silenzio fin quando non arrivarono al lago. Era caldo e umido, e quando si fermarono davanti all'acqua limpida, si tuffarono allegramente, nuotando per ben più di un'ora, fin quando Emily non si stancò.

"Sarò più forte quando avrò i nanociti?" gli chiese, aggrappandosi alle spalle di Zaron, mentre lui nuotava verso la riva, sorreggendola sulla schiena dalla metà del lago senza alcun segno di sforzo. "Riuscirò a tenere il tuo passo in questa e in altre attività?"

"No, temo di no" le disse, fermandosi e facendola

girare per guardarla. Mise le forti gambe a forbice nell'acqua sottostante per tenerli entrambi a galla. "Non invecchierai, né ti ammalerai, ma resterai un'umana, con tutte le implicazioni del caso. Ma visto che i nanociti ripareranno rapidamente tutti i danni inflitti alle cellule, anche quelli più piccoli, ti riprenderai più velocemente dalla fatica intensa e avrai una maggior resistenza. Quindi, se ti eserciterai tanto, potrai diventare forte e in forma come uno dei vostri atleti di punta in pochissimo tempo."

"Oh, wow." Pensando a quello, il cuore di Emily iniziò a battere velocemente dall'emozione. "Non vedo l'ora."

"Non dovrai aspettare a lungo" disse Zaron, con un sorriso caldo che gli apparve sulle labbra. "Riceverai i nanociti stasera."

E tirandola a sé, la baciò con una tale passione che lei rimase sorpresa dal fatto che l'acqua non bollisse intorno a loro.

CAPITOLO QUARANTA

"SEI PRONTA?" CHIESE ZARON, TENENDO LA MANO DI Emily. Scorse la paura nei suoi occhi, ma lei sollevò il mento e sorrise brillantemente.

"Sì, certo."

"Bene." Zaron le diede una stretta rassicurante, poi si voltò per guardare Ellet. "È tutto a posto?"

L'esperta di biologia umana annuì. "Ho eseguito le simulazioni ed è tutto pronto. Emily, ti anestetizzerò ora, ok?

"Ok." Il sorriso di Emily si affievolì leggermente, con la mano tesa nella stretta di Zaron. "Sarà solo per un po', vero?"

"Sì, non preoccuparti." Ellet le si avvicinò con un piccolo dispositivo jansha. "Ti sembrerà di essere in un sogno."

"Ok, procedi, allora" disse Emily, ed Ellet le premette il dispositivo sul collo. Immediatamente, la mano di Emily smise di stringere quella di Zaron, chiudendo gli occhi, mentre cadeva in un sonno profondo.

"È tutto normale" lo rassicurò Ellet, sostituendo il dispositivo jansha con uno strumento di dispersione di nanociti più sofisticato, e Zaron capì che la preoccupazione gli si leggeva in faccia. Sapeva che la procedura era sicura—era stata fatta agli umani per migliaia di anni—ma lo metteva a disagio vedere Emily in quello stato: incosciente e vulnerabile.

Gli ricordava com'era durante quei primi giorni in casa sua, quando stava guarendo dalla caduta.

Naturalmente, quella non era casa sua. Era il nuovo laboratorio di Ellet a Lenkarda, un luogo dotato dell'ultima tecnologia medica dei Krinar. Anche il dispositivo più elementare lì era infinitamente più avanzato di tutto quello che Zaron aveva in casa.

Quella consapevolezza avrebbe dovuto calmarlo, ma l'ansia rimase, tormentandolo come un parassita. Il rischio che qualcosa andasse storto durante la procedura era quasi identico a quello della fine del mondo l'indomani, ma ciò non riduceva la sua irrazionale preoccupazione. Se fosse successo qualcosa ad Emily… No. Non doveva pensarci.

Non poteva lasciare che la paura dettasse nuovamente il corso della loro relazione.

"La ami, non è vero?" gli chiese Ellet, man mano che la procedura continuava, e Zaron staccò gli occhi da Emily abbastanza a lungo da guardare la donna Krinar e annuire con convinzione.

"Certo che la amo" disse, con voce tesa. "Altrimenti, perché sarei qui?"

Ellet sorrise, con gli occhi color nocciola carichi di dolce incoraggiamento. "Andrà tutto bene. Vedrai" gli disse, e lui capì che non si stava riferendo solo alla procedura.

"Lo so." Concentrando di nuovo l'attenzione su Emily, Zaron le accarezzò l'interno del palmo con il pollice. "Lo so."

E lo sapeva. Perdere Emily sarebbe stato sempre il suo più grande incubo, ma non avrebbe mai permesso che qualcosa li separasse di nuovo.

Il loro tempo insieme era troppo prezioso.

La mano di Emily si mosse nella sua stretta, distogliendo Zaron dai suoi pensieri, e si rese conto che si stava già svegliando.

"Va tutto bene" disse Ellet, quando Zaron la guardò preoccupato. "I nanociti stanno funzionando come previsto. Vieni, posso mostrartelo." Prese un taglierino, probabilmente per graffiare Emily e dimostrargli che aveva ragione, ma Zaron la prese per un braccio prima che potesse avvicinarsi alla pelle di Emily.

"Non farlo" le disse duramente. Sapeva di essere follemente iperprotettivo, ma non riusciva a sopportare il pensiero che Emily rimanesse ferita in qualche modo.

Nessuno le avrebbe mai più fatto del male.

Ellet sembrò stupita, ma si riprese in fretta. "Certo, come vuoi." Tirando via il braccio dalla sua stretta, posò il taglierino sul tavolo fluttuante. "Non l'avrebbe sentito—è ancora un po' intorpidita—ma se non vuoi che lo faccia, non lo farò."

"Bene." I muscoli di Zaron erano contratti. "Non voglio che tu lo faccia."

"Zaron?" La voce di Emily era dolce e addormentata, ma lo colpì come un fulmine. Tornò a rivolgerle immediatamente l'attenzione, stringendo la mano intorno al suo esile palmo.

"Sono qui, angioletto" le disse, osservandola sbattere le palpebre. "Come ti senti?"

"Uhm..." Sembrando disorientata, cercò di alzarsi, e Zaron la aiutò, avvolgendole il braccio intorno la schiena. I suoi capelli lunghi gli facevano il solletico sul viso, con i fili biondi soffici e profumati, e respirò profondamente, beandosi di quel delicato odore prima di tornare a guardarla.

"Non mi sento diversa" disse Emily, sbattendo le palpebre dalla confusione, e Zaron sorrise, con un gioioso sollievo che gli riempì il petto.

La procedura era andata bene. Il suo angioletto sarebbe stato sano per secoli e millenni a venire.

"Non dovresti sentirti diversa" disse Ellet, mentre Zaron sollevò Emily tra le braccia. "Almeno non subito. Col tempo, noterai alcuni miglioramenti. Ad esempio, non sentirai freddo, e se ti ferirai, guarirai più rapidamente."

"Grazie, Ellet" disse Zaron, pentito della durezza di prima. "Lo apprezzo molto."

"È stato un piacere" disse lei con un caldo sorriso, e Zaron uscì, cullando Emily sul petto.

———

GEORGE LI ACCOLSE CON UN FORTE MIAGOLIO, QUANDO entrarono in casa, e Zaron poggiò a terra Emily con cautela, lasciandola camminare da sola. Non sembrava più assonnata, ma era un po' silenziosa, e capì che si stava ancora riprendendo dalla procedura.

Le lasciò accarezzare George per qualche minuto, e poi non poté più aspettare.

"Vieni" le disse, prendendola il braccio e portandola in camera da letto.

"Di nuovo?" gli chiese, con gli occhi spalancati. "Ma abbiamo fatto sesso prima di cena."

"Lo so" disse Zaron, denudandola. Il corpo dell'extraterrestre si indurì alla vista di quelle curve sottili e nude, ma il sesso non era ciò che aveva in mente—almeno non in quel momento. Togliendosi i vestiti, tirò su Emily e la poggiò sul letto, poi si gettò accanto a lei, tirandola nel suo abbraccio.

Comprendendo ciò che voleva, si sistemò contro di lui, posando la testa sulla sua spalla e schiacciandogli la gamba sulle cosce. I seni di Emily erano morbidi e sodi sul suo fianco, con il corpo aderente al suo come se fosse stato fatto per lui. Ignorando la lussuria che lo attanagliava, Zaron la strinse e si lasciò avvolgere dalla vertiginosa perfezione di essere semplicemente con lei... di amarla. La felicità, fragile ma reale, era a portata di mano, e non aveva più paura di raggiungerla. Il dolore per la perdita di Larita non sarebbe mai svanito completamente—la sua ex compagna avrebbe avuto sempre un pezzo del suo cuore—ma l'amore per Emily aveva reso quel dolore sopportabile.

Amare Emily aveva reso la sua vita degna di essere vissuta.

"Ti amo, Zaron" sussurrò la ragazza, sollevando la testa per guardarlo, e lui sorrise, sapendo che l'umana aveva in qualche modo compreso la direzione dei suoi pensieri.

"Ti amo anch'io, angioletto" le disse sottovoce, guardando in quei luminosi occhi chiari. "Sei mia—ora e per l'eternità."

Dieci Mesi Dopo

"STAI BENE?" CHIESE ZARON, CON GLI OCCHI SCURI concentrati sul suo viso, ed Emily annuì, con il cuore in gola. George le stava miagolando in braccio, così si chinò per metterlo a terra. Il gatto saltò subito su una panca fluttuante—il suo nuovo mobile preferito—e cominciò a leccarsi la zampa, senza mostrare alcun accenno del nervosismo che provava Emily.

L'ultimo anno era stato assolutamente surreale, ma l'avventura che stava intraprendendo ora superava le immaginazioni più selvagge. Tra meno di due minuti, l'astronave Krinar su cui si trovavano avrebbe lasciato l'orbita della Terra, portando Emily, Zaron, George e centinaia di scienziati di Krinar su Krina.

Tra meno di due minuti, Emily e il suo gatto sarebbero partiti verso la loro nuova casa in una galassia diversa.

Zaron aveva ottenuto per loro tre una stanza privata vicino allo scafo dell'astronave—in modo che

Emily potesse avere la visuale migliore, aveva detto. Dall'esterno, l'astronave a forma di proiettile non sembrava particolarmente futuristica, ma dentro era come la casa di Zaron, solo più imponente. Era tutto leggero e arioso, pieno di mobili fluttuanti, piante esotiche e tecnologia Krinar intelligente. La cosa più curiosa erano le pareti esterne trasparenti dall'interno, che permettevano ad Emily di vedere la Terra dal punto di vista di un astronauta.

Voltandosi, fissò la sfera azzurra, il luogo di nascita dell'umanità. "Hai detto che voleremo più veloce della luce in un primo momento, vero?" gli chiese, distogliendo lo sguardo dalla vista mozzafiato per guardare Zaron. "Non andremo dritti nella curvatura spazio-tempo, vero?"

"Esatto" confermò lui, piegando quelle bellissime labbra in un sorriso. "Trascorreremo prima diversi giorni volando lontano dalla Terra. Questo per evitare di provocare perturbazioni quando supereremo la curvatura spazio-tempo."

"Ok, ho capito. Solo un banale attraversamento dello spazio-tempo. Nessun problema" disse Emily, cercando di non sembrare ansiosa come si sentiva. "Sarà come andare a fare una passeggiata."

"Sarà proprio così" promise Zaron, mettendole una ciocca di capelli dietro l'orecchio. "Ti abituerai al viaggio spaziale come ti sei abituata a tutto il resto."

Le sue parole—e lo sguardo nei suoi occhi—la calmarono un po'. Zaron aveva ragione: Emily si era adattata alla sua nuova vita con lui con sorprendente facilità. Lungi dal sentire la mancanza di New York e della sua carriera nel campo della finanza, era stata benissimo in Costa Rica. Nel giro di un mese, aveva appreso le applicazioni di base dei Krinar come se si fosse trattato di tecnologia umana, e con l'aiuto di un impianto linguistico neurale—che aveva ottenuto una settimana dopo i nanociti—Emily aveva trascorso gli ultimi dieci mesi ad imparare tutto quello che poteva sulla scienza e la società Krinar.

La sua conoscenza si era ampliata così rapidamente che stava seriamente pensando di portare avanti il suo sogno d'infanzia di diventare una scienziata.

Credeva che Zaron le avrebbe riso in faccia se avesse menzionato l'idea, ma si era mostrato molto contento e aveva subito cominciato a insegnarle tutto sulle specie di piante e animali di Krina. La sua passione era stata così contagiosa che Emily ora pensava di diventare una biologa come lui.

"Non devi decidere adesso" le aveva detto Zaron, quando gli aveva parlato di quell'idea. "Anzi, non devi proprio decidere. Molti di noi studiano diversi campi, e puoi farlo anche tu. Dipende tutto da te. So che qualunque cosa sceglierai, sarai straordinaria."

Era stato quell'incoraggiamento e sostegno continuo da parte di Zaron a dare ad Emily il coraggio di accettare di trasferirsi con lui su Krina. A Zaron era stata offerta una nuova opportunità di ricerca lì, e non vedeva l'ora di ristabilire i legami con la famiglia e di ricucire la frattura tra loro —cosa che Emily aveva approvato. Le dava fastidio che Zaron avesse dei genitori che lo amavano, ma che si era allontanato da loro. Lo aveva incoraggiato a far pace con loro, anche se lui era preoccupato che avrebbero disapprovato la relazione con lei. Tuttavia, Zaron aveva parlato con loro nella realtà virtuale il mese prima, raccontando tutto su di lei, e poi le aveva detto che per nessuno di loro era un problema che lei fosse un'umana. Erano tutti desiderosi di conoscerla, aveva detto, ed Emily, a sua volta, era entusiasta di conoscerli. Tuttavia, era molto nervosa al pensiero di lasciare la Terra.

Non aiutava il fatto che la sua amica Amber le aveva detto di essere pazza.

"Già vivi accanto a una colonia aliena—*con* un alieno" aveva sibilato ad Emily, quando si erano incontrate di persona a New York il mese prima. "E adesso stai pensando di andare su Krina? Che cazzo farai lì? Non parli nemmeno la loro lingua!"

Emily non poteva dire ad Amber che, grazie all'impianto linguistico, *parlava* il Krinar, perciò era rimasta zitta ed Amber si era sbizzarrita, lasciandosi andare ad ogni tipo di ipotesi sul destino di Emily su Krina. Emily aveva preso tutti i suoi avvertimenti con le pinze; come la maggior parte delle persone a seguito del Grande Panico, Amber temeva i Krinar abbastanza da aver rifiutato di incontrare Zaron. Purtroppo, Emily non poteva ignorare le preoccupazioni della sua amica.

Non tutti i Krinar erano illuminati come Zaron nei loro atteggiamenti verso gli umani; per questo era preoccupata riguardo alla famiglia di Zaron. Anche a Lenkarda, dove la maggior parte dei residenti aveva trascorso del tempo tra gli umani, Emily aveva conosciuto parecchi K che sembravano considerarla una via di mezzo tra l'animale domestico di Zaron e il suo oggetto sessuale.

Se non fosse stata sicura che Zaron l'amava e la rispettava, non avrebbe mai accettato di andare su Krina.

"Angioletto..." Zaron le incorniciò il viso tra i palmi, e la calda intensità nel suo sguardo scacciò l'ansia che provava. "Non devi preoccuparti. Sono con te, e non permetterò che ti succeda qualcosa, ok?"

"Ok" sussurrò Emily, rassicurata ulteriormente dalle sue parole, e Zaron le avvolse il braccio attorno alle spalle, spingendola al suo fianco, mentre un lieve scampanellio segnò l'inizio del viaggio dell'astronave.

Incantata, Emily fissò la parete trasparente quando l'astronave iniziò a muoversi, portandoli via dalla Terra. La sfera azzurra che era il suo pianeta d'origine diventava sempre più piccola con il passare dei secondi, ma il viaggio non spaventava più Emily. Qualunque cose il futuro avesse in serbo per lei, l'avrebbe affrontata insieme all'uomo che la teneva stretta con tanta tenera possessività, il Krinar che le aveva salvato la vita e rapito il cuore.

Era con Zaron, e questo era tutto ciò che importava.

Grazie per la lettura! Se poteste lasciare una recensione, ve ne sarei molto grata.

Se vi è piaciuto *La Prigioniera dei Krinar*, potrebbero piacervi anche i seguenti libri:

- *La Trilogia Strapazzami* - la storia di Julian & Nora.
- *La Trilogia Catturami* - la storia di Lucas & Yulia.
- *Il Mio Tormentatore* - la storia di Peter & Sara.

Collaborazioni con mio marito, Dima Zales:

- *I lettori di pensieri* – Fantasia urbana

Se desiderate ricevere una notifica quando uscirà il

prossimo libro, iscrivetevi alla mia mailing list delle nuove pubblicazioni sul sito www.annazaires.com/book-series/italiano.

E ora, voltate pagina per un breve assaggio di *Strapazzami*, *Catturami* e *Il mio tormentatore*.

ESTRATTO DI STRAPAZZAMI

Nota dell'Autrice: *Strapazzami* è una trilogia dark erotica su Nora & Julian Esguerra. Tutti e tre i libri sono disponibili.

———

Rapita. Portata su un'isola privata.

Non avrei mai immaginato che potesse succedermi questo. Non avrei mai immaginato che un incontro casuale alla vigilia del mio diciottesimo compleanno avrebbe potuto cambiarmi la vita in questo modo.

Ora appartengo a lui. A Julian. A un uomo che è così spietato quanto bello—un uomo il cui tocco mi fa bruciare. Un uomo la cui tenerezza trovo più devastante della sua crudeltà.

Il mio rapitore è un enigma. Non so chi sia, né perché mi abbia presa. C'è un'oscurità in lui—un'oscurità che mi spaventa anche se mi attira.

Mi chiamo Nora Leston e questa è la mia storia.

———

È sera ormai. Ogni minuto che passa, l'ansia sale sempre di più al pensiero di rivedere il mio rapitore.

Il romanzo che stavo leggendo non mi interessa più. Lo poso e cammino in cerchio per la stanza.

Indosso gli abiti che Beth mi ha dato prima. Non è quello che avrei scelto di indossare, ma è sempre meglio di una vestaglia. Un paio di mutandine di pizzo sexy e bianche e un reggiseno abbinato come biancheria intima. Un bel prendisole blu con i bottoni nella parte anteriore. Mi sta tutto benissimo in modo sospetto. Mi seguiva da tempo? Scoprendo tutto di me, compresa la mia taglia di vestiti?

Quel pensiero mi dà la nausea.

Cerco di non pensare a quello che avverrà, ma è impossibile. Non so perché sono così sicura che verrà da me stasera. Forse ha un intero harem di donne da qualche parte sull'isola e fa visita ad ognuna solo una volta a settimana, come facevano i sultani.

Eppure qualcosa mi dice che verrà presto. Ieri sera aveva semplicemente stuzzicato il suo appetito. So che non ha finito con me, neanche per sogno.

Finalmente, la porta si apre.

Cammina come se fosse a casa sua. Ed è proprio così, infatti.

Rimango di nuovo colpita dalla sua bellezza mascolina. Potrebbe essere un modello o una star del cinema, con un viso del genere. Se ci fosse giustizia nel mondo, sarebbe stato basso o avrebbe avuto qualche altra imperfezione sul volto per compensare.

Ma non è così. È alto e muscoloso, perfettamente proporzionato. Ricordo cos'ho provato ad averlo dentro e sento una sgradita scossa di eccitazione.

Indossa ancora jeans e T-shirt. Una grigia questa volta. Sembra preferire i vestiti semplici e fa bene a farlo. Il suo aspetto non ha bisogno di altri accessori.

Mi sorride. È quel sorriso da angelo caduto —oscuro e seducente allo stesso tempo. "Ciao, Nora."

Non so cosa rispondere, così sputo la prima cosa che mi passa per la mente. "Per quanto tempo hai intenzione di tenermi qui?"

Inclina leggermente la testa di lato. "Qui in camera? O sull'isola?"

"Entrambi."

"Beth ti farà fare un giro domani, potrai nuotare se vuoi" dice, avvicinandosi. "Non verrai chiusa a chiave, a meno che tu non faccia qualcosa di stupido."

"Tipo?" chiedo, con il cuore che mi batte forte nel petto mentre si ferma accanto a me e solleva la mano per accarezzarmi i capelli.

"Cercare di fare del male a Beth o a te stessa." La sua voce è dolce, il suo sguardo ipnotico mentre mi guarda.

Il modo in cui mi tocca i capelli è stranamente rilassante.

Sbatto le palpebre, cercando di spezzare il suo incantesimo. "E per quanto riguarda l'isola? Per quanto tempo mi terrai qui?"

Mi accarezza il viso con la mano, piegandola sulla mia guancia. Mi sorprendo ad appoggiarmi al suo tocco, come una gatta che viene coccolata, e mi irrigidisco subito.

Le sue labbra si arricciano in un sorriso presuntuoso. Il bastardo sa quale effetto ha su di me. "A lungo, mi auguro" dice.

Chissà perché, non mi stupisce. Non mi avrebbe portata fin qui, se avesse solo voluto scoparmi un paio di volte. Sono terrorizzata, ma non sono sorpresa.

Raccolgo il coraggio e passo alla prossima domanda logica. "Perché mi hai rapita?"

Il sorriso abbandona il suo volto. Non risponde, semplicemente mi guarda con uno sguardo blu imperscrutabile.

Comincio a tremare. "Hai intenzione di uccidermi?"

"No, Nora, non voglio ucciderti."

La sua negazione mi rassicura, anche se potrebbe benissimo mentire.

"Hai intenzione di vendermi?" riesco a malapena a far uscire le parole. "Come prostituta o qualcosa del genere?"

"No" dice a bassa voce. "Mai. Sei mia e solo mia."

Mi sento un po' più calma, ma c'è ancora una cosa che devo sapere. "Hai intenzione di farmi del male?"

Per un attimo, non risponde. Per un istante qualcosa di oscuro lampeggia nei suoi occhi. "Probabilmente" dice lentamente.

E poi si china in avanti e mi bacia, con le sue calde labbra morbide e delicate sulle mie.

Per un attimo, resto lì bloccata, senza rispondere. Gli credo. So che dice la verità quando afferma che mi farà del male. C'è qualcosa in lui che mi fa paura, che mi ha spaventata fin dall'inizio.

Non è come i ragazzi che ho frequentato. Lui è capace di qualunque cosa.

E sono completamente alla sua mercé.

Rifletto ancora una volta sulla possibilità di affrontarlo. Questa sarebbe la cosa normale da fare nella mia situazione. La cosa coraggiosa da fare.

Eppure non lo faccio.

Sento l'oscurità dentro di lui. C'è qualcosa di sbagliato in lui. La sua bellezza esteriore nasconde qualcosa di mostruoso dentro.

Non voglio scatenare quell'oscurità. Non so cosa accadrà se lo faccio.

Così, resto immobile mentre mi abbraccia e gli permetto di baciarmi. E quando mi tira di nuovo su e mi porta sul letto, non cerco in alcun modo di opporgli resistenza.

Anzi, chiudo gli occhi e mi abbandono alle sensazioni.

———

Tutti e tre i libri della trilogia *Strapazzami* sono già disponibili. Visitate il mio sito web all'indirizzo www.annazaires.com/book-series/italiano/ per saperne di più e per iscrivervi alla mia mailing list delle nuove pubblicazioni.

ESTRATTO DA CATTURAMI

Nota dell'Autrice: *Catturami* è una trilogia dark romance, che vede come protagonisti Lucas & Yulia. Presenta delle somiglianze con la trilogia *Strapazzami*. Tutti e tre i libri sono disponibili.

———

Lo teme dal primo momento in cui l'ha visto.

Yulia Tzakova non è nuova agli uomini pericolosi. È cresciuta con loro. È sopravvissuta a loro. Ma quando incontra Lucas Kent, sa che il duro ex-soldato potrebbe essere il più pericoloso di tutti.

Una notte—è tutto quello che ci vuole. L'opportunità di farsi perdonare un incarico fallito e di ottenere informazioni sul commerciante d'armi, nonché capo di

Kent. Quando il suo aereo precipita, potrebbe essere la fine.

Invece, è solo l'inizio.

La vuole dal primo momento in cui l'ha vista.

A Lucas Kent sono sempre piaciute le bionde con le gambe lunghe, e Yulia Tzakova è stupenda. L'interprete russa potrebbe aver tentato di sedurre il capo di Kent, ma finisce nel letto di Lucas— che ha tutte le intenzioni di rivederla.

Poi il suo aereo viene abbattuto, e scopre la verità.

Lei lo ha tradito.

Ora, la pagherà.

————

Non appena la porta si apre, entra nel mio appartamento. Nessuna esitazione, nessun saluto— semplicemente entra.

Sorpresa, faccio un passo indietro, nel breve corridoio stretto che improvvisamente sembra troppo soffocante. Mi ero dimenticata di quanto fosse grosso, di quanto fossero larghe le sue spalle. Sono alta per essere una donna—abbastanza alta da fingere di essere una modella, se un incarico lo richiedesse—ma lui mi supera di una trentina di centimetri. Con il giaccone pesante che indossa, occupa quasi l'intero corridoio.

Ancora senza dire una parola, chiude la porta alle sue spalle e mi si avvicina. Istintivamente, mi ritraggo, sentendomi come una preda in trappola.

"Ciao, Yulia" mormora, fermandosi, appena usciamo dal corridoio. Il suo sguardo ceruleo è concentrato sul mio volto. "Non mi aspettavo di vederti in questo modo."

Deglutisco, con il cuore che mi batte all'impazzata. "Ho appena fatto un bagno." Voglio sembrare calma e sicura, ma mi ha letteralmente colta alla sprovvista. "Non mi aspettavo delle visite."

"No, me ne rendo conto." Un lieve sorriso appare sulle sue labbra, addolcendo i lineamenti duri della sua bocca. "Eppure, mi hai lasciato entrare. Perché?"

"Perché non volevo continuare a parlare dietro la porta." Faccio un respiro per calmarmi. "Posso offrirti un tè?" È una cosa stupida da dire, visto il motivo per cui è venuto, ma ho bisogno di qualche istante per riprendermi.

Solleva le sopracciglia. "Tè? No grazie."

"Allora, posso prendere il tuo giaccone?" Non riesco a smettere di comportarmi da brava padrona di casa, agendo con gentilezza per nascondere la mia ansia. "Fa piuttosto caldo qui dentro."

Un accenno di divertimento prende vita nel suo sguardo freddo. "Certo." Si toglie il giaccone e me lo porge. Rimane con un maglione nero e un paio di jeans scuri infilati negli stivali neri. I jeans gli stringono le gambe, mettendo in risalto cosce muscolose e polpacci forti, e sulla sua cinta vedo una pistola nella fondina.

Irrazionalmente, il mio respiro accelera a quella vista, e ci vuole un grande sforzo per impedire alle mie mani di tremare, mentre prendo il giaccone e lo appendo al mio piccolo armadio. Non mi sorprende che sia armato—sarei scioccata se non lo fosse—ma la pistola mi ricorda chi è Lucas Kent.

Che cosa è.

Non è un grosso problema, mi dico, cercando di calmare i miei nervi scossi. Sono abituata agli uomini pericolosi. Sono cresciuta in mezzo a loro. Quest'uomo non è molto diverso. Dormirò con lui, otterrò tutte le informazioni possibili e poi scomparirà dalla mia vita.

Sì, ecco cosa farò. Prima lo farò, prima tutto questo sarà finito.

Chiudendo la porta dell'armadio, mi stampo un bel sorriso sul viso e mi volto verso di lui, finalmente pronta a riprendere il ruolo della seduttrice sicura di sé.

Ma nel frattempo è già accanto a me, dopo aver attraversato la stanza senza fare il minimo rumore.

Il cuore riprende a battermi forte, e la mia ritrovata compostezza ricomincia ad abbandonarmi. È così vicino che posso vedere le striature grigie nei suoi occhi azzurri, così vicino che potrebbe toccarmi.

E un attimo dopo, mi tocca davvero.

Sollevando la mano, fa scorrere il retro delle sue

nocche sulla mia mascella.

Lo fisso, confusa dalla reazione immediata del mio corpo. La mia pelle si scalda e i capezzoli si induriscono, con il respiro che accelera. Non ha senso che questo duro e spietato estraneo mi ecciti così tanto. Il suo capo è più bello, più attraente, eppure il mio corpo reagisce a Kent. Tutto quello che ha toccato finora è il mio viso. Non dovrebbe significare niente, eppure in qualche modo è un tocco intimo.

Intimo e inquietante.

Deglutisco di nuovo. "Signor Kent—Lucas—sei sicuro che non posso offrirti qualcosa da bere? Forse un caffè o—" Le mie parole si affievoliscono in un rantolo senza fiato, quando raggiunge la cintura del mio accappatoio e la tira, con la stessa disinvoltura con cui si scarterebbe un pacco.

"No." Guarda il mio accappatoio che si apre, mostrando il mio corpo nudo. "Niente caffè."

———

Tutti e tre i libri della trilogia *Catturami* sono già disponibili. Visitate il mio sito web all'indirizzo www.annazaires.com/book-series/italiano/ per saperne di più e per iscrivervi alla mia mailing list delle nuove pubblicazioni.

ESTRATTO DA IL MIO TORMENTATORE

Nota dell'autrice: *Il mio tormentatore* è il primo libro della serie dark romance su Peter. Il seguente estratto è tratto dal punto di vista di Peter.

Un crudele sconosciuto inquietantemente bello è venuto da me nel cuore della notte, dagli angoli più pericolosi della Russia. Mi ha tormentata e distrutta, facendo a pezzi il mio mondo in nome della sua sete di vendetta.

Ora è tornato, ma non è più in cerca dei miei segreti.

L'uomo che invade i miei incubi vuole me.

"Mi ucciderai?"

Sta cercando—senza riuscirci—di mantenere la voce ferma. Eppure, ammiro il suo tentativo di compostezza. Mi sono avvicinato a lei in un luogo pubblico per farla sentire più al sicuro, ma è troppo intelligente per abboccare. Se le hanno raccontato qualcosa sul mio background, avrà capito che potrei torcerle il collo prima che possa gridare aiuto.

"No" rispondo, avvicinandomi, mentre inizia una canzone più forte. "Non ti ucciderò."

"Allora, che cosa vuoi da me?"

Trema nella mia presa, e qualcosa nella sua reazione mi intriga e mi disturba. Non voglio che abbia paura di me, ma al tempo stesso mi piace averla alla mia mercé. La sua paura stuzzica il predatore dentro di me, trasformando il mio desiderio per lei in qualcosa di più oscuro.

È la mia preda delicata e dolce, e voglio divorarla.

Piegando la testa, affondo il naso nei suoi capelli profumati e le sussurro nell'orecchio: "Ci vediamo domani allo Starbucks vicino a casa tua a mezzogiorno, e parleremo lì. Ti dirò tutto quello che vuoi sapere."

Mi tiro indietro e mi fissa, con gli occhi grandi sul viso a forma di cuore. So cosa sta pensando, così mi avvicino di nuovo, abbassando la testa in modo da poter avvicinare la mia bocca al suo orecchio.

"Se contatterai l'FBI, cercheranno di nasconderti da me. Proprio come hanno cercato di nascondere tuo marito e gli altri sulla mia lista. Ti sradicheranno, ti porteranno via dai tuoi genitori e dalla tua carriera, e ti sarai impegnata per niente. Ti troverò dovunque andrai, Sara... a prescindere da tutto quello che faranno per tenerti lontana da me." Strofino le labbra sul lobo del suo orecchio, e sento il suo respiro accelerare. "In alternativa, potrebbero usarti come esca. In questo caso —se mi tenderanno una trappola—lo scoprirò, e il nostro prossimo incontro non sarà per un caffè."

Rabbrividisce, e mi lascio sfuggire un respiro profondo, inalando il suo delicato profumo un'ultima volta prima di lasciarla andare.

Facendo un passo indietro, mi mischio alla folla e mando un messaggio ad Anton per avvisarlo di posizionare la squadra.

Devo assicurarmi che torni a casa sana e salva, senza essere importunata da qualcun altro che non sia io.

———

Il mio tormentatore è disponibile ovunque. Se desiderate saperne di più, visitate il mio sito all'indirizzo www.annazaires.com/book-series/italiano.

BIOGRAFIA DELL'AUTRICE

Anna Zaires è un'autrice bestseller di sci-fi romance, romance contemporaneo erotico e dark del *New York Times, USA Today*. È appassionata di libri dall'età di cinque anni, quando sua nonna le insegnò a leggere. Da allora, vive sempre parzialmente in un mondo di fantasia, in cui gli unici limiti sono quelli della sua immaginazione. Al momento risiede in Florida. Anna è felicemente sposata con Dima Zales (un autore fantasy e di science fiction) e collabora strettamente con lui in tutti i suoi lavori.

Per saperne di più, visitate il sito www.annazaires.com/book-series/italiano/.